Celia Santos (Bergara, 1972) reside en Barcelona. Durante siete años dirigió la sección de recomendaciones literarias en Tele Taxi TV, así como la web literaria Más que palabras. Tras cursar estudios de narrativa en el Ateneu Barcelonès, ha escrito numerosos relatos y cuentos, en su mayoría dirigidos a un público infantil. *La maleta de Ana* es su primera novela para adultos.

Primera edición en B de Bolsillo: mayo de 2019

Travessera de Gràcia, 47-49. 08021 Barcelona

Printed in Spain – Impreso en España

ISBN: 978-84-1314-049-0
Depósito legal: B-7.555-2019

Impreso en Liberdúplex
Sant Llorenç d'Hortons (Barcelona)

BB 4 0 4 9 0

Penguin
Random House
Grupo Editorial

La maleta de Ana

CELIA SANTOS

Para Jordi, motor de mi vida

Hazme un hueco en el mundo
dame el mundo en tus huecos
y deja que te bese
la vida con minúsculas.

ÁNGEL PETISME,
«Hay temporal esta
noche en la Tierra»

I

ESCARCHA EN LAS MALETAS

1

La tapa de la vieja maleta de cuero ocultó las escasas prendas que Ana había preparado días atrás. Aseguró las correas, una de las cuales había cedido por el poco uso y el mucho tiempo transcurrido. Veinticinco años había permanecido en el desván acumulando polvo, desde que su padre acabase el servicio militar. Pero este, hombre de recursos, había improvisado el arreglo con un remache alargando así su vida útil.

Mientras terminaba de hacer el equipaje, su madre trasteaba en la cocina. Con la excusa de prepararle algo de comer para el viaje, se escondía entre las cazuelas sin poder evitar las lágrimas. Su padre se había marchado temprano al campo Dios sabe a qué. Otra escapatoria para esconder su tristeza.

Elvira, su madre, apareció de nuevo en la habitación con una bolsa de tela en la que había metido un par de bocadillos, tres naranjas y una tableta de chocolate.

—Toma, hija, que te espera un viaje muy largo. Y a saber lo que te cobrarán por ahí por cualquier porquería. Quién sabe cuándo volverás a comer algo decente.

Ana alargó las manos hacia el paquete. Acompañó su gesto con una sonrisa amarga y una mirada que, junto con el tacto de sus manos, se decían todo sin palabras. Un «Ojalá no tuvieras que irte», acompañado de su «Estaré bien, no te preocupes», seguido de otro «No nos queda más remedio, hija», al que acompañó un «No te sientas culpable». Frases grabadas a fuego en sus oídos que viajarían durante trece años como una letanía por su alma y su piel.

El hechizo se rompió con un gesto típico y recurrente de su madre en el que se frotaba las manos en el mandil. Recorrió la habitación con la mirada para evitar encontrarse de nuevo con la de su hija. No podría aguantar que la tromba de lágrimas acudiera de nuevo.

—¿Lo llevas todo? ¿Los papeles? No los pierdas, hija; sobre todo, el contrato —le advirtió para asegurarse.

Salieron al comedor donde su abuela permanecía, como siempre, sentada en su butaca con la mirada perdida. Sus hermanos mellizos, César y David, desayunaban, no ajenos a la partida de su hermana pero sí indiferentes. Ana les frotó el pelo y les hizo prometer que se portarían bien y no le darían disgustos a su madre.

—Voy a despedirme de Paquita. Ayer la vi un poco tristona —apuntó cariñosa.

—Paquita se ha ido ya a la escuela —aseguró uno de los gemelos con la boca llena.

—Pero si aún es muy pronto —dijo Ana preocupada.

El muchacho se encogió de hombros y siguió dando buena cuenta del tazón de leche migada con pan.

—Lleva días enfurruñada... desde que le dijimos que te ibas —aclaró Elvira—. Es normal, hija. Para ella va a ser muy duro. Pero venga, no te entretengas más que si no vas a perder el autobús —la apremió.

Ana no podía partir sin despedirse de su hermana pequeña. Aquella personita de ocho años con la que compartía cama, confidencias y complicidad. Aquella niña que la idolatraba, que se sentía protegida a su lado. Aquella niña a la que adoraba. La congoja abordó su garganta al saber que no la abrazaría una vez más. Pero no quiso crear un drama. Se tragó la pena y se acercó a su abuela. Con su perpetuo moño nevado y ojos lejanos parecía estar en este mundo solo de cuerpo presente pero lo controlaba todo. La rodeó con sus brazos y le dedicó un fuerte abrazo acompañado de un sonoro beso.

Se retiró lentamente y, mientras lo hacía, la anciana agarró su mano. Ana sintió cómo le entregaba algo de forma furtiva. Abrió la mano y pudo observar dos billetes de veinte duros perfectamente doblados. Su abuela se la cerró de nuevo en un gesto que indicaba complicidad y secretismo. Una vez más, Ana tuvo que hacer un esfuerzo y apretar los dientes para contener las lágrimas.

Se puso la pelliza y la bufanda dispuesta a partir. Elvira ya no podía ocultar la emoción y el llanto brotó desbocado de sus ojos. Le dio un fuerte abrazo y salió al frío huérfano de aquella mañana de febrero.

Mientras se encaminaba calle abajo, evitó mirar atrás y ver a su madre en el quicio de la puerta. Aquella imagen que, sin mirar, quedó impresa en su memoria.

Recorrió las calles aún cubiertas en parte por la nieve caída días atrás y embarradas por el deshielo. La humedad se calaba en su cuerpo y los goterones que caían de los tejados chisporroteaban a sus pies haciendo más cuesta arriba, si cabía, su ya dura partida. Fue en ese tramo que separaba su casa de la plaza donde pudo dar salida al llanto que llevaba conteniendo toda la mañana. Sobre todo por la pena de no haberse despedido de su niña chica. De su Paquita.

Llegó a la plaza, donde algunos parroquianos esperaban el transporte que les llevase hasta Ávila, la capital. Ella tenía por delante más de veinte horas de viaje. De su pueblo a Ávila. Allí cogería un tren hasta Madrid donde, en la estación Príncipe Pío, embarcaría en otro hasta Hendaya-Irún. Y de allí hasta Alemania. Toda una aventura para alguien que apenas había visitado la capital de su provincia media docena de veces.

El autobús llegó y alguien abrió la puerta. Poco a poco, el resto de pasajeros empezó a subir. Ella dilató el momento mientras buscaba alrededor no sabía muy bien qué. El conductor apremió:

—Vamos, que no tenemos todo el día.

Ana se resignó y cogió su maleta dispuesta a entrar. Cuando puso el pie en el escalón, una voz aguda y descarnada la alertó. Miró hacia un lado y pudo ver a lo lejos a su hermana pequeña que bajaba corriendo y la llamaba desconsolada.

—¡Ana! ¡Ana! ¡Espérame, llévame contigo! ¡Ana! —gritaba la niña en un intento por alcanzarla.

Ella quiso retroceder y darle el ansiado abrazo. Pero un vecino despistado que temía perder el transporte la empujó y la obligó a subir. Este cerró la puerta tras ellos y el vehículo arrancó. Avanzó atropellando la maleta que tenía delante de ella y le impedía moverse con agilidad. Parada en mitad del pasillo, reaccionó y corrió hacia la parte de atrás. A través del cristal pudo ver a la pequeña en mitad de la calle con su cartera de la escuela en la mano, sus trenzas cayendo por los hombros y el rostro desencajado en un grito sordo amortiguado por la distancia. La figura se fue encogiendo y desdibujando por las lágrimas que inundaban sus ojos hasta convertirse en un manchurrón en la lejanía que dejó un arañazo en su corazón.

2

Un segundo.

Dos.

Tres.

La luz del faro apareció de nuevo e inmediatamente se derritió arrastrada por las gotas de lluvia que se estrellaban contra el parabrisas. Un, dos, tres... vuelta a empezar.

Cora no era consciente del tiempo que llevaba aguantando el peso de su pie para que no cayera a plomo sobre el acelerador. Su mente había escapado hasta perderse en algún laberinto del que le resultaba difícil encontrar el camino de vuelta. Su único asidero con la realidad era aquella parpadeante luz roja que la mantenía pegada al asiento. Ni siquiera se percató del peligro que suponía estar en aquel mirador encarada a un acantilado, solo separada por una endeble valla de madera que, a buen seguro, no aguantaría la embestida de un vehículo.

Los días pasados habían sido tan irreales que su única vía de escape fue subirse al coche y conducir sin rumbo fijo. Incorporarse a la autopista para después abandonarla por una carretera que la llevó hasta la costa en la que ahora se encontraba. Apenas un atisbo de civilización, un puñado de casas bordeando la carretera y, enfrente, el mirador en el que había detenido su coche.

La vibración del móvil y la pantalla iluminada la sacaron de su arrobamiento. Parpadeó ligeramente y fue entonces cuando sintió el entumecimiento de los dedos de los pies. Intentó moverlos, pero sus músculos estaban tan tensos que el dolor apenas le permitió dirigir la mirada hacia el asiento de al lado, donde había tirado el móvil al inicio de su huida. Cuando intentó averiguar quién llamaba, el aparato absorbió la luz y con ella al interlocutor. Pero no hizo el más mínimo intento por alargar la mano y responder. Cogió aire y fue consciente de su situación. El corazón empezó a bombear. La negrura de la noche de noviembre convertía la fuerte lluvia en un fantasma que acechaba por doquier desde las sombras.

Echó un vistazo a su alrededor. Oscuridad, tinieblas. Solo la obediente cadencia de la luz del faro cada tres segundos. Miró el retrovisor: nada. Siguió mirando durante un rato e intentó calmarse. Entonces, a través del espejo, distinguió una luz al otro lado de la carretera que escapó de una puerta al abrirse. Incluso creyó oír una leve melodía.

Giró la llave de contacto y el ronroneo del motor, al que no había prestado atención hasta el momento, dejó paso al silencio más absoluto, balsámico, reparador, relajante.

No podía quedarse allí. Expulsó el aire de los pulmones y relajó los brazos. Finalmente, salió al exterior, donde el frío que acompañaba la lluvia y el viento sacudieron su cuerpo menudo protegido con apenas un fino suéter. Aun así no le dio importancia y cruzó la estrecha carretera. Atravesó la plaza que presidía la hilera de casas y se acercó al local mientras se rodeaba los brazos con las manos intentando protegerse de aquel frío. Una música tenue se oía desde fuera. Se paró frente a la entrada y se fijó en el pequeño letrero que daba nombre al establecimiento: HOSTAL LA TARONGETA. Cuando se disponía a abrir la puerta, esta, como movida por un resorte, se le vino encima y casi la golpea directamente en la cara. Una anciana ataviada con un largo abrigo y apoyada en un bastón salía en ese momento. Tuvo que retirarse ante la insistencia de esta por atravesar la puerta. La joven se disculpó educadamente pero solo obtuvo de la mujer una especie de gruñido que interpretó como un saludo. Cora la siguió con la mirada mientras avanzaba por la acera hasta desaparecer por un recodo del edificio. Entró en el bar, el calor del interior la envolvió y se dejó abrazar por la suavidad del ambiente.

3

Era un local donde el tiempo pasaba con desgana. Uno de esos sitios en los que Cora jamás hubiera entrado al no poseer la decoración propia del mejor diseñador o no disponer de una carta de cócteles acorde con lo que ella consideraba que merecía. Un sitio de pobres, de personas que no pertenecían a su mundo ni con las que se mezclaba, a no ser que acudieran a su casa para realizar las tareas domésticas.

Reconoció la melodía que creyó oír desde el coche; un bolero de Celia Cruz.

Aquello era lo único que desentonaba un poco con el conjunto del local. Cuando llegó a la altura del mostrador, observó los cercos de algunos vasos que habían dejado su impronta sobre la superficie. Instintivamente escondió una mano en la manga del jersey para apoyarse mientras trepaba a uno de los taburetes: sus hábitos de higiene iban más allá de lo estrictamente correcto. Ni polvo, ni manchas, ni ningún otro fluido indigno que pudiera mancillar sus modales impostados.

Sin saber qué hacer ni qué pedir observó todo cuanto la rodeaba. Frente a ella, una chimenea bramaba por boca de un enorme tronco que se consumía. Una pareja de jóvenes sentada en una de las mesas del fondo del local bebía y conversaba de forma íntima. Una mujer entrada en edad fregaba con absoluta entrega el acceso a lo que intuyó eran los baños.

De pronto, un golpe en el mostrador le hizo dar un respingo. Se giró levemente y vio ante ella una taza de humeante café.

—¡Vaya nochecita! —El hombre, que momentos antes trasteaba con la cafetera, se dirigió a ella escrutándola con unos intimidantes ojos azules. Debía de tener unos cuarenta años, alto, ligeramente desgarbado pero con aire risueño y resuelto y una limpia sonrisa que enmarcaba y suavizaba su rostro.

Cora se limitó a mirarle y asintió agradecida. Él continuó manipulando la cafetera que silbaba y escupía vapor a cada uno de sus movimientos. A su lado, un joven de rasgos árabes con gafas y aspecto de intelectual la observaba mientras secaba vasos con un paño.

Nuevos golpes al otro extremo de la barra volvieron a sobresaltarla. Un hombre con uniforme de policía municipal que rondaría los sesenta años, si es que no los superaba, llamaba la atención del camarero.

—Niño, ponme la última, que me voy —ordenó resuelto.

—Ramón, que ya es la segunda. A ti tendrían que hacerte soplar ahora, verías tú lo que nos íbamos a reír —se burló el hombre de los ojos turquesa.

—Ramón, mañana tú pedir a mí papeles de moto y decir que tú bebe mucho hoy aquí. —Ahora era el joven con pinta de intelectual el que le recriminaba.

A Cora aquel vodevil le pareció tan irreal que por un momento se sintió como Mia Farrow en *La rosa púrpura del Cairo*. Cogió el café con ambas manos e intentó recuperar un poco de calor. Dio un par de sorbos y permaneció escondida tras la taza. El hombre de la mirada turquesa se acercó de nuevo. Mientras limpiaba la barra con un trapo húmedo y borraba las marcas que habían causado su repulsa se dirigió a ella.

—No son horas para hacer turismo. ¿Te has perdido? —preguntó intentando parecer inocente.

Cora negó con la cabeza y retiró su mirada de la de él. Su estado de ánimo y aquellos ojos penetrantes no le permitían centrarse en una explicación más extensa.

—Me llamo Lorenzo —dijo de pronto alargando la mano.

Por un momento, Cora no supo qué hacer y continuó inmersa en aquella mirada que esperaba una respuesta. Ella tardó unos segundos en ofrecerle la suya.

—Cora —fue lo único que acertó a decir.

El café le templó el cuerpo y pudo tomar algo de conciencia sobre su situación. En un momento, a medio camino entre la realidad y el delirio, solo pudo articular una frase que ni ella misma supo de dónde salía.

—¿Tenéis habitaciones libres?

4

Cora despertó con la fuerza atronadora del silencio. Ni despertador, ni alarmas, ni el ruido del tráfico. Simplemente abrió los ojos y siguió acomodada dentro de su propio sueño. La apacible luz del alba asomaba a la ventana y buscaba su rostro para iluminarlo y devolverla a la realidad. Se cubrió la cara con el brazo e intentó detener el amanecer.

Tras unos minutos se rindió ante aquella lucha entre el sueño y la vigilia y se acercó a la ventana. Era temprano. Ni siquiera las almas en pena vagaban por aquella carretera. Los primeros rayos de sol bordaban con hilos dorados la quietud del Mediterráneo. La imagen le pareció tan conmovedora que pensó que ni el mismísimo Vermeer hubiera sido capaz de reproducir aquella luz mágica y fugaz.

Al final de la curva pudo distinguir su coche rojo en el mirador. Unos metros más allá, el cartel que despedía el pueblo. Entornó los ojos tratando de adivinar el nombre de la población donde había quedado varada la noche anterior: Calarossa del Port. No le sonaba de nada. Para ella, la Costa Brava se limitaba a los tres o cuatro núcleos turísticos y elitistas en los que dejarse ver.

El momento bucólico se vio interrumpido por el rugido de sus tripas. No había comido nada desde el día anterior, cuando su jefe la citó para un almuerzo y le dio la noticia. Otra más en la antología de desgracias acumuladas en las últimas semanas. Dio por hecho que aquel pseudohotel carecía de servicio de habitaciones. Incluso dudó de si podría tomar un desayuno decente. Al menos, un café sí podrían servirle. Con eso aguantaría el trayecto de vuelta hasta Barcelona.

Se vistió con la misma ropa del día anterior y bajó hasta la cafetería. Esta permanecía a oscuras, sin actividad alguna que le indicase que allí podía calmar las fieras de su estómago. En ese momento, Lorenzo salió por la puerta de lo que parecía la cocina. Su hermosa sonrisa le dio los buenos días. Ella sonrió cortésmente.

—Buenos días —saludó él risueño.

—¿Dónde se sirve el desayuno? —preguntó ella sin responder al saludo.

Lorenzo la miró ligeramente molesto por aquella falta de modales pero continuó con la amabilidad que le caracterizaba.

—En temporada alta lo servimos en el bar, pero en estas fechas... Tú eres la única huésped —aseguró—. Ven, desayuna con nosotros en la cocina.

Cora dudó un instante hasta que al final accedió, llevada más por el hambre que por sus ganas de socializar.

Sentados a una gran mesa estaban los mismos personajes que había visto la noche anterior: el policía municipal, la señora de la fregona y el joven con aspecto de intelectual. Cuando la vieron entrar con Lorenzo bajaron ligeramente el tono de la conversación, que normalmente era unos decibelios más alto de lo normal. Él la rodeó por los hombros con su brazo y la invitó a sentarse. En la mesa había bollería y pan recién horneado, mermeladas, embutidos, fruta, zumos y café. El espectáculo gastronómico abrió aún más su apetito e intentó que sus tripas no la dejasen en evidencia. Hablaron de trivialidades, del tiempo... El joven árabe leía noticias del periódico en voz alta y todos las comentaban. Ella permanecía callada, ajena y ausente a todo y a todos. Le daba igual si la consideraban antipática. Al fin y al cabo, aquella era una estación que esperaba pasar pronto de largo.

Al acabar de desayunar, cada uno se fue a sus quehaceres. Cora se quedó sola con el propietario mientras la mujer entrada en años lavaba los platos en el fregadero. Lorenzo percibió su incomodidad.

—Ya sigo yo, Eulalia —aseguró mientras se levantaba y llevaba algunas de las tazas sucias al lavavajillas.

La mujer salió de la cocina no sin antes propinarle un sonoro beso en la mejilla que él le devolvió cariñoso. Ambos se quedaron a solas mientras la joven daba los últimos sorbos a su café con leche. Fue entonces cuando se fijó en él un poco mejor. Era alto, más de lo que recordaba de la noche anterior. Delgado, de piel clara y pelo increíblemente negro. Aquellos ojos azules que la noche anterior se le antojaron conminatorios, a la luz del día emanaban bondad y transparencia. Parecía respetuoso con los silencios, al menos con el suyo. No le había hecho ni una sola pregunta desde que llegó, algo que Cora agradecía.

—El pueblo es pequeño pero muy bonito. Te gustará. —Lorenzo intentaba parecer indiferente ante el hecho de que una desconocida apareciese en mitad de la noche de noviembre en un confín como aquel. No era ni la época ni el tipo de persona que solía visitarlos.

—Gracias, pero tengo que marcharme. Me están esperando —indicó resuelta. Aunque lo cierto era que nadie la esperaba y pronto no tendría una casa a la que acudir.

—¿Tu familia? —insistió Lorenzo.

Cora no respondió. Aquella última pregunta sobrepasaba la amabilidad y no le gustaba compartir su intimidad con desconocidos. Aunque, por otro lado, se moría de ganas de contarle a alguien todo por lo que estaba pasando. Necesitaba vaciarse de angustia, limpiarse de pena. Pero optó por callar.

—La cala es muy bonita —expresó él cambiando de tema—. Si tienes tiempo, baja, ya verás como no te arrepientes.

—¿Podrías prepararme la cuenta? Voy a mi coche a buscar el bolso. Vuelvo en un momento.

5

Cuando llegó al mirador se percató de que había dejado el coche abierto con el bolso sobre el asiento del copiloto. Se asomó a la barandilla que la noche anterior le había servido de parapeto. Bajo el negro abismo que recordaba se abría una hermosa cala que el mar había ganado a la tierra. El acantilado era una pared de pura roca y tierra tachonada de matojos. A un lado de la endeble barandilla, unas escaleras de peldaños improvisados descendían hasta la pequeña playa.

Llenó sus pulmones con el aire salado. Su mente se despejó y deseó retener aquella sensación. Realmente, no tenía adónde ir ni nada que hacer, ningún horario que cumplir. Fue consciente de esa soledad que a veces otorga la libertad. Y quiso experimentar. Se puso el abrigo y bajó las escaleras, temerosa. No quería ni imaginar lo que sería caerse por allí. Sintió más miedo entonces que la noche anterior cuando, con apenas un leve movimiento de su pie, se hubiese despeñado por aquel barranco.

Una hora más tarde, Cora volvió al hostal. Estaba empapada. Había empezado a llover en mitad de su místico paseo y, durante el ascenso por las rústicas escaleras, el chaparrón la pilló de lleno. Cuando Lorenzo la vio entrar hecha una sopa corrió hacia ella. Tiritaba y temblaba como un perrito abandonado. Intentó calmarla mientras la acompañaba hasta la chimenea.

—Será mejor que te cambies de ropa o cogerás una pulmonía —sugirió mientras le frotaba los brazos intentando que entrase en calor.

Cora pensó que no tenía nada con que cambiarse, a excepción de la ropa de gimnasio que siempre llevaba en el coche. Tendría que apañarse con eso.

Tras ducharse y ponerse ropa seca se sintió reconfortada. Lorenzo la miró satisfecho y también algo turbado.

—Hoy para comer hay ropa vieja —aseguró sin tan siquiera preguntar si le apetecía quedarse. Ella no le replicó. No tenía ganas de coger el coche y emprender el camino de vuelta con aquel tiempo—. Ya verás como te gusta.

—Gracias, seguro que está deliciosa. —Tenía que reconocer que había sido un tanto desagradable y hosca desde que llegó la noche anterior y quiso enmendarlo.

—Faysal es un cocinero de puta madre. Y le encanta la cocina cubana. Bueno, en realidad le gusta todo lo que venga del Caribe, ¡¿eh, canalla?! —Lorenzo bromeaba mientras juntaba dos de las mesas del bar y extendía un mantel sobre ellas—. En ese mueble de ahí están los platos. Hoy seremos... seis.

Cora se quedó un momento sin saber qué decir. No esperaba que, en un hotel en el que se hospedaba, tuviera que ayudar a poner la mesa. Aun así, accedió. Por primera vez en su vida, no le importó realizar una tarea que no solía hacer habitualmente.

Poco a poco fueron llegando los que ya, según iba viendo, conformaban la camarilla de La Tarongeta. De la cocina emergió Faysal con una bandeja que dejó sobre la mesa. A los pocos minutos apareció Eulalia, acompañada de una anciana que Cora reconoció como la que le había propinado el portazo la noche anterior. La mujer caminaba torpemente y se sentó presidiendo la mesa. El resto ocuparon las diferentes sillas. Cora se decidió por la que quedaba a la derecha de la anciana de los malos modales y Lorenzo lo hizo frente a ella. La mujer la miró de arriba abajo. Al ver el gesto, Lorenzo hizo las presentaciones.

—Ana, esta es Cora. Se hospeda en el hostal.

—¿Y qué se te ha perdido a ti aquí? —preguntó la mujer visiblemente irritada e insolente.

Aquella respuesta hizo que perdiera el apetito. Estuvo a punto de levantarse y marcharse por donde había venido pero un gesto de Lorenzo, una mirada cómplice, hizo que permaneciera en la mesa aunque con visible desgana.

Disfrutaron del almuerzo y todos felicitaron al cocinero. Todos menos Ana, que en cuanto acabó se levantó y se acomodó en un sillón que Lorenzo colocó al lado de la chimenea encarado hacia la cristalera desde la que se veía el mar. Ramón se despidió con la excusa de ir a trabajar mientras Faysal y Eulalia recogían la mesa. Cora quiso ayudar pero la mujer la detuvo.

—Tranquila, si ya casi está. Tómate un café —sugirió.

Cora obedeció y se acercó a la barra en la que Lorenzo volvía a trastear con la cafetera.

—¿Es pariente tuya? —preguntó la joven mientras señalaba a Ana con el mentón.

—Más o menos —respondió Lorenzo—. Lleva aquí viviendo muchos años. Mi madre y ella eran amigas. Aquí la llaman la Alemana.

Lorenzo colocó en un platito un vaso con apenas un dedo de café y lo completó con un buen chorro de anís. Cora lo miró asombrada.

—Es para ella. Le gusta así. —Se disponía a salir de la barra cuando Cora le detuvo.

—Deja, ya se lo llevo yo —se ofreció Cora intentando ser amable con aquella mujer tan desagradable.

Se acercó a la mesa procurando que el vaso no se derramase y acabase con aquel mejunje en el suelo. Su maniobra tuvo éxito y el contenido llegó sano y salvo. La mujer la miró y sonrió con dulzura mientras sacaba del bolsillo de su abrigo un pequeño libro. Aquello la desconcertó. Minutos antes le recriminaba su presencia y ahora se mostraba amable y simpática. Tras ella venía Lorenzo con los cafés. Cora se fijó en el libro y en el título: *Ansichten eines Clowns*.

A tenor del apodo que, según Lorenzo, tenía la mujer en el pueblo, se atrevió a preguntar.

—¿Habla usted alemán?

La anciana la miró por encima de las gafas que acababa de ponerse e hizo un gesto de asentimiento casi imperceptible.

—Ana vivió muchos años en Alemania —aseguró él.

—¿Sí? ¿En qué ciudad? Yo estuve en Berlín el año pasado, en una exposición del museo Berggruen —dijo Cora buscando algo de complicidad.

La mujer permaneció ausente hasta que por fin cerró el libro, se quitó las gafas y, reclinándose sobre el sillón a la vez que cerraba los ojos, inició un viaje por las abandonadas vías de su memoria.

6

El 14 de febrero de 1962, Ana atravesó el andén flotando en aquella irrealidad. Esquivaba maletas, bultos y pies cuyos dueños dormitaban en el suelo y en los bancos a la espera de subir al tren que los iba a llevar hasta la tierra prometida. El olor a sudor y esperanza envolvía a aquellas almas, llegadas de todos los puntos de la geografía, mientras esperaban su turno para embarcar.

Maletas de cartón, hatillos y petates componían el desván, el trastero de un país desesperado. Miradas perdidas y cuerpos ajados y cansados que buscaban un hueco donde establecer momentáneamente su parcela.

El espectáculo se le antojó fascinante a la vez que curioso. Tuvo la impresión de que, en aquellas veinte horas de viaje, había atravesado el mundo para acabar en un lugar donde, si bien no tenía dificultad para entender lo que decían, le resultaba sorprendente oír tan diferentes acentos: gallegos, extremeños, vascos, andaluces... Aunque todos hablaban el idioma común del hambre y la pobreza que los había empujado a emprender aquella aventura hacia tierras europeas.

Ella, la mayor de cuatro hermanos, jamás imaginó que se vería en un tren camino de un país que, pocos días antes, ni siquiera era capaz de ubicar en el mapa. Pero cuando hay hambre no hay pan duro, ni frío glaciar ni destino lejano al que acudir para paliar la miseria que carcome la existencia. Entonces el alma se rebela contra la carne en un último intento de supervivencia contra los elementos que la naturaleza y el hombre se empeñan en amilanar. Mecanismos que nuestro ser desarrolla en su instinto por permanecer sobre la faz de la Tierra.

Aquella era la España que palpitaba agonizante y que, en un último esfuerzo por salir de su ponzoña, se arrastraba a sus bordes hambrienta en busca de un poco de aliento fuera de sus fronteras.

Con la vista atenta a las indicaciones y el pecho abrigado por el miedo y la emoción, llegó hasta el edificio que le habían indicado. Un par de puertas engullían a ritmo de rumiante las dos filas formadas por hombres y mujeres respectivamente. Se colocó en la que le correspondía y esperó. Varias personas aguardaban aún delante de ella. Dejó la maleta en el suelo y se sentó encima. Pensó que así estaría más segura. Su padre le había dicho que no la perdiera de vista. Incluso le sugirió atarla con una cuerda a su muñeca, a lo que Ana se negó rotundamente. Se abrochó el abrigo. Aquel frío húmedo atravesaba su cuerpo y se acomodaba en sus entrañas sin intención de abandonarla. Las botas de piel, donación de alguna casa en la que su madre limpiaba de vez en cuando, hacían su labor. Y los leotardos de lana protegían sus piernas de aquel viento que buscaba su falda de pana color granate oscuro.

Juntó las piernas, pudorosa, ante la mirada lasciva de un joven que fumaba con cierto aire forzado de seductor de tres al cuarto y esperaba en la otra fila. Bajó la mirada, se ajustó la bufanda que protegía su cuello y acarició el recuerdo de su abuela Felisa. Esta había pasado tres días tejiendo la prenda a base de restos de lana de los jerséis de sus hermanos. Casi dos metros de cariño entretejido y rematado con flecos.

El día despertaba y con él el tono de voz de la estación que, hasta el momento, apenas había susurrado, esperando el permiso del amanecer para dar la bienvenida al bullicio.

Ana continuaba sentada en su maleta que solo movía a razón de cinco o seis metros cada cuarto de hora. Intentó dominar su impaciencia mirando el reloj de la estación y repasando su periplo durante los días pasados. Pensó en las cartas de su primo Pablo en las que contaba maravillas de su nueva vida en Alemania. Una leve mueca con ínfulas de sonrisa asomó a sus labios. Su primo, el amor platónico de su infancia. Juegos inocentes de niña que compartía con sus amigas de la escuela. Pero la ilusión acabó pronto. Con varias bocas que alimentar en casa, no había lugar para los sueños. Pasó de niña a adulta sin conocer la edad del pavo, al que tuvo que matar a palos, no fuera a ser que también tuviera que alimentarlo.

La actividad crecía en la estación y los proyectos planeaban montados en conversaciones ajenas.

—En un par de años ya tendré *pa* comprarme el John Deere y me vuelvo.

—Pues yo no voy a esperar tanto; en un año, cuando tenga *pa* las cuatro vacas que *m'hacen* falta, estoy de vuelta.

Sueños, deseos, cuentos de lecheras con vacas flacas y ansias de conocer, de libertad. Pero, sobre todo, estómagos vacíos, propios y ajenos, que llenar. Ana no tenía ningún deseo en concreto. Su único objetivo era ganar lo suficiente para los agujeros que había en casa y alimentar a los suyos. No podía permitirse el lujo de ilusionarse con nada que fuera lo más mínimamente egoísta. Su única meta era la supervivencia, la vida con minúsculas de su familia.

Entre vapores de locomotoras, pitidos, golpes de vagones y sueños endebles, oyó tras ella un hipido, un sorber de mocos, un suspiro entrecortado. Se giró aún sentada sobre la maleta y se encontró con una chica menuda, flaca hasta el ridículo, de pelo ralo y clareado por la miseria y unos enormes ojos que no encajaban en su cara huesuda. Vestía una falda de algodón marrón oscuro, un ligero jersey y una chaqueta que le quedaba visiblemente pequeña; seguramente, herencia de algún familiar. Cargaba un petate de loneta gastada que, por las costuras y los cierres, parecía obra de las laboriosas manos de su madre o de ella misma. Al verla, Ana sintió verdadera lástima y rabia contenida. Tenía ante sí su propio reflejo y el de todos los que arrastraban hasta allí su infortunio.

La joven lloraba a moco tendido y tiritaba dentro de aquella ridícula chaqueta que estiraba sin éxito tratando de protegerse del frío. Ana se acercó en un intento de cazar su mirada al vuelo.

—¿Qué te pasa? —preguntó a modo de presentación.

La muchacha alzó la vista ligeramente y se encontró con el interrogante de la cara de Ana. No respondió. Se limitó a limpiarse las lágrimas y los mocos con el dorso de la mano. Ana la observaba mientras la joven evitaba el contacto visual mirando hacia otro lado. Pero la tiritona era más que evidente y el torrente volvió a caer por sus mejillas.

—¿Sabes si van a tardar mucho? —dijo entre gemidos que procuraba esconder sin éxito.

—Yo llevo aquí un buen rato. Va avanzando pero lento.

Se esforzó por mantener la compostura y miró al infinito pero los pucheros y las muecas afloraban a su cara de forma inconsciente. A Ana se le partía el alma viendo a aquella criatura tiritar y padecer. Llevaba unos zapatos apenas cerrados con una hebilla y unas medias que ella se hubiera puesto ya entrada la primavera, jamás en invierno. Se puso de pie y se acercó. La rodeó por los hombros y la invitó a sentarse. ¡De qué estarían hechas aquellas maletas que aguantaban cualquier embestida! Aunque aquellos dos cuerpos escuálidos no suponían un peligro para la integridad de la valija. Ana sentía temblar entre sus brazos aquel cuerpo que parecía desmoronarse.

—¿Por qué no te has puesto el abrigo? Hace un frío que pela —aseguró, llevando la vista al petate de la chica.

Esta bajó la cabeza avergonzada. Ana comprendió. Sin pensarlo, se desenrolló la bufanda y le cubrió la cabeza y el cuello. La joven la miró agradecida al sentir el calor que aún conservaba de su cuerpo. Poco a poco comenzó a tranquilizarse y el temblor desapareció.

—¿Mejor? —se interesó Ana con una sonrisa sin dejar de abrazarla. Esta asintió refugiada entre la lana—. Es una bufanda muy calentita, me la hizo mi abuela.

Pero la chica seguía muda intentando recuperar la respiración y el calor perdido. Se apoyó en su hombro y sintió cómo aquel cuerpecito endeble se empezaba a relajar. Frotó sus brazos con las manos hasta que al fin sonrió.

—¿Cómo te llamas? —Ana intentaba romper el hielo.

—Maricarmen —respondió la joven con un débil hilo de voz. Inmediatamente la miró con gesto interrogante.

—Yo me llamo Ana María, pero todos me llaman Ana —aclaró sin dejar de sonreír—. Yo no entiendo mucho, porque nunca he salido de mi pueblo, pero ¿a que eres andaluza? Lo digo por el deje.

—De Barbate —afirmó Maricarmen acompañando su respuesta con un movimiento de cabeza.

—¿Y eso está cerca del mar?

—Al *laíto* mismo. Lo tenemos *metío* en casa, como quien dice.

—¡Vaya! —exclamó Ana—. Qué suerte. Yo nunca he visto el mar. Bueno, lo he visto en fotos, en las revistas. Me encantaría verlo una vez por lo menos.

Maricarmen la miró con amargura, incrédula ante los anhelos de aquella desconocida. La mar era la miseria, el miedo, la angustia de noches en vela y la muerte. La mar tragaba hombres, uno al día, decían los marinos de su pueblo. Y cuando no se «alimentaba» levantaba un temporal. Como aquel día en que su padre y su hermano no volvieron. Era inmensa, temida, hipnótica. Un imán de almas.

La joven se limitó a encogerse de hombros indiferente. Después alzó la mirada hacia Ana.

—¿Y tú de dónde eres?

—De Villamora de la Sierra, en Ávila. Allí no hay mar, solo encinas y nieve —respondió con un suspiro nostálgico que viajó a cientos de kilómetros.

—Ea, pues ya estamos en paz. Tú no has visto nunca la mar y yo no he visto nunca la nieve —añadió divertida y con el ánimo recuperado.

Ambas rompieron a reír y aquellas carcajadas abrieron la puerta a una amistad tan profunda como efímera.

7

Un silencio se acomodó entre las dos mujeres, solo interrumpido por el chisporroteo del tronco que Lorenzo había puesto en la chimenea. Ambas miraban las llamas intentando conservar la magia del momento mientras él trasteaba de nuevo tras la barra preparando más café. Cora hacía sitio en su mente intentando ubicar aquella historia. Ana recolocaba la suya tras años con aquellos recuerdos almacenados. Al cabo de unos minutos, Cora rompió el silencio.

—¿Para qué hacíais cola? —se interesó curiosa, tomándose la libertad de tutear a la anciana.

—Para el reconocimiento médico. Todos los que íbamos con contrato debíamos pasarlo —aseguró la anciana. Cora abrió los ojos en un gesto de incredulidad que la mujer pasó por alto—. Evitaban a toda costa que llevásemos con nosotros la tuberculosis. Necesitaban mano de obra de calidad pero al mínimo coste, no tener que gastar mucho en nosotros. Debíamos construir sus edificios y sus coches. Y una guerra, una posguerra y el hambre no eran el mejor control de calidad que podíamos pasar.

—¿Y si no lo pasabais? Si alguno, ya sabes, resultaba estar enfermo... —quiso saber la joven.

—Bueno, estaba el plan B, y donde hay miseria hay negocio.

Las fronteras son un caldo de cultivo para el pillaje y el abuso. —La Alemana dio otro sorbo al café—. Muchos compatriotas hacían su agosto con quienes no conseguían un contrato o no pasaban las pruebas médicas. Contrataban sus «servicios», que tenían precios desorbitados, y esperaban a veces durante días hasta que alguien les daba el santo y seña para cruzar en furgoneta por algún bosque perdido de Europa.

A Cora le costaba creer todo aquello. Sabía que durante décadas muchos españoles habían emigrado a Europa, pero jamás imaginó que gran parte de ellos lo hizo como... Como los de las pateras. Instintivamente miró al joven Faysal que deambulaba por el bar, ocupado en alguna de sus tareas.

—De todos modos, estoy segura de que eso vulneraba todos los derechos humanos —se atrevió a decir Cora.

—Derechos humanos... —repitió la Alemana esbozando una agria mueca que intentaba parecer una sonrisa—. Pero ¿tú en qué mundo vives, criatura? Por aquel entonces la Convención Europea de Derechos Humanos apenas tenía diez años de vida. Ni siquiera les había dado tiempo a pasarla a limpio. Y, por lo que parece, aún no han acabado. ¿Dónde están los derechos humanos ahora? Cambia la nacionalidad de las víctimas pero nada más. O si no que se lo digan a todos esos infelices que acaban ahogados en las playas. Cuando lo único que tienes es precisamente tu humanidad, pierdes cualquier derecho. Si esa humanidad viene acompañada de riqueza, de bienestar y sobre todo de alguien más débil al que machacar, entonces puedes reclamar tus derechos. Y cuando tú ya estás bien acomodado quizá te queden ganas de realizar alguna buena acción para tranquilizar tu conciencia. Cuando dependes de los demás para que tus derechos sean reconocidos, estás bien jodido —sentenció la mujer.

Cora guardó silencio y bajó la mirada avergonzada. Había hecho aquel comentario como quien habla de un libro sin haberlo leído. No esperaba aquella bofetada sin mano que Ana le acababa de propinar. La Alemana se dio cuenta de lo embarazoso de la situación y continuó con su relato.

—Casi una hora más tarde nos tocó el turno a Maricarmen y a mí —prosiguió—. Entramos en el pabellón y lo primero que hicieron fue pedirnos nuestros contratos y preguntarnos los datos: nombre, apellidos, procedencia, profesión... Después nos pasaron a una sala en grupos de cinco y nos obligaron a quitarnos la ropa tras un biombo. Maricarmen y yo íbamos cogidas de la mano y nos apretábamos sin querer soltarnos. Afortunadamente nos hicieron pasar juntas.

—Os hicisteis muy amigas, ¿no? —sonrió Cora intentando ver el lado positivo de todo aquello.

—Inseparables. Durante el tiempo que estuvimos juntas no nos abandonamos en ningún momento. Estábamos siempre pendientes la una de la otra.

En ese momento una sombra de pesadumbre cruzó ante la mirada de la anciana. Cora percibió que el recuerdo de su amiga le causaba un gran dolor. Aun así sintió envidia. La forma en que Ana hablaba de Maricarmen y la emoción que salía de su voz al hacerlo denotaban que aquella era una amistad de verdad, auténtica, duradera. Fue consciente de que ella nunca había tenido una amiga así. Sus relaciones se basaban en el estatus o la marca de sus zapatos y sus coches. Si un amigo no podía costearse unas vacaciones en un paraíso al otro lado del mundo descendía a la categoría de conocido. Quizá Ana tuviera razón y en definitiva no somos nada sin todo lo que nos rodea. Y una amistad que se fragua así, desde la miseria más absoluta, sin nada más que ofrecer que una bufanda y una maleta para sentarse, no podía ser fingida. Aquel era un sentimiento de los pocos que permanecen con el paso del tiempo. Entonces Cora se preguntó si ambas mujeres seguirían en contacto, si se verían regularmente.

—Una amistad preciosa —dijo con tristeza—. Preciosa...

—¿Tú no tienes amigos? —se interesó la anciana.

—¡Claro que tengo amigos! —respondió Cora poniéndose a la defensiva.

—Me da a mí que tú mides la amistad según los ceros de la cuenta del banco —dijo Ana casi de forma grosera.

Cora sintió como si le hubiera leído la mente. ¿Cómo podía aquella mujer saber lo que estaba pensando? Aunque quizá era más transparente de lo que imaginaba, o Ana era terriblemente intuitiva.

—Perdona, Ana, pero tú no sabes nada de mi vida... —Se atrevió a rebatir su afirmación.

—Tienes razón, no sé nada de ti, pero entraste aquí anoche y te ofrecieron cama y comida —le reprochó visiblemente alterada—. Nadie te ha preguntado por qué llegaste huyendo en mitad de la noche. Y aquí estás, compartiendo café y compañía.

Cora no soportaba más la insolencia de aquella anciana. Acostumbrada a dar órdenes y que todos hicieran su santa voluntad, no encajaba bien que alguien le plantase cara. En vez de aceptarlo, se levantó furiosa arrastrando la silla. Lorenzo la cogió del brazo intentando detenerla pero ella se zafó con un gesto infantil e inmaduro. Nadie le daba órdenes. Y menos una vieja amargada.

Buscó una excusa y se fue al baño. Respiró hondo y se mojó la cara para despejarse. Su reflejo en el espejo la hizo reaccionar. Intentó calmarse y salió de nuevo al comedor donde Ana y Lorenzo parecían charlar como si nada hubiera pasado. Se acercó y se sentó de nuevo. Lorenzo la miró con un gesto interrogante y ella asintió. No sabía muy bien por qué había vuelto, si por orgullo o porque ya empezaba a engancharse a aquella historia.

—Nunca habíamos visto a nadie desnudo —prosiguió la Alemana—, y mucho menos nos habíamos desnudado delante de otras personas. Maricarmen y yo salimos de detrás del biombo tapándonos nuestras partes como podíamos. Ella volvía a tiritar, más por miedo que por frío. La pobre estaba en los huesos y, por cómo me miraba, supuse que yo no tenía mucho mejor aspecto.

»Una enfermera nos hizo bajar las manos. Nos miró los ojos con una pequeña linterna, inspeccionó los brazos, las piernas. Nos auscultó con el aparatito ese que tienen los médicos colgado de las orejas. Nos miró dentro de los oídos. Pero lo más humillante fue cuando nos inspeccionaron los genitales. Hoy en día es normal ir al ginecólogo, pero en aquellos años ahí no se asomaba nadie hasta la noche de bodas o el primer revolcón. Y después, cuando tenías un hijo, pero poco más. Miré a Maricarmen de reojo y vi cómo las lágrimas volvían a rodar por su cara. Alargué la mano y cogí la suya. Aún recuerdo la fuerza con la que me apretó buscando un asidero al que agarrarse.

—¡¿También os miraban los genitales?! —exclamó Cora con asombro.

—El temido «mal español» —aclaró la anciana—. En aquellos viajes no solo se embarcaban los que buscaban una fuente de ingresos. Había un reducido sector que aprovechaba las ofertas de trabajo para salir de la represión: prostitutas, homosexuales... Para ellos era una oportunidad de vivir sus vidas con un poco más de libertad. Y el gobierno, evidentemente, hacía la vista gorda. Un español menos que pensaba y se quejaba. Y si además mandaba divisas, pues mucho mejor.

—Esos lo tenían peor —apuntó Cora—. Sé que en España se les metía en la cárcel aplicando la Ley de Vagos y Maleantes. Una verdadera aberración.

Ana no quería desviarse de su historia e hizo caso omiso del comentario de Cora. Lorenzo atizó el fuego que se había vuelto perezoso y, cuando consiguió una buena llama, la mujer se acomodó de nuevo en la butaca.

—Afortunadamente, enseguida pasó aquel mal rato y salimos juntas de nuevo a la estación. Aún quedaban unas horas para que llegara el tren que nos llevaría a Colonia. El frío seguía arreciando y no sabíamos adónde ir. Vimos al fondo la cafetería y decidimos que nos habíamos ganado un café después de todo lo pasado esa mañana. Nos dirigimos allí cogidas del brazo y arrastrando los equipajes. Nos sentamos en la barra, en un par de taburetes de esos altos y que giraban. Durante un buen rato nos divertimos, balanceándonos y riendo, hasta que llegó el camarero. Nos miramos y no supimos qué decir. Fue él quien tomó la decisión por nosotras. Nos plantó un par de vasos en los platitos con un café negro y espeso. El chico nos miró con lástima y nos dijo: «Menuda cara de frío tenéis.» Entonces cogió una botella de Anís del Mono de la estantería y vertió dos buenos chorros. Aquel sabor, recio y dulzón, nos despertó por dentro y nos animó. Dos pesetas y media nos cobró por cada café. Nos hizo un guiño y nos dijo que el chorro de anís era cortesía de la casa. El calor de la cafetería resultaba agradable, así que decidimos quedarnos allí hasta que saliera nuestro tren.

Cora sonrió recordando la noche anterior, cuando llegó muerta de frío y el café que Lorenzo le ofreció. Empezaba a entender las palabras de la Alemana sobre el significado de la verdadera amistad.

8

Tras dejar a la Alemana en su casa, Lorenzo bordeó el edificio atravesando la noche de vuelta al hostal. Mientras se acercaba pudo distinguir en la puerta una figura y la brasa de un cigarrillo que aumentaba su destello de forma lenta e intermitente. Cora fumaba envuelta en su abrigo mientras batallaba con el frío de noviembre.

Cuando vio a Lorenzo acercarse tiró el cigarrillo que aún estaba a medias y lo pisó con premura, como si la hubiera sorprendido haciendo algo vergonzante.

—No sabía que fueras fumadora —aseguró poco sorprendido.

—Solo cuando estoy nerviosa —replicó algo molesta al verse descubierta en una de sus debilidades—. Y ella me ha alterado —dijo apuntando con el mentón hacia la casa de la Alemana y en referencia al altercado de esa tarde.

—Vamos, hace frío. Te invito a una copa —dijo él como única respuesta. Y se dirigió al interior sin esperar la réplica.

El bar estaba a oscuras, solo salpicado por la esquiva luz de una farola que se colaba por uno de los ventanales. Cora temió tropezar con algo, así que atravesó el local palpando todo cuanto se le ponía por delante. Lorenzo, sin embargo, lo cruzó con la seguridad del que sabe por dónde pisa. Las luces de la barra se encendieron y tras ella apareció él que, inmediatamente, colocó dos pequeños vasos sobre el mostrador. Se agachó y de algún lugar sacó una botella que estaba a medias.

—Ron cubano de veinte años. El mejor. Faysal le pega un lingotazo de vez en cuando, aunque él cree que no me entero —bromeó mientras vertía el dorado y aromático contenido en los vasos. Alzó uno de ellos y lo hizo chocar contra el suyo—. ¡Salud!

Cora le devolvió el brindis y apuró el contenido de un trago. El sabor sedoso le acarició la lengua y bajó por su garganta para acabar en un delicioso latigazo que azotó su esófago. Un ritual sadomasoquista del sentido del gusto que conjugaba deleite y dolor y que le resultó tan inquietante como placentero. Lorenzo bebía lentamente sin apartar los ojos de ella, como dos faros vigías que escrutaban y vigilaban hasta sus pensamientos. Cora intentó recuperar la compostura retomando su conversación sobre Ana.

—La vieja me ha puesto de mala leche. Esa mujer no está bien de la cabeza, te lo digo yo —se quejó con visible molestia.

Lorenzo volvió a llenar los vasos y se tomó unos segundos para responder.

—Es verdad, no lo está. O empieza a no estarlo —aseguró mientras observaba cómo ella detenía el trago esperando una explicación—. Alzheimer...

Cora mudó el gesto y se sintió tremendamente estúpida. Recapacitó un instante, más que nada para demostrar que no hablaba en vano. Su naturaleza egoísta no le permitía hacer el ridículo. No soportaba estar equivocada.

—¿Alzheimer? Pero si esa mujer tiene más memoria que una enciclopedia. Nos ha contado con pelos y señales cosas que pasaron hace más de cincuenta años.

—Aún está empezando —explicó Lorenzo—. Hay unos cuantos síntomas antes de perder la memoria del todo: irritabilidad, cambios de humor... Luego vienen los despistes, pequeños olvidos... Es una evolución. Son capaces de recordar lo que sucedió hace décadas pero no lo que comieron esta mañana.

Cora volvió a beber, esta vez un pequeño sorbo a modo de reflexión. No se sentía derrotada pero sí intrigada.

—Seguro que te ha contado esa historia más de cien veces. —Cora no se daba por vencida.

—No te creas —añadió Lorenzo—. Sé algo de su pasado, pero es la primera vez que la veo tan... elocuente.

Con los brazos apoyados en la barra y apoyando la cabeza en las manos, la siguió mirando en silencio durante unos segundos. Ella se sintió intimidada y jugueteó acariciando con su dedo el borde del pequeño vaso. Al fin Lorenzo rompió el silencio.

—¿Crees que es buen momento para preguntarte cosas sobre ti?

Cora quiso eludir la respuesta. Intentó buscar alguna excusa rápida que le permitiera evitar hablar sobre ella, pero no pudo. Se limitó a sonreír y apartó su mirada de aquellos ojos que parecían acecharla.

—Bueno... ayer no tuve un buen día y, ya sabes, conducir relaja —dijo abriendo una pequeña grieta por donde escapó aquella pizca de sinceridad.

—¿Mal de amores? —inquirió él de forma capciosa.

—Me han despedido. —Cora se sorprendió al ver cómo salía de su boca aquella frase. Sin adornos, sin mentiras disfrazadas de pretextos. Como un géiser que rompió la corteza de su dura fachada de mujer que lo controla todo.

—Desgraciadamente, eso no es una novedad en estos días —afirmó Lorenzo.

Cora guardó silencio. No quiso contarle que ella misma había provocado aquel despido. Que había estado jugando con fuego, alardeando durante años de su estatus y asegurando que no necesitaba el trabajo para vivir. Que la suya era la mayor de las vocaciones. Y con esta premisa había hecho y deshecho a su antojo en la galería de arte que había dirigido durante casi siete años.

Hasta que la crisis obligó a los dueños a reducir la plantilla. Ella fue de las primeras: jactarse de su buena posición económica había sido su condena. La citaron en su despacho y le entregaron un sobre con el finiquito. El mundo se le vino encima. Sin trabajo, sin nadie a quien acudir, sin un sitio en donde vivir... Una extraña parálisis se apoderó de ella. Fue entonces cuando se subió al coche y condujo sin rumbo fijo.

—No, no lo es —reflexionó en voz alta.

—Al menos tienes el paro —le recordó Lorenzo—. Eso te dará un desahogo hasta que encuentres otra cosa.

Cora se sorprendió a sí misma imaginándose en la cola en una oficina de empleo junto con parados, inmigrantes, obreros... Ni siquiera había pensado en esa posibilidad. La idea la perturbó. Empezaba a tomar conciencia de que su vida a partir de entonces tomaría otros derroteros. No iba a ser fácil, ni cómodo.

—Tampoco tengo casa —soltó de sopetón sin importarle lo que aquel desconocido pudiera pensar de ella.

Lorenzo la miró intrigado. Cora interpretó su gesto y le sacó de dudas.

—El día 1 de enero tengo que dejar mi piso —aseguró dando otro trago de ron—. Tengo poco más de un mes para abandonar la casa en la que he vivido toda mi vida y encontrar otra. Y eso con las navidades de por medio.

—¿Por qué tienes que irte? —quiso saber él.

—Porque no es mi casa —respondió resignada—. Era de mi abuela. Cuando yo tenía tres años, mi padre murió. Entonces mi madre y yo fuimos a vivir con ella. Como agradecimiento le cedió el uso de la vivienda hasta que mi madre muriera... —En ese punto Cora hizo una pausa y tragó saliva.

Lorenzo dudó si preguntar.

—¿Y hace mucho que murió tu madre? —se interesó al fin, temeroso de la respuesta.

—Hace tres meses.

—Lo siento mucho, Cora.

Aquella respuesta la reconfortó. Era la primera vez que Lorenzo la llamaba por su nombre. Le gustó oírlo de sus labios y sonrió.

—Mis tíos, sus hermanos, no tardaron ni un mes en recordarme que yo vivía allí de prestado. Me dieron hasta final de año para dejar el piso. Quieren venderlo y repartirse el dinero. Al parecer, a mí me corresponde una cuarta parte, la que sería de mi madre.

Lorenzo sonrió con desgana. Ella mudó el gesto e intentó disimular.

—Bueno, ¿y qué me dices de ti? ¿Eres de aquí, del pueblo? —preguntó para cambiar de tema.

—Sí, he vivido aquí casi siempre, con mi madre —respondió él mientras llenaba los vasos por tercera vez—. Estudié ingeniería y trabajé durante años en una empresa diseñando resistencias eléctricas. En 2009, la empresa entró en quiebra y despidieron a la mitad del personal, como a ti. Nos indemnizaron bien. Mi madre ya estaba muy enferma, así que invertí el dinero aquí —dijo mirando a su alrededor—. No es para tirar cohetes, pero con lo que sacamos en verano da para vivir.

—¿Y no tienes hijos, esposa? —preguntó ella abiertamente. El ron había desatado su prudencia convirtiéndola en osadía.

—Sí, me casé, pero se acabó a los seis años. No hubo dramas. Por suerte no tuvimos hijos, así que todo fue muy fácil y limpio.

—Una vida sencilla —apuntó Cora.

—Bueno, tú tampoco eres una aventurera —se burló él.

Cora no quiso entrar en más polémicas. Apuró el vaso y se levantó del taburete.

—Es tarde, mañana tengo que volver. Gracias por el ron —anunció como despedida mientras se encaminaba hacia su habitación.

—¡Quédate! —exclamó Lorenzo desde detrás de la barra, casi en una súplica. Cora se detuvo y se giró lentamente sin entender aquella petición—. No tienes que ir a trabajar, nadie te espera.

Puedes pasar aquí unos días. —Lorenzo intentaba justificar su repentino deseo.

Cora le sonrió y se volvió sin responder. Subió las escaleras pero aquella propuesta revoloteó por su cabeza hasta que se quedó dormida.

9

El joven Rainer paseaba por los pasillos de la fábrica entre ruido de maquinaria y cintas transportadoras que desarrollaban su labor lo mejor que podían. Cualquiera que entrase en aquel pabellón por primera vez tardaría un tiempo en acostumbrarse al barullo. Pero para el heredero aquello era lo normal.

Su padre, Otto Schulz, un adusto hombre de negocios, había heredado del abuelo un humilde taller de reparación de automóviles y motocicletas que montó junto a su hermano una vez acabada la Gran Guerra. En los años siguientes, el taller creció hasta obtener varias licencias de fabricación de componentes para el automóvil. Hasta que la Automotive Komponenten Schulz se posicionó a la cabeza de la producción de piezas de automoción en Europa.

Rainer era el mayor de dos hermanos y el único varón. Sobre él recaía la dirección y el futuro del imperio Schulz. El carácter soñador e idealista del joven desesperaba a su padre, hombre recto e inflexible, que desde muy pronto se vio obligado a enderezar los delirios quiméricos de su primogénito.

Subió a la primera planta y cruzó la galería donde los delineantes diseñaban las piezas que después pasarían a la sala de producción. Se acercó a la mesa más cercana a la ventana, donde trabajaba Hanno, empleado pero además amigo íntimo del joven. Le saludó con una efusiva palmada en la espalda pero Hanno se limitó a sonreír. No le gustaba que sus compañeros supieran que era amigo del hijo del dueño. Esto ya le había causado más de un percance con algún trabajador que le acusaba de aprovechar su amistad para ascender laboralmente. Rainer hizo un gesto de fastidio, colocó una silla frente al escritorio de su amigo y apoyó los brazos en el respaldo. Cogió un rimero de papeles que había en la mesa y lo repasó mientras abría los ojos asombrado.

—¿Es el pedido de BMW? —preguntó con interés y sin dejar de leer las cifras que tenía ante él.

—Lo mandaron hace dos semanas —aseguró el joven—. El modelo 1500 está siendo un éxito y han sobrepasado la capacidad de producción.

—Ochenta caballos —dijo más para sí que para su amigo.

—Lo necesitan en tres meses. Deberíamos haber empezado ya pero no tenemos personal suficiente —respondió Hanno sin mirar a su amigo—. Hoy llegan ciento cincuenta. En un par de días, la producción estará al cien por cien.

—¿De dónde vienen? —preguntó Rainer.

—Españoles, creo. Eso lo sabe mejor Hans...

Hanno era el encargado de controlar y supervisar a los trabajadores una vez llegaban a la fábrica. Leía sus fichas y, en base a su experiencia, les asignaba un puesto u otro. Una especie de responsable de recursos humanos. Era inteligente y discreto, y tratar con trabajadores de tantas nacionalidades le había conferido un leve conocimiento de varias lenguas europeas, sobre todo español e italiano. Rainer y él se conocían desde el instituto y fueron amigos hasta que el joven heredero ingresó en la Universidad de Colonia. Perdieron el contacto durante un tiempo hasta que se reencontraron cuatro años atrás, cuando Hanno trabajaba en una tienda de recambios. Su amigo le ofreció un trabajo en la fábrica y este aceptó sin pensarlo.

—Aún tenemos un par de horas. Te invito a desayunar —le propuso Rainer.

—No puedo —señaló Hanno mientras se levantaba y se ponía el abrigo—. Tengo que ir a la estación: Hans está enfermo. Él es quien los recoge siempre, pero hoy me toca a mí. A ver cómo me las arreglo para no confundir a nuestros trabajadores con los de la competencia. Solo le acompañé una vez el año pasado. A él se le da mucho mejor.

Hanno remató su monólogo colocándose el sombrero y despidió a su amigo con una mueca. Este, sin pensarlo dos veces, fue tras él.

—¡Espera, Hanno! —le gritó mientras se alejaba—. Te acompaño.

—¿Tú? —preguntó sorprendido.

—Sí, ¿por qué no? Hablo un poco de español —aseguró—. He pasado un par de veranos en España con mis padres.

Hanno no respondió y se limitó a arquear las cejas. Ambos salieron a la calle cubierta de nieve y subieron a su Mercedes directos a la Köln Hauptbahnhof.

10

Con las manos apoyadas en la ventanilla del tren, Ana contemplaba el paisaje mientras el aire helado movía su cabello y le rozaba la cara a modo de bienvenida. Veía pasar ante su mirada las casas, los árboles y el verde paisaje que para ella resultaba abrumador, acostumbrada como estaba a su seca Castilla. Los colores le parecieron limpios, como praderas pintadas por un artista. Permaneció así durante un buen rato, sola en el pasillo, disfrutando de la desconocida sensación de libertad cuando el viento te golpea la cara. La hora prevista de llegada eran las ocho y media de la mañana. A las siete, Ana ya estaba en pie esperando que el tren arribase a su destino.

Maricarmen apareció tras ella. Ana se giró y sonrió. La gaditana se puso de puntillas y la imitó. Ella también quería contemplar el espectáculo. A lo lejos se adivinaban las agujas góticas de la catedral de Colonia, pero enseguida empezaron a aparecer más edificios, fábricas, chimeneas y pabellones que escondieron el hermoso paisaje.

El tren aminoraba la marcha y circulaba a velocidad mínima. Entraron en una zona con infinidad de vías flanqueada por muros medio derruidos y postes eléctricos que vigilaban como centinelas la llegada de los viajeros. Al igual que el paisaje, el rostro de las jóvenes se apagó y en él se dibujó un atisbo de inquietud. El pasaje despertó y un murmullo de toses y bostezos invadió el vagón, sacando a las dos jóvenes de su ensoñación. Cogieron su equipaje y permanecieron en el pasillo, que se empezaba a llenar de gente impaciente por estirar las piernas y respirar un poco de aire que no estuviese viciado.

Salieron de aquel enredo de vías y ante ellas se abrió la enorme estructura del Hohenzollernbrücke. Tras los hierros, una enorme masa de agua. Ana abrió los ojos. El Rin le pareció lo más cercano al mar que jamás había visto. Miró emocionada a Maricarmen. Esta sonrió:

—¡Mira, Maricarmen, parece el mar! —exclamó alterada.

—¡Qué va a ser la mar, mujer! Esto es *mu* chico.

Ana no podía imaginar algo más majestuoso que aquello. Acostumbrada al río de su pueblo, donde apenas siete u ocho pedruscos permitían cruzar al otro lado, no logró asimilar el concepto de una masa de agua tan inmensa.

Durante el trayecto habían proyectado su futuro. Soñaban con volver a España convertidas en princesas del brazo de un apuesto rubio teutón. Ana le prometió que a la vuelta la llevaría a ver la Sierra de Gredos. Maricarmen la invitó a conocer las playas de Barbate y Bolonia para que viera el mar.

La oscuridad se hizo de repente. Un túnel se tragó el tren hacia el estómago de la ciudad deglutiendo sobre ellos la incertidumbre.

El tren se detuvo en el andén doce de la Köln Messe Deutz y un eructo de vapor de frenos anunció el final del viaje. El techo ennegrecido hacía el recibimiento aún más tétrico y aquellos ojos cansados y asustados tardaron unos instantes en acostumbrarse a la oscuridad.

Los vagones desvencijados escupieron por las ventanillas las vidas empaquetadas de aquellos jóvenes. Voces extrañas montadas en un idioma incomprensible se colaban entre ellos. Ana miraba hacia todas partes intentando ubicar su mente en aquel nuevo país del que solo había visto unas cuantas casas y un enorme puente de hierro. Los altavoces anunciaban algo en perfecto español: «Se ruega no tiren basura a las vías.»

La frase se repetía una y otra vez como el sonido machacón de un herrero al golpear el hierro candente.

Ana levantó la vista para localizar a Maricarmen. A pocos metros la vio con gesto apurado y buscándola entre el gentío. Una vez que se encontraron, permanecieron alineadas en el andén esperando que alguien les dijera qué hacer.

11

Rainer y Hanno llegaron a la Köln Hauptbahnhof pasadas las ocho y media. El joven empresario seguía a su amigo, que parecía conocer a la perfección el recorrido. Atravesaron el enorme vestíbulo y se dirigieron a las oficinas situadas en los laterales de los mostradores de venta. Hanno llamó y, casi sin esperar a que le invitasen a pasar, empujó la puerta y se coló en el pequeño despacho.

—Buenos días, Tom —saludó el joven de forma mecánica.

—Buenos días, Hanno —respondió el funcionario sin mucho más entusiasmo—. Acaban de llegar. Los tuyos son del trescientos veinte al cuatrocientos setenta —dijo alargando el brazo sin mirarle.

Rainer se adelantó y cogió el documento. Lo inspeccionó fugazmente, pero solo pudo ver una serie de números consecutivos. Levantó la vista y miró a su amigo con gesto interrogante.

—Cada uno tiene asignado un número. Así es más fácil. Vamos —se apresuró a decir el chico mientras salía decidido.

El joven se encogió de hombros y fue tras su amigo.

Bajaron por unas escaleras metálicas de caracol hasta llegar a un andén subterráneo. El propio tren no les permitía ver aquel cúmulo de gente, pero el barullo y la baraúnda se adivinaban nada más llegar. Rodearon los vagones y buscaron a los operarios que intentaban poner un poco de orden en aquel caos. El espectáculo que Rainer vio ante él provocó que se le formase un nudo en el estómago. Aquello no era lo que él había imaginado.

Un hombre ataviado con un abrigo gris y una gorra negra paseaba delante de ellos como un general ante sus tropas mientras alineaba a los pasajeros a lo largo del andén. Este iba relatando algo en alemán. Por el tono y la cadencia, Ana entendió que los estaba contando uno a uno. Llevaba colgando del brazo unos carteles de cartón con números anotados. Cada uno de los trabajadores tenía en la mano su contrato de trabajo. El hombre, cuando se acercaba a ellos, cogía el documento, consultaba algo, seleccionaba uno de los carteles y se lo colgaba del cuello.

Cuando llegó a la altura de las dos chicas le arrebató a Ana el contrato sin siquiera mirarla, leyó el número que le interesaba y buscó el cartel:

—*Dreihundertfünfzig ein*[1] —murmuró mientras le colocaba el cartón que le correspondía.

Hizo lo mismo con Maricarmen y continuó con los demás. Ana miró hacia un lado, por donde había pasado aquel malhumorado empleado y vio a todos los trabajadores con aquella etiqueta colgada del cuello y perfectamente alineados. No supo muy bien por qué pero la imagen le pareció, cuando menos, indecente. Maricarmen permanecía callada y muerta de miedo. Sin pensarlo dos veces, Ana se quitó el cartel del cuello.

—¡Yo no soy una mula que está a la venta! —se quejó indignada.

Se giró hacia su amiga y le arrancó el suyo. Después se dirigió al resto de paisanos y empezó a gritar.

—¡Quitaos los carteles! ¡No somos sacos de trigo!

Al principio todos la miraron con estupor pero pronto em-

1. «Trescientos cincuenta y uno.»

pezaron a arrancar aquellos letreros de sus cuellos. Una rubia entrada en años y con exceso de maquillaje que había viajado con ellas reaccionó y gritó:

—¡No somos animales! ¡En mí no manda nadie! —E imitó a Ana, a la que miró con orgullo materno.

Cuando el hombre del abrigo gris se percató del intento de motín empezó a vociferar. Nadie le entendía, pero su tono evidenciaba un cabreo descomunal. Corría de un lado a otro volviendo a colgar las etiquetas sobre los trabajadores, pero Ana las iba descolgando tras él. El operario gritaba pidiendo ayuda.

—*Immer noch. Tun Sie das nicht*[2] —les ordenaba en un esfuerzo inútil por mantener el orden.

Aquella pequeña rebelión se convirtió en el primer intento de Ana por mantener la dignidad. Jamás se había rebelado contra nada y ni siquiera se reconoció a sí misma, pero le gustó la sensación. Una breve victoria que hizo aflorar el poco pundonor que quedaba en ella, aunque ni siquiera se paró a pensar si aquel acto le acarrearía consecuencias.

Unos metros más atrás, Rainer y su amigo observaban el amago de motín. Le resultó gracioso ver a aquel hombre queriendo poner orden en un grupo de personas que ni le entendían ni mostraban interés por hacerlo. Pero aquella técnica de selección de personal le pareció inhumana. Tuvo que hacer un esfuerzo por evitar comparaciones con ciertas prácticas de sus compatriotas realizadas dos décadas atrás. Su rostro reflejaba un evidente estupor mezclado con cólera. Hanno le miró e intentó calmarle.

—A veces pasan estas cosas. Intentan hacerse notar. Algunos incluso lloran y se vuelven a subir a los trenes pidiendo que los devuelvan a su país —explicó el chico—. Lo peor fue el año pa-

2. «Quietos, no hagáis eso.»

sado, cuando un grupo de griegos echaron a correr y salieron de la estación. Tardamos tres días en reunirlos de nuevo a todos.

—¿Y no hay otro modo de hacerlo? —preguntó Rainer—. Esto me parece... no sé. Debe de haber otra forma.

—Pues ya me dirás cuál —replicó Hanno resignado.

Continuaron atentos al espectáculo hasta que el hombre del abrigo, ayudado por un grupo de empleados de la estación, consiguió sofocar el pequeño motín.

Fue entonces cuando reparó en ella; una joven cuya estatura sobresalía ligeramente de las demás mujeres. Con el pelo negro recogido en una trenza que le bajaba por la espalda y el rostro encendido tras la ira provocada por las órdenes de los empleados que se empeñaban en mantenerlos en fila. La chica corría de un lado a otro descolgando etiquetas y casi forcejeando con los que se empeñaban en mantener el orden. La viveza de sus ojos, su determinación, su carácter, su furia, fascinaron a Rainer, que la seguía con la vista, deseando en su interior que la cruzada de aquella joven guerrera tuviera éxito.

Al final todo se calmó, aunque los trabajadores no volvieron a colgarse los carteles y los mantuvieron en la mano. Hanno se acercó para dirigir a sus nuevos empleados hacia los autobuses que los llevarían a la residencia.

—Vamos —indicó a Rainer con una leve palmada en el brazo.

Llegaron a la altura del grupo de sublevados y les indicaron la salida de la estación. Mientras caminaban, Rainer observó a la joven cabecilla del grupo que le había llamado la atención. Ana se colocaba algunos mechones rebeldes que habían escapado de su trenza durante la revuelta. Aceleró un poco el paso hasta ponerse a su altura. Cuando la alcanzó se dio la vuelta y la saludó con una singular sonrisa mientras se levantaba el sombrero y caminaba de espaldas. Ana le observó sorprendida. Sus ojos oscuros le miraban expectantes y solo acertó a mover ligeramente la cabeza para responder al saludo. En otras circunstancias, su instinto le hubiera hecho bajar el rostro avergonzada, pero la curiosidad pudo más que ella. Maricarmen caminaba a su lado conteniendo una risilla cómplice y con la vista al frente para no ser delatada. El muro del final del andén obligó a Rainer a detenerse. Sin perder de vista a Ana, la siguió hasta que ella se perdió entre el gentío.

12

El trayecto en el autobús fue corto comparado con el viaje de la noche anterior. La fábrica estaba situada en la zona de Kalk, al este de Colonia. Como la mayoría de los *Gastarbeiter* de la época, ellos también se alojarían en residencias improvisadas dentro de la fábrica.

Entraron en un recinto donde la gran factoría presidía el espacio. Bajaron del autobús observando todo a su alrededor. Desde el exterior podían oír levemente la actividad frenética de la producción. El frío era tan intenso que cortaba hasta los pensamientos, se clavaba en la frente y bajaba hasta instalarse en el pecho para no salir de allí. Maricarmen volvía a tiritar. La bufanda de Ana, que había adoptado como suya, no era suficiente en aquel lugar donde el cielo gris amenazaba con verter sobre ellos todo su peso. Ana la rodeó con su brazo.

Un hombre alto y flaco, con el rostro huesudo y gafas redondas, apareció de la nada.

—Buenos días. Veo que habéis llegado pronto —dijo en tono amigable y perfecto español—. Me llamo Pere. Soy el encargado de la residencia. Esos primeros pabellones son los de las mujeres y los de detrás son para los hombres. Venga, entrad o nos quedaremos aquí tiesos.

Dos filas de barracones componían las residencias en las que vivirían. Empezaron a moverse hacia el barracón indicado a cada uno. Las dos jóvenes se dirigieron al que les correspondía.

—¿Se llama *Pera*? —preguntó curiosa Maricarmen.

—Eso he entendido.

—Pero eso es una fruta —insistió.

—¡Y yo qué sé! A lo mejor es un nombre alemán —respondió Ana poco convencida.

—Pero no parece alemán.

Ana se encogió de hombros y entraron en la residencia en busca de la que sería su morada a partir de ese momento.

Evidentemente, ya habían decidido que compartirían habitación y fueron cogidas de la mano. Una vez dentro, Maricarmen corrió hacia la tercera litera, soltó su petate en la de arriba y se sentó en la de abajo.

—Esta es la nuestra —exclamó con la alegría de una niña a la que llevan de excursión—. Yo duermo arriba, ¿vale?

Ana sonrió y asintió satisfecha. Tener a alguien en aquel lugar desconocido y ajeno resultaba reconfortante. Había salido de su casa sola, igual que Maricarmen, igual que la mayoría, pero el destino fue compasivo y permitió que se encontraran. Eso hizo que se comprometieran de forma tácita a cuidar la una de la otra. Una obligación no impuesta a la que se vieron abocadas por las circunstancias.

Frente a las literas, una fila de taquillas llenaba la pared. Eligieron las dos más cercanas a sus camas y guardaron las pocas pertenencias que llevaban. Vaciaron los equipajes y metieron la maleta y el petate bajo la cama.

A los pocos minutos entraron tres jóvenes ataviadas con batas azules. Eran trabajadoras que llevaban ya un tiempo en la AK Schulz. Miraron a las recién llegadas con sorpresa, al no esperar encontrarlas allí.

—Acabáis de llegar, ¿no? —preguntó una de ellas en perfecto castellano.

—Hace un rato —contestó Ana—. ¿Sois españolas?

—Desde luego, alemanas no somos —bromeó la joven—. Yo soy Merche y esta es Montse —dijo indicando a la joven que se subía a la cama de arriba—. Y ella es Lucia, es italiana.

Las jóvenes saludaron mientras se quitaban las batas de trabajo y se envolvían en sus pijamas.

—Yo soy Ana y esta es Maricarmen —respondió devolviendo la cortesía.

La gaditana permanecía sentada en la litera de abajo. Estaba callada, con el rostro escondido en su pecho, como queriendo hacerse invisible. Aunque era simpática y alegre, cuando estaba con desconocidos la timidez y el miedo a hablar más de la cuenta se apoderaban de ella y anulaban cualquier atisbo de comunicación. Miró de soslayo a sus nu evas compañeras. La italiana, que tendría más o menos su misma edad, de ojos de color marrón claro y pelo corto, le sonrió. Ella le devolvió el gesto. La mirada dulce de Lucia consiguió que Maricarmen se relajara. No es que la hiciera sentir cómoda, pero al menos la hostilidad había desaparecido.

13

Ana abrió los ojos cuando aún era de noche. Durante unos instantes no supo dónde se encontraba. Tuvo que reordenar su mente y los acontecimientos de los últimos dos días. Trenes, estaciones y desconocidos pasaron por su cabeza en unos segundos. Al fin el frío hizo que tomara conciencia de su situación. Se tapó con la manta y permaneció en el calor del interior durante unos minutos más. El barracón estaba a oscuras y solo se oían las respiraciones de sus compañeras y los ligeros ronquidos de la italiana, que dormía sola en la litera que quedaba en el centro. Disfrutó unos minutos de aquella extraña paz, preludio de un nuevo comienzo en su vida. Una vida como trabajadora de una gran factoría. Ana disfrutaba de aquellos instantes que eran solo suyos. Tenía la capacidad de encontrar la soledad incluso en medio del caos más terrible. Los golpes en las puertas la sacaron de su ensoñación: era el modo que tenía la encargada de la residencia de despertar a las trabajadoras. Poco a poco el día se abrió paso acompañado del sonido del despertar que emitían las compañeras.

Salió de la cama y sintió el suelo helado bajo sus pies. Miró hacia arriba para ver si Maricarmen se había despertado. La gaditana estaba tapada hasta los ojos. Los tenía abiertos pero no se atrevía a salir de entre las mantas. A Ana le resultó divertido verla así.

—Ana, por Dios, he pasado toda la noche *arrecía* —dijo sin mover ni una pestaña—. No he pasado más frío en mi vida.

—Sí, ha sido una noche de perros —reiteró Ana—. Venga, levántate. A ver si vamos a llegar tarde el primer día.

Se dirigieron a los baños comunes donde las mujeres se lavaban perezosamente y se recogían el pelo dispuestas a comenzar su jornada. Algunas se desenvolvían con soltura pero otras iban casi tan despistadas como ellas. En ese instante oyeron una voz a su espalda:

—Vosotras dos, venid conmigo.

Apenas les dio tiempo a girarse. La encargada ya salía de los baños indicando con su determinación que la siguieran. Era una mujer alta, más de lo normal, grande pero no hombruna, con una elegancia que afloraba incluso debajo de su indumentaria práctica y sobria. Había llegado algunos años atrás, con las primeras expediciones de trabajadores. Conocía bien la fábrica y su funcionamiento; sobre todo, en lo relativo al personal. Su carácter regio, incluso un poco hosco, era el elemento necesario para mantener el orden entre las trabajadoras.

Llegaron a un cuartucho poco más grande que un armario empotrado. La mujer las miró de arriba abajo haciéndolas sentir un poco incómodas. Alargó la mano y extendió una bata azul marino a cada una de ellas.

—Mirad a ver si os valen —dijo casi sin mirarlas.

Ambas obedecieron y se colocaron la prenda. Estaban tan delgadas que les sobraba por todas partes.

—Estas son las que me quedan —se lamentó la mujer. Entonces cogió a Maricarmen de las muñecas y le dobló las mangas—. Listo. Yo soy Sofía, la encargada de la residencia. Si necesitáis algo me lo decís. Aquí no se permite armar jaleo. La que me cause problemas lo tendrá difícil conmigo. No traigáis a vuestros novios a los barracones y no os quedéis dormidas por la mañana. Si respetáis eso, todo irá bien. Y ahora a desayunar. El comedor está detrás de los barracones de los hombres.

Ninguna de las dos se atrevió ni a respirar. Asintieron con la cabeza a cada una de las advertencias de la mujer. Cuando esta acabó su discurso se despidieron con un «Sí, señora». Sofía se las quedó mirando mientras se alejaban por el pasillo. En su rostro se dibujó una mueca de nostalgia y comprensión. Quizá se vio a sí misma años atrás, cuando ella también era una chica asustada de Alicante que llegaba a aquellas mismas instalaciones por primera vez.

Volvieron a la habitación para abrigarse antes de salir a la calle. Ana se puso su pelliza. Maricarmen tendría que apañarse con la escueta chaqueta que llevaba en el viaje. Su amiga la miró, cogió la bufanda roja y se la envolvió al cuello intentando sin éxito cubrirle un poco los brazos.

Sus otras cuatro compañeras ya se habían despertado. Montse las observaba desde lo alto de su litera.

—Te vas a morir de frío —le indicó a Maricarmen.

La gaditana retiró la mirada intentando esconder su vergüenza. Ana la rodeó por los hombros en un instinto protector que había adquirido cuando la conoció. Cuando se dirigían a la puerta, Maricarmen notó cómo alguien tocaba su hombro.

—*Portati il mio cappotto. Me lo restituirai dopo.*[3] —La dulce italiana estaba tras ella con la mano extendida y el abrigo colgando de sus dedos.

Maricarmen miró a Ana sin entender, literalmente. Ana comprendió su oferta.

—Creo que dice que te deja su abrigo, que ella tiene otro turno o algo así —intentó aclararle Ana.

Española e italiana se miraron y sonrieron. Ni el mejor de los intérpretes hubiera traducido el sentimiento de complicidad que se cruzó entre ellas.

3. «Llévate mi abrigo. Me lo devolverás después.»

Cuando salieron afuera, la imagen que vieron ante ellas le resultó fascinante a Maricarmen: una gran alfombra blanca cubría toda la explanada. Los copos caían y depositaban su delicado silencio en todas las superficies. La joven nunca había visto algo tan puro, tan inmenso, tan delicado. Extendió la mano y dejó que uno de aquellos pellizcos de frío algodón se posara en su palma. Lo observó hasta que se deshizo en unos instantes al contacto del calor de su piel. Miró hacia arriba intentando adivinar el origen de aquella magia. Ana la miraba divertida, igual que había hecho la gaditana el día anterior cuando vieron el río. La cogió del brazo y, sonrientes, se dirigieron al comedor de la fábrica. Mientras caminaban, Ana le dijo a Maricarmen:

—¿Ves?, el primer día en Alemania y ya se ha cumplido uno de tus deseos.

14

El comedor de empleados era un edificio prefabricado similar a los barracones que les servían de vivienda. El olor del café, las salchichas y las tostadas despertaron su estómago. Docenas de personas serpenteaban entre las mesas con bandejas en la mano. Se acercaron al mostrador donde se servía el desayuno. Fueron poniendo en sus platos diferentes alimentos, algunos poco habituales para ellas: dos tostadas, una taza de café con leche, una salchicha, huevos revueltos y un plátano. Ambas se miraron incrédulas. Aquello era un banquete, acostumbradas como estaban a un frugal desayuno de leche con pan, eso el día que había leche. Ana pensó en sus hermanos. Lo que hubieran disfrutado con aquellos manjares. Dos chicos adolescentes y en pleno crecimiento hubieran acabado con aquel desayuno en un abrir y cerrar de ojos. Aún no habían terminado cuando oyeron la sirena que anunciaba la entrada a la fábrica. Un estruendo retumbó en toda la sala cuando todos los presentes se levantaron para comenzar su jornada laboral. El día empezaba.

15

El mismo hombre alto y con gafas que los había recibido a todos a su llegada las esperaba para darles instrucciones. Llevaba una carpeta en la mano y ordenó a los nuevos que entrasen de uno en uno y de forma ordenada. El ruido de las máquinas asustó de momento a las dos chicas, que seguían juntas y cogidas de la mano. Se colocaron a lo largo del pasillo de entrada y esperaron órdenes. Pere les fue nombrando por grupos a la vez que les indicaba la dirección a seguir, donde sus respectivos encargados les indicarían qué hacer.

Mientras aguardaban, Ana vio a un joven bien vestido atravesar el pasillo delante de ellos. Parecía caminar con prisa y algo enfadado. Según se acercaba pudo comprobar que se trataba del chico que habían visto el día anterior en la estación. Maricarmen también se dio cuenta y le dio un codazo acompañado de una risa traviesa.

Al final quedó un grupo de diez chicas. Pere les ordenó que le siguieran. Estas caminaron tras él con ritmo marcial. Llegaron a una especie de banco de trabajo y Pere se detuvo. Entonces se dirigió a Ana y a Maricarmen.

—Este será vuestro puesto —indicó a las jóvenes—. Tenéis que traer las cajas de faros del almacén y comprobar que todos funcionan. Después los guardáis otra vez y ponéis una indicación para saber que ya están revisados. Si alguno no funciona lo dejáis en esta caja —dijo mientras indicaba un enorme cajón de madera que estaba en un lateral del panel de pruebas.

Las jóvenes no perdían detalle de las explicaciones de Pere, un catalán llegado a Alemania a principios de los años cuarenta. Había emigrado tras acabar sus estudios en la Escuela Industrial de Barcelona. Algunos aseguraban que a causa de un desamor, pero otros afirmaban que su pasado republicano le había obligado a salir de España antes de verse cualquier madrugada en un paredón o en alguna cuneta.

—Como tendréis el turno de mañana, vosotras os encargaréis de encender el panel. Mientras una va a por las cajas al almacén, la otra que lo vaya poniendo en marcha —continuó diciendo el catalán. Se disponía a mostrarles cuáles eran los interruptores que debían subir y conectar cuando, al accionar el primero, todo siguió igual—. *La mare que el va parir!* —maldijo en su catalán natal—. Otra vez el cable. Está flojo y no conecta bien. Si os pasa alguna vez me avisáis. Solo hay que moverlo un poco hasta que haga contacto. Pero vosotras es mejor que no lo toquéis, no sea que tengamos un disgusto.

Manipuló el cable y este, gracias a la ingeniería ibérica mediante la cual todo se arreglaba con un par de golpes, decidió ponerse a funcionar. Indicó a Maricarmen cuáles eran los pasos a seguir y a continuación se dirigió a Ana.

—Tú te encargarás de traer las cajas del almacén —le indicó mientras cogía una especie de carretilla que Ana no había visto nunca.

Era un moderno artilugio hidráulico que se elevaba moviendo la manivela que servía de agarradero. Le indicó cómo meter las dos guías por debajo del palet en el que se apoyaban las cajas. Después tenían que llevarlo hasta el final de pasillo donde se encontraban los faros apilados a ambos lados a la espera de ser distribuidos.

—Ten mucho cuidado —advirtió el catalán—, las cajas pesan mucho y a veces se desestabilizan.

Al principio, Ana era incapaz de mover aquella carga pero, en apenas media hora, ya lo manejaba como si lo hubiera hecho toda la vida.

Pere les indicó cómo debían colocar los faros en las tomas de corriente del banco de trabajo. Había cuatro. El proceso era coger el faro, probar que se iluminaba, meterlo en la caja y dar el visto bueno. Al principio les pareció simple, pero cuando se dispusieron a probar el primero les costó un enorme esfuerzo que encajara en la rosca. Pero, como en todo, a mitad de la jornada ya habían adquirido la soltura necesaria para seguir el ritmo normal de producción.

Aquella fue toda la formación que recibieron, apenas un par de horas para explicarles los conceptos básicos de su puesto, donde permanecerían más de ocho horas diarias.

16

Otto permanecía de pie frente al gran ventanal de su despacho desde donde controlaba toda la planta. Observaba cómo los nuevos trabajadores accedían a la nave uno a uno, alineados, obedientes y sumisos. Sus caras reflejaban una mezcla de miedo y curiosidad, como animalillos asustados atraídos por la comida que les ofrece su captor.

La fábrica era de las más grandes de toda Colonia; tres mil metros cuadrados de instalaciones que escupían a diario cientos de componentes para los vehículos de la creciente industria automovilística. Llantas y sistemas de transmisión eran su mayor producción, aunque también se dedicaban a otros componentes, pero a menor escala. Suministraba a prácticamente todas las marcas que existían en ese momento en el mercado. Mercedes y BMW eran sus principales clientes. La salida del nuevo modelo 1500 le había obligado a contratar más mano de obra para cumplir con los plazos.

Allí estaba, la horda de trabajadores que haría que su nombre siguiera a la cabeza del sector.

Un fuerte ruido, procedente del otro extremo de la fábrica, sobresaltó a Otto, que se giró para intentar identificarlo. Por el pasillo pudo ver cómo su hijo Rainer se acercaba de forma apresurada y con cara de pocos amigos. Le siguió con la mirada mientras le observaba subir las escaleras en dirección a su despacho. Otto suspiró resignado. Conocía a su hijo y sabía que no estaba contento. Aquel no era exactamente el hijo que hubiera querido tener, pero confiaba en poder enderezarlo y que adquiriera el carácter necesario para sucederle. Se sentó tras su escritorio y esperó. Segundos después, un fuerte portazo anunció su llegada. El dueño ni siquiera levantó la vista del montón de papeles que tenía sobre la mesa.

—Buenos días, hijo —le saludó, con un tono amable pero cargado de ironía.

—¡Cómo has sido capaz, padre! —gritó Rainer sin responder a su saludo—. ¿Te crees que seguimos en el año cuarenta?

Otto seguía con los ojos inmersos en sus informes intentando adivinar qué era lo que su hijo quería esa vez. En el fondo le divertía aquel juego de adivinanzas al que le sometía de vez en cuando.

—¿Vamos a jugar a viajar en el tiempo? —dijo con sarcasmo.

—No me vengas con chistes, padre —contestó dando un fuerte golpe en la mesa.

Su progenitor no varió su postura. Se limitó a cerrar los ojos un par de veces antes de dejar que estos asomasen por encima de sus lentes.

—Veo que no te has levantado de buen humor —apuntó el dueño de la factoría.

Rainer ignoró el comentario. En su cara se podía leer la indignación y la impotencia.

—Esas personas de ahí abajo son seres humanos —dijo apuntando con el dedo hacia el gran ventanal—, no puedes tratarlas como si fueran un rebaño de ovejas.

En ese punto, Otto empezó a perder la paciencia. Abandonó su lectura, se quitó las gafas e intentó prestar un poco de atención a su hijo. Cuanto antes acabase con aquello, antes podría continuar con su trabajo.

—¿Sería mucho preguntar cuál es el motivo de semejante enfado? —Otto se armó de paciencia esperando que fuese otra de sus niñerías.

—Ayer fui con Hanno a recoger a los trabajadores. Es vergonzoso cómo se les trata; como si fueran fardos de algodón a los que se etiqueta. Igual que a los... —Rainer consiguió retener a tiempo su comentario. Había temas que, por los rumores sobre la familia, era mejor no tocar.

—¿Igual que a quién, Rainer? —Otto insistió, provocando aún más la ira de su hijo.

—No se puede hacer eso con las personas. —El joven suavizó un poco el tono—. Los hacen salir de los vagones como si fueran animales para después colgarles un número del cuello. ¡Es indignante!

El padre de Rainer estaba ligeramente desconcertado. Aun así, intentó calmar a su hijo haciéndole entrar en razón.

—¿Y cómo pretendes identificarlos? —insistió Otto—. En esos trenes llega mucha gente y de alguna forma habrá que organizarse.

—Pero tiene que haber otra manera —le recriminó Rainer aún cargado de furia—. Es inhumano lo que se hace con esa pobre gente.

—¿Es que acaso se ha maltratado a alguno de ellos, se les ha hecho daño? —volvió a preguntar—. Es solo una forma de gestionar toda esa logística.

—Se ha herido su dignidad. ¿Te parece poco? Pero yo encontraré otra forma de hacerlo, te lo aseguro —amenazó Rainer con una mirada cargada de odio. Dio media vuelta y volvió sobre sus pasos hasta que se perdió entre las instalaciones camino de su estudio.

Otto reflexionó unos minutos. Nunca se había parado a pensar en aquello. Es más, ni siquiera sabía exactamente cuál era el proceso. El sistema se había impuesto en la misma estación. Cuando llegaron los primeros trenes fue tal el caos que los mismos trabajadores idearon el método de las «etiquetas». Él no tenía tiempo para ocuparse de esos asuntos, pero comprendió que algo chirriaba en aquella práctica. Quizá si cedía en ese tema su hijo se involucraría más en la gestión de la empresa y podría encauzarle por el camino correcto. Descolgó el teléfono y llamó a Hans. Él podría ayudarle a solucionar aquel inconveniente.

17

La taza de café empezó a temblar en la mano de la Alemana. Cora se acercó a la mujer y sujetó la taza para dejarla sobre la mesa. Volvió a sentarse y se acurrucó entre la suave manta que la cubría. Intentó imaginar cómo sería realizar un trabajo como aquel. Es más, intentó hacerse una idea de cómo sería vivir una situación similar. Un país desconocido, una lengua que no entendían, un trabajo físico que a ella le resultaba imposible. Tras unos segundos, Cora rompió el silencio.

—¿No teníais un período de formación previo? —preguntó curiosa.

—El período de formación fue aquel rato en que Pere nos dio cuatro indicaciones —respondió la Alemana con nostalgia—. Había que espabilarse como fuera. Si no servías te mandaban de vuelta para casa. Había muchos estómagos que dependían de nosotras. Y, como suele decirse, a la fuerza ahorcan.

—¿Y cuántas horas trabajabais? —Cora estaba cada vez más interesada en aquella historia. Se había enganchado cual seguidor de una serie de televisión que no puede esperar a la semana siguiente para ver otro capítulo más.

—Teníamos turnos de ocho horas, contando los descansos de media mañana y la hora de comer. Era agotador. Permanecíamos en pie durante toda la jornada —recordó la anciana en voz alta—. El ritmo era constante y no se paraba ni un minuto. El nivel de concentración debía ser absoluto. Había días que no te daba tiempo ni de hablar con la compañera de al lado.

—Supongo que cuando esas empresas sustituyeron a los trabajadores por robots no notaron la diferencia. —Cora intentó quitar hierro al asunto con aquella broma.

La anciana sonrió casi divertida. El comentario le hizo gracia y la miró con gesto cómplice. Cora se sintió relajada casi por primera vez en compañía de Ana. Aquel detalle significaba un acercamiento tácito entre ambas, una complicidad que la joven necesitaba y la anciana añoraba.

—El primer día fue criminal —continuó relatando—. Cuando regresamos a la residencia estábamos reventadas. Nos dolían los brazos y teníamos los pies hinchados. Pero tampoco hallamos el descanso esperado, aquellos barracones no tenían calefacción. Eran de madera y chapa, y el frío se colaba por todas las rendijas que encontraba.

Cora quiso hacer más preguntas pero desistió. Nada de lo que se le ocurría tenía sentido. Aunque no concebía que nadie hubiera pasado por algo así, cada vez era más consciente de la miseria que algunas personas tienen que soportar. Empezaba a darse cuenta de la capacidad de supervivencia del ser humano, de hasta dónde es capaz de llegar un cuerpo por él y los suyos. Recordó avergonzada una discusión con su antiguo jefe, el director de la galería. Tenía que viajar a París para una exposición y los billetes que reservó para ella eran de clase turista. Ella, acostumbrada a viajar en las mejores condiciones y con todas las comodidades, sintió pudor al recordar aquella anécdota. Sobre todo tomó conciencia de que aquel tren de vida se le había terminado. Se acabaron las vacaciones lujosas, la ropa cara, los tratamientos de belleza exclusivos. Pero aún no estaba preparada para volver y enfrentarse a su nueva vida de «clase media». Buscar un piso, un trabajo, pagar el alquiler, hacer números a final de mes, ir al supermercado... De momento prefería seguir viviendo en aquella historia que le contaba la Alemana. Sentía que necesitaba conocer el pasado de aquella mujer. Sin ser conscientes, entre ellas se estaba tejiendo una red de sentimientos que serían vitales para Cora.

—Imagino que acabaríais agotadas —continuó diciendo Cora en un intento de seguir con la historia.

—Sí, pero yo no podía quedarme dormida. Habían pasado tantas cosas en pocas horas que necesitaba repasarlas una a una —explicó Ana—. Así que abrí mi maleta y saqué un cuaderno y un lápiz. Aquella noche escribí la primera carta a mi familia.

—Un buen ejercicio de relajación —afirmó Cora.

—Ese día fue el primero de la rutina que seguiríamos a partir de entonces. Día tras día, el mismo proceder, los mismos movimientos, el mismo frío.

—Pero tendríais algún momento de diversión, ¿no? ¿No salíais por ahí a pasear o a divertiros? —se interesó Cora.

—Claro que salíamos —aclaró la Alemana—, aunque tardamos un tiempo en descubrir aquella hermosa ciudad.

18

Rainer y Hanno apuraban su cervezas en el *Biergarten* de Linfgasse donde se reunían muchas tardes después del trabajo. A Rainer le gustaba aquel sitio por el ambiente acogedor y hogareño que se respiraba. Era el punto de reunión de ambos, donde se juntaban sobre todo cuando el Colonia jugaba algún partido. Ese año, el equipo local lideraba la Oberliga y, al parecer, tenía posibilidades. Aunque Rainer era seguidor del equipo local, Hanno se decantaba por el Schalke, pero esa rivalidad no se reflejaba en ellos más que a la hora de defender sus colores.

Tras una intensa conversación futbolística, cambiaron de tema y volvieron a comentar asuntos laborales. A Rainer le molestaba tener que hablar de trabajo en sus horas libres, pero Hanno insistió.

—En toda la fábrica se rumorea tu enfado del otro día con tu padre —observó su amigo, intentando que entrase en la conversación—. Los gritos se oían por toda la planta.

—Hay cosas que no me gustan, Hanno —afirmó Rainer con un suspiro—. Debemos dar ejemplo, después de la imagen que ha quedado de nosotros en todo el mundo.

—Es por lo de las etiquetas, ¿verdad? —preguntó el chico de forma retórica.

Rainer bajó la mirada al fondo del vaso de cerveza vacío y removió el resto que quedaba, intentando encontrar en él las palabras adecuadas.

—¿No te revuelve por dentro el trato que se le da a esa pobre gente? —preguntó al fin.

—Supongo que sí... No lo sé —respondió su amigo dubitativo—. Yo me limito a hacer mi trabajo. Algunos no podemos permitirnos ser tan idealistas como tú. No quiero problemas, y menos con tu padre. Bastante tengo ya con que todo el mundo me señale con el dedo por ser tu amigo. Además —continuó—, por mucho que nosotros pongamos solución a ese problema, otros lo seguirán haciendo. Es el sistema impuesto por la propia estación.

—¿Sabes? —observó Rainer con la mirada puesta en ninguna parte—, a veces les miro e intento adivinar sus vidas. ¿De dónde vendrán? ¿Cuál será su historia? La chica de la revuelta del otro día, por ejemplo. Esa determinación, ese ímpetu. La furia con la que defendía lo único que de verdad era suyo; su dignidad. No puede haber maldad en su actitud.

Hanno miró a su amigo con suspicacia. Aquel comentario inocente le hizo entender que el chico se había fijado en Ana más allá de su espíritu luchador. Lo conocía demasiado bien. Era apasionado hasta el ridículo en cualquier cosa que se proponía. Pero prefirió no comentarle nada.

—Ellos son mediterráneos, son orgullosos, pasionales —interrumpió Hanno, intentando que su amigo abandonara sus delirios idealistas—. Nosotros somos más pragmáticos.

—¿Y por eso debemos permitir que se los trate así? No les quitemos lo único que les queda.

—E imagino que ya estás pensando en algo —le replicó el joven.

Rainer sonrió amargamente. Quería hacer algo pero no sabía por dónde empezar. Cualquier acción significaba enfrentarse a su padre y este no consentiría que en la AK Schulz se extendiera el rumor de que había rencillas entre ellos.

—Por si te sirve de algo —añadió Hanno—, sé que tu padre se reunirá mañana con Hans y con Pere, el catalán. Creo que hablarán del tema, pero yo no te he dicho nada.

El heredero no sabía si alegrarse o temerse lo peor. Conocía a su padre. Era tan imprevisible que a veces le desconcertaba con su forma de proceder. Ambos se miraron y una sonrisa sirvió de agradecimiento hacia Hanno. Levantó la mano y pidió dos cervezas más. Por si acaso, quería celebrarlo.

19

Tres días más tarde, Otto mandó llamar a su hijo para que se reuniera con él en su oficina. Rainer imaginó que sería algo relacionado con el diseño de los nuevos modelos que saldrían al mercado a final de año. Como delineante y licenciado en ingeniería industrial, estaba al frente del departamento de Desarrollo. A su cargo tenía a más de quince diseñadores que dibujaban los nuevos sistemas de transmisión para los coches que después se pasearían en las carreteras de toda Europa.

Atravesó el pasillo de la nave que llevaba desde su estudio hasta la oficina central. Las cajas de madera, apiladas unas sobre otras, le escoltaron hasta el principio de la línea de producción. Iba despistado, como siempre. Llevaba un *gluehwein* en la mano y un *brötchen* en la otra. Sin querer, chocó con la chica que conducía el transportador, con una enorme caja de madera encima. Esta se volvió y se encontraron de frente el uno al otro. Rainer la reconoció al instante: la chica de la revuelta de la estación. Ana se asustó al principio. Después se percató de que unos intensos ojos verdes la miraban sujetos por una enorme sonrisa. Enseguida bajó la mirada y pidió perdón. Rainer puso la mano en su hombro obligándola a que le volviera a mirar.

—Culpa mía —se excusó—. Despistado...

Ana se sintió un poco incómoda. No tanto por estar ante un desconocido, sino por lo mal que lo estaba pasando al oírle hablar en español con tanta dificultad. Le dieron ganas de terminar ella misma las frases que él empezaba. Entonces se dio cuenta de que era el mismo chico del enfado del día anterior.

—Me *lamo* Rainer —dijo alargando la mano.

Ella le miró con suspicacia. No estaba acostumbrada a tanta cortesía. Dudó un momento y le imitó. Él apretó con fuerza.

—Yo me «llamo» Ana —dijo sonriente haciendo especial hincapié en el verbo.

—Sí, no hablo bien español —se disculpó—. Te vi en la estación.

Ana se ruborizó.

—Lo siento mucho —acertó a decir.

—No, tú mucho fuerte... —consiguió decir al fin.

El chico gesticulaba moviendo la taza y el panecillo en todas direcciones. Ana seguía sus manos temiendo que en cualquier momento el contenido acabase en su bata o en el suelo. Rainer se dio cuenta y dejó de moverse.

—Es vino caliente —se justificó—. Bueno para el frío. Toma. —Y le ofreció su almuerzo. Seguidamente le dio el *brötchen* que llevaba en la otra mano—. Está bueno. Bebe.

De detrás de la caja apareció la figura menuda de Maricarmen, que esperaba que su compañera moviera el bulto. Cuando la vio, Rainer se despidió en dirección al despacho de su padre. En su recorrido se volvió para mirar a Ana repetidas veces. Cuando subía la escalera metálica que llevaba a la oficina se giró e hizo un gesto invitando a la joven a beberse aquel brebaje.

—¿Vino caliente? —preguntó la gaditana con sorna—. De verdad que estos alemanes están locos. Aunque hay que reconocer que el chico está para comérselo.

Ana no apartaba la mirada de la escalera. Cuando Maricarmen empezó a hablar se giró hacia ella. Antes de que dijera una sola palabra, su amiga le arrebató el panecillo de las manos.

—Tú bébete esa guarrería, pero el bollo este tiene buena pinta —aseguró metiéndoselo en la boca.

Ana se acercó la taza y probó el contenido. El olor especiado la contradijo un poco pero después el calor la reconfortó. Hizo un gesto de asentimiento. No estaba tan malo aquel mejunje. Siguió mirando al joven hasta que este desapareció de su vista.

20

Rainer subió las escaleras con una sonrisa en sus labios y el brío que otorga el buen humor. Antes de entrar se quedó parado unos segundos en la puerta observando a Ana. Esta revoloteaba entre las máquinas apilando cajas, como una luciérnaga que destacara en un bosque nocturno. Había decidido bautizarla como «la activista de la estación». El joven sentía atracción por la gente con personalidad, y aquella chica había demostrado que le sobraba.

Abrió la puerta y entró despreocupado, aún con la alegría sujeta en su rostro. Fue al volverse hacia la mesa de su padre cuando se percató de la presencia de aquellos hombres. Otto estaba sentado en el gran sillón de piel que presidía la mesa del despacho. En una de las sillas que había delante estaba Hans, el encargado de recoger y trasladar a los trabajadores. En la otra, un hombre moreno, de mediana estatura y algo corpulento. Sus facciones eran angulosas y duras pero su mirada, parapetada por los gruesos cristales de unas modernas gafas, transmitía serenidad y confianza. Cuando su padre le vio entrar se levantó para recibirle, algo poco usual entre ellos dos.

—Rainer, entra. Te estábamos esperando —exclamó.

El chico se quedó de pie apoyado en uno de los archivadores, observando entre suspicaz y curioso.

Otto rodeó la mesa y se instaló de nuevo en su cómodo e imponente sillón. Rainer dirigió la vista hacia Hans y le saludó fríamente. El hombre le devolvió el gesto con un simple movimiento de cabeza.

—Ya conoces a Hans, el encargado del personal —afirmó su padre.

El joven afirmó con un leve movimiento de su mandíbula y a continuación dirigió su mirada al otro hombre, que permanecía en silencio con una perpetua sonrisa en su cara.

—Y este es el padre Calleja —apuntó Otto señalando al hombre al que Rainer no quitaba ojo.

—Encantado de conocerle —saludó Rainer en su español atropellado al oír el apellido del sacerdote.

—Es un placer —respondió él en perfecto alemán.

—Habla usted muy bien nuestro idioma —aseguró sorprendido.

—Estudié la carrera de Teología en la Universidad de Tubinga y hace tres años me destinaron a Colonia, a una de nuestras misiones como capellán de emigrantes —aseveró el cura en un tono humilde pero firme.

Rainer asintió aún con la mano en la de su interlocutor. Todavía no entendía qué hacía allí un cura católico, pero decidió esperar acontecimientos.

—Mi hijo me relató hace poco cómo se lleva a cabo el recibimiento y la selección de los trabajadores a su llegada a la estación —interrumpió Otto dirigiéndose a todos en general—. Debo reconocer que, aunque era consciente del sistema de «etiquetado», nunca he sido testigo de ello y no le he dado jamás demasiada importancia. Pero al parecer a Rainer le parece una práctica poco ortodoxa, por así decirlo. Y quizá tenga razón. Pero es Hans el que se ocupa de estos temas, y yo no dudo de su eficacia ni de sus prácticas a la hora de realizar su trabajo. ¿No es así? —preguntó

Otto a su empleado, invitándole así a dar su opinión. Este, algo nervioso, intentó contestar lo mejor que pudo.

—Verá, señor. En esos trenes llegan grupos de entre mil trescientas y mil cuatrocientas personas, normalmente repartidos en dos convoyes —intentó explicar Hans—. Es muy difícil organizarlos a todos. Vienen trabajadores para diferentes fábricas y debemos actuar con rapidez y eficacia. Pensamos que esa era la mejor forma. Incluso los trabajadores de la estación nos ayudan, y eso que no están obligados...

—No creo que eso sea una excusa para tratarlos como... —bramó Rainer visiblemente alterado, pero interrumpió su discurso ante la mirada reprobatoria de su padre—. Creo que no es necesario que nos cuentes lo que todos conocemos.

—¿Usted era conocedor de esta práctica, *Vater*? —preguntó Otto al padre Calleja. Este agachó la mirada algo avergonzado. Aquel gesto denotaba que el cura conocía el sistema de las etiquetas.

—Verán, no es tan sencillo —aseguró el cura tomando la palabra—. En nuestra misión intentamos apoyar a todos los españoles que necesitan ayuda. Los apoyamos con el idioma, les enseñamos las gestiones básicas; abrir una cuenta bancaria, realizar un giro... Incluso en alguna ocasión he tenido que acudir a la comisaría por algún caso de vandalismo o alguna detención. No somos un pueblo perfecto, como no lo es ninguno —remarcó esto último, que no pasó inadvertido para los allí presentes, aunque no le dieron importancia.

—Pues con más motivo deberían ocuparse de ellos desde el momento en que llegan a este país —le replicó Rainer—. Si nada más llegar les arrebatamos su dignidad, difícilmente podrán recuperarla.

—Con todos mis respetos, Herr Schultz. Valoro su preocupación y eso le honra y le hace merecedor de mi admiración —indicó el sacerdote convencido—, pero mi misión se ocupa de todos los españoles que trabajan en Colonia y sus alrededores.

Solo cuento con la ayuda de unos cuantos voluntarios. Ojalá tuviésemos más medios, pero nuestros recursos son limitados —se lamentó de nuevo.

Rainer se quedó sin argumentos. Había conocido de primera mano la situación de aquella gente a su llegada pero ignoraba que, una vez en el país, su situación empeoraba. Había visto la punta de un enorme iceberg que permanecía sumergido en aquella sociedad floreciente y cosmopolita.

—El motivo de reunirlos aquí es porque queremos encontrar una solución al problema de las etiquetas —interrumpió de nuevo Otto, intentando poner un poco de orden—. Sé que no es mucho pero sería nuestra pequeña contribución a que esas personas se sientan lo más cómodas posible.

Aquel fue el argumento del dueño de la AK Schultz que convenció al sacerdote. Aunque su verdadera intención era bien distinta: necesitaba que su hijo se involucrase en la dirección de la fábrica. En pocos años, él se jubilaría y todo su patrimonio pasaría a ser administrado por su primogénito. No podía dejar que se perdiera en divagaciones idealistas, pero sabía que tampoco serviría de nada imponer su voluntad a la fuerza. Eso provocaría una huida por parte de Rainer, e incluso sería capaz de renunciar a su obligación como heredero de la empresa Schultz.

—Quizá usted, *Vater* Calleja, podría asesorarnos sobre cómo proceder en este asunto —sugirió.

El cura, que había permanecido pensativo durante un rato, se incorporó en su silla y tomó la palabra:

—Aunque no lo parezca, creo que el tema es mucho más fácil de lo que creemos —aseguró el padre Calleja—. Esos carteles anulan prácticamente su capacidad de decisión. Se sienten como instrumentos, no como personas. Es una simple cuestión de voz —concluyó—. Bastaría con que alguien les fuese llamando por su nombre para organizarlos.

—Perfecto —observó Otto, satisfecho por haber encontrado

al fin una solución satisfactoria para todos. Entonces se dirigió a Hans, que había permanecido callado durante toda la reunión—. Tú te seguirás ocupando de la recogida y procederás como hemos dicho.

—Pero... no, no creo que funcione —interrumpió Rainer. Su padre le miró con desesperación—. No quiero ofenderle, Hans, pero no creo que para ninguno de nosotros sea fácil pronunciar esos nombres. Y mucho menos lo será para ellos enterarse. Además, son demasiados como para nombrarlos uno a uno. Creo que debería ser alguien de su país, un compatriota. Primero porque a ellos les será mucho más fácil comprender lo que les dicen. Y segundo porque les resultará tranquilizador que alguien que los entiende les dé la bienvenida. Es cierto que deben adaptarse al país, al idioma, pero será mucho mejor si lo hacemos de forma progresiva; para ellos y para nosotros en el futuro.

El joven se dirigió entusiasmado al sacerdote apremiándole a que diera una respuesta. Este entendió el mensaje que le lanzaba y se vio incapaz de negarse. Entonces esbozó una leve sonrisa.

—Está bien, yo acudiré a recibirlos mientras no encontremos a nadie más —se comprometió el padre Calleja—. No hay llegadas todos los días y la mayoría de los trenes continúan hacia otras ciudades del país. Creo que podré hacer un hueco. Pero tendrán que avisarme con un poco de tiempo para organizarme. Y necesitaré que me faciliten un listado con los nombres de los trabajadores. De todos modos, hablaré con Cáritas a ver si ellos pueden colaborar.

El cura se levantó y se abrochó la americana dando así por concluida la reunión. La sonrisa de Rainer se hizo más que evidente. Otto asintió satisfecho. El chico se acercó al padre Calleja y le dio un fuerte apretón de manos con el que le trasladó todo su agradecimiento.

—Muchas gracias, *Vater* —exclamó visiblemente feliz—. Y si necesita algo no dude en pedirlo. Le acompaño hasta la puerta.

Si me lo permite le presentaré a algunos de nuestros trabajadores españoles. Les gustará conocer a un compatriota.

Otto permanecía de pie ante el gran ventanal observando cómo el sacerdote apretaba manos, palmeaba hombros y sonreía ante un pequeño grupo de trabajadoras que se arremolinaron en un momento en torno a él. Hans, que aún permanecía en el despacho, se dirigió a su patrón:

—Disculpe, Herr Schultz, pero hay algo que no entiendo —preguntó este discretamente—. ¿Qué diferencia hay entre que los trabajadores vean su nombre escrito a que haya alguien que lo pronuncie?

—Es un simple matiz, querido Hans —respondió Otto sin apartar la vista de la ventana—. Como ha dicho el cura, es una cuestión de voz. Todos queremos tener una, aunque esta sea por boca de otros.

21

El cambio de turno en la AK Schulz se realizaba con precisión marcial. Los grupos se cruzaban en el camino de apenas quinientos metros que separaban la fábrica de la residencia. Como miembros de una santa comparsa helada que desfilaba en honor del dios del trabajo, arrastraban su cansancio con las escasas fuerzas que les quedaban tras ocho horas de intenso esfuerzo físico. Llegaban a los barracones y dejaban caer sus cuerpos derrengados en las literas que les ofrecían el consuelo de unas horas contadas de descanso.

Solo la ilusión de recibir una carta a su vuelta borraba momentáneamente su agotamiento. Cuando entraban, pasaban por delante de la puerta de Sofía, la gobernanta, con la ilusión de ser nombradas y agarrar en un amarillento sobre un poco de amor en forma de letras torpes y temblorosas, coronadas con un sello del por entonces dirigente de su amada España.

Ana y Maricarmen, juntas como siempre, ya tenían su vista puesta en la puerta abierta del cuarto de la ropa de la gobernanta. Esta, al verlas acercarse, alargó la mano y les entregó un sobre a cada una. Maricarmen recibía noticias de su casa casi cada semana. Siempre decía que su madre era tan parlanchina que no callaba ni estando ella tan lejos. Llenaba hojas y hojas con anécdotas y noticias triviales que a ella la alegraban.

Ana, sin embargo, no tenía tanta suerte. Había escrito ya dos veces a su casa desde que llegó a Colonia pero no había recibido aún respuesta. Por eso aquella primera misiva con la inconfundible letra de su madre hizo que su estómago y su corazón dieran un vuelco. Miró a su amiga y esta le respondió con una sonrisa de ánimo. Cogió el sobre y lo guardó en el bolsillo de su bata. Esperaría a estar tranquila, en la cama, para saborear aquellas líneas que durante tantas semanas había esperado.

La noche de finales de abril era gélida, incluso en comparación con lo que ella conocía. Aunque las temperaturas ya no eran tan extremas, seguían durmiendo con todas las mantas que podían y asomando apenas la nariz para respirar.

Se sentó en la litera, acurrucada en el rincón, con la carta de la mano. Maricarmen se arrebujó junto a ella para aprovechar el calor de ambos cuerpos. La gaditana abrió el sobre con destreza y sacó varias hojas de papel escritas por ambas caras. Ana sonrió recordando el comentario de su amiga.

—Creo que mi madre se va a gastar todo el dinero que le mando en papel y sellos —bromeó Maricarmen.

Ana observó su sobre. La dirección de su casa, aquella calle estrecha y corta que alguien, irónicamente, bautizó como «calle Ancha». En los pueblos no solían complicarse mucho a la hora de elegir nombres para sus calles. Fuera de la plaza Mayor, sus adyacentes, que solían llevar el nombre de los políticos de turno, y las de las afueras, que otorgaban el nombre de la zona del pueblo en la que desembocaban, no había más donde elegir. Pero leer la dirección, el remite, el nombre de su madre junto al de su pueblo... Aquella carta era para ella una reliquia, un asidero al lugar del que un día salió y que no tenía la certeza de cuándo volvería. Por un momento se trasladó a aquel paraje que ahora le parecía lejano, inalcanzable, casi irreal.

Abrió el sobre con cuidado de no romper el papel. Con la delicadeza de un artesano extrajo el papel; apenas una cuartilla escrita en horizontal con letra forzada de grandes trazos. Al verla tan escueta sintió envidia de Maricarmen, que permanecía ensimismada mientras leía la interminable misiva de su madre. Intentó consolarse pensando que Elvira siempre fue mujer de pocas palabras. Entonces empezó a leer:

Querida hija:

Espero que te encuentres bien. Por aquí todo sigue igual. Tu padre fue al médico el otro día y parece que está un poco mejor. El invierno ha sido duro pero hemos podido comprar una catalítica y por lo menos no pasamos tanto frío, aunque por las noches todavía hiela.

Recibimos tus dos cartas junto con el dinero que mandaste. Con eso hemos podido comprar la estufa y algunas cosas más que hacían falta. También el vestido de comunión de Paquita que, como sabes, la toma el 20 de mayo.

Tu padre te manda un beso y espera que puedas venir pronto. Tus hermanos te echan a faltar, sobre todo Paquita, que no para de preguntar que cuándo vienes.

Cuídate mucho, abrígate, que por esas tierras de Dios hace mucho frío. Y manda el dinero que puedas, que ya sabes que aquí nos hace mucha falta.

Tuya, tu madre que te quiere,

ELVIRA

Aquella despedida fue como un latigazo que borró de su cara la sonrisa que se había instalado desde que Sofía le entregó el sobre. «Manda el dinero que puedas.» ¿Acaso tenía que recordárselo? Sintió rabia contra su madre. Ella mejor que nadie sabía que tenía que enviar dinero. Intentó justificar aquel requerimiento como una súplica pensando en la necesidad de su familia. Pero, aun así, se sintió triste. Era como si aquellas palabras de cariño y añoranza fueran la excusa para recordarle que les mordía el hambre, que no se despistase y que había salido del pueblo para salvar sus vidas. Ana aceptaba su responsabilidad pero le dolía el recordatorio.

Pensó en su hermana Paquita, su niña chica. Lamentaba no poder estar con ella el día de su comunión. Había visto una muñeca preciosa en un escaparate del centro de Colonia. Se la compraría con el sueldo de aquel mes y se la enviaría. No quería dejarlo en manos de su madre. Era su regalo especial para su hermana.

Volvió a leer la carta una y otra vez tapando con el sobre el último párrafo. Quería conservar aquella sensación de bienestar. Pero más que las palabras o su significado, lo que la reconfortaba era observar aquella caligrafía, aquellos trazos que, días antes, su madre había dibujado sobre el papel. Aquel sobre que había salido de su pueblo y había cruzado tantos países. Quizá la carta hizo el mismo recorrido que ella meses atrás. Aquel trozo de papel era el enlace con sus orígenes y la unía a los suyos por un hilo invisible de miles de kilómetros.

—¿Qué se cuenta tu gente? —preguntó Maricarmen, sacándola de su abstracción.

Ana sonrió mientras doblaba la hoja y la metía de nuevo en el sobre.

—Poca cosa —contestó lacónica—. Mi hermana la chica, que toma la comunión dentro de poco y está como loca con su vestido nuevo. Y mi padre parece que está un poco mejor.

—¿Qué le pasa a tu padre? —se interesó preocupada Maricarmen.

—Vete a saber. Reuma, dicen los médicos. El caso es que casi no se puede ni mover, y mucho menos trabajar. Y en casa somos seis, siete contando a mi abuela. Mi madre limpia la escuela del pueblo y yo estuve sirviendo en una casa de un pueblo cercano, pero el dinero no llegaba. Así que aquí estoy —dijo Ana en un lamento que disfrazó de suspiro—. ¿Y tu madre qué te cuenta? —Ana intentó cambiar de tema mostrando interés por la carta de su compañera.

—*Na*, que está *mu* bien —respondió Maricarmen casi indiferente, sin darle demasiada importancia.

—¿Una carta de tres hojas por las dos caras solo para decirte que está bien? —exclamó Ana sorprendida.

—Mi madre es que se enrolla como las persianas. Y eso que sabe pocas palabras, que si supiera más ni te cuento las cartas que me escribiría —bromeó la gaditana.

Las chicas estallaron en carcajadas. Aquellos momentos de risa hacían que se olvidasen por unos instantes de sus miserias personales. Un lujo que nadie les podría arrebatar y al que se abandonaban para no perecer ahogadas en la tristeza.

22

El 12 de mayo de 1962 fue el primer día, desde que llegase a Colonia, que vio los rayos del sol al amanecer. A veces tenía la sensación de que aquel cielo perlado se había tragado al astro rey. Los días eran tan cortos que muchas veces se pasaba una semana entera sin ver la luz del día. De la residencia a la fábrica cuando aún era de noche y, después, de vuelta a la residencia cuando ya había anochecido, lo que solía ocurrir antes de las cinco de la tarde. Cuando se levantó, Maricarmen ya estaba en pie, vestida y arreglada. Aquella luz tenue y discreta había animado a la gaditana más de lo que Ana podía imaginar. Para ella era la vitamina que necesitaba para seguir adelante.

—Por fin un poquito de sol —exclamó la joven animada—. Venga, niña, que se te han pegado las sábanas. ¿Qué hacemos hoy? —Y acercándose a la cama de su amiga la intentó destapar sin éxito.

Ana adoraba remolonear al despertarse. Aquellos momentos a solas que necesitaba cada día.

Hacía poco tiempo que se había instaurado legalmente la jornada de cuarenta horas semanales. Una vieja reivindicación de los sindicatos que ningún trabajador se atrevía a violar. Si alguno hacía horas extra para sacarse un sobresueldo, se arriesgaba a perder su puesto de trabajo y a ser denunciado por los sindicatos. Pero aquellas normas parecían servir solo para los alemanes. La realidad era muy diferente. Pocos eran los extranjeros que no hacían horas extra para conseguir engordar sus sueldos, que se escapaban por las ventanillas de las oficinas de correos a las pocas horas de recibir los sobres con el salario. Así conseguían sobrevivir en aquel país y, los más afortunados, darse algún que otro capricho.

Ana y Maricarmen llevaban poco tiempo en Colonia y aún no habían entrado en la rueda de las horas extra y el trabajo sumergido bajo una capa de prosperidad e higiene económica. Así que decidieron aprovechar aquel sábado que tenían libre para pasear por la ciudad. Ana estaba ansiosa por salir de aquel recinto en cuyos límites parecía acabarse el mundo.

La parada de autobús estaba a casi dos kilómetros de la fábrica, pero la distancia no les impidió dar un agradable paseo en ese día soleado.

Bajaron en la Kyotostraße, frente al Klingelgützpark. Cogidas del brazo caminaron unos metros hasta que decidieron adentrarse en el parque. Los rayos de sol se colaban entre las ramas y los paseantes buscaban su calor como un sediento la fuente. Aquel trozo de naturaleza se les antojaba un soplo de aire fresco que exhalaban con el ansia que su pequeño reloj de libertad les regalaba.

A pocos metros, en un banco, vieron un rostro familiar. Lucia, su compañera de habitación, estaba allí sentada y acompañada de un chico. Este tenía el rostro inmerso entre las páginas de un libro que leía con absoluta fruición. Ella miraba pasar a la gente a través de la lente de una vieja cámara de fotos. Quizá intentaba ver el mundo que los rodeaba desde un prisma más amable. Cuando vio acercarse a las dos jóvenes sonrió a la vez que le daba un codazo al chico. Ambos se levantaron y salieron a su encuentro. Lucia dio dos besos a cada una al tiempo que ellas le correspondían mientras el joven las observaba, ajeno a la relación que había entre ellas. Lucia miró a Maricarmen de arriba abajo. Después, sonriendo, acarició la solapa de su nuevo abrigo. La gaditana se había resistido a gastar parte de su sueldo en una prenda tan cara, pero Ana la convenció de que si no lo hacía sería peor. Enfermaría y entonces sí que no podría ganar dinero para enviar a su familia. Finalmente Lucia se dirigió a él.

—*Sono le mie coinquiline. Ti ho già parlato di loro.*[4] —Lucia hablaba en un italiano rápido.

Ana y Maricarmen se miraron sin entender pero supieron que se refería a ellas.

El joven alargó la mano hacia Ana. Ella le correspondió.

—*Felice di conoscerti. Sono Peppino, il fratello di Lucia*[5] —saludó amablemente con una sonrisa dibujada en su cara.

El joven clavó su mirada en los ojos de Maricarmen. Esta le sostuvo la mirada sin pestañear, sin miedo. Pasados unos instantes mágicos para la pareja, e incómodos para Ana y Lucia, esta se dirigió a la italiana.

—¿Es tu novio? —preguntó para despejar dudas, viendo cómo su amiga se dejaba llevar por la marea reflejada en las lentes de aquel italiano menudo y vivaz.

—¿Novio? —repitió la italiana sin entender.

Ana intentó buscar la forma de hacerse entender. Finalmente recurrió a lo más fácil. De algo tenían que servir las clases nocturnas de alemán en la Universidad Popular.

—*Bräutigam*[6] —dijo Ana señalando al joven.

Lucia alzó la vista buscando el significado en su memoria. Por fin dio con la definición.

—¡No! No *Bräutigam* —negó con una carcajada—. *Il mio fratello...* —Lucia titubeó un momento y volvió a rebuscar en su cabeza—. *Mein Bruder*.

4. «Son mis compañeras. Ya te he hablado de ellas.»
5. «Encantado de conocerte. Soy Peppino, el hermano de Lucia.»
6. «Novio.»

Ana asintió. Fue un alivio y, sin retirar la mirada de Lucia, se dirigió a Maricarmen:

—Puedes seguir haciéndole ojitos al italiano. Es su hermano.

—Ya lo sé, os he oído —dijo la gaditana entre dientes y con su mirada enganchada a la del italiano.

—Me extraña —murmuró Ana casi para sí, viendo a los dos jóvenes embelesados.

Una vez hechas las presentaciones, decidieron pasear los cuatro juntos. Maricarmen le habló bajito a Ana para que los dos hermanos no las pudieran oír.

—Mira, si nos va mal en la fábrica, entre la *Pera* y el *Peppino* podemos montar una frutería.

Rieron juntas y, al oír sus carcajadas, Lucia y su hermano se unieron a ellas, ignorando que él había sido el objeto de aquel chiste.

23

Gozaron de aquel sol sabatino que el mes de mayo les regalaba. Maricarmen caminaba junto a Peppino totalmente embobada. Ambos fingían interés en una conversación que ninguno entendía pero que los dos disfrutaban.

Peppino era mayor que Lucia, aunque no más de tres o cuatro años. No era muy alto, pero eso a Maricarmen poco le importaba, ya que su estatura estaba por debajo de la media nacional, por no hablar de la media alemana. Tenía el pelo negro y abundante que se rebelaba en remolinos que él se empeñaba en domar sin éxito. Escondía su timidez tras los cristales de unas gafas redondas cuyo reflejo no dejaba ver sus enormes ojos de obsidiana. Bajo el brazo escondía un libro que le servía de asidero cuando estaba nervioso, como en aquella ocasión.

Callejearon por el centro de Colonia durante más de media hora; el italiano y la gaditana conversaban más con miradas furtivas que con palabras. Ana y Lucia practicaban su alemán y reían cómplices ante el incipiente enamoramiento del que estaban siendo testigos.

En la Linfgasse llegaron a la altura de un *Biergarten* del que salía un enorme alboroto. Miraron hacia dentro y pudieron adivinar las largas mesas por las que corría la cerveza. Deseaban entrar pero sabían que, en algunos locales, los extranjeros no estaban bien vistos. Lo último que querían era buscarse problemas. Pero el día invitaba a sentarse en uno de aquellos jardines maravillosos que se llenaban de coloneses en cuanto asomaba la primavera.

Sin pensarlo, Ana cogió a Maricarmen del brazo y tiró de ella hacia dentro. Peppino y Lucia las imitaron y fueron tras ellas.

El espacio era un hervidero de risas y gritos. Los alemanes expresaban su júbilo con cerveza y canciones. Por un altavoz se oía lo que parecía la retransmisión de un partido de fútbol. Los presentes estaban atentos a las explicaciones del locutor y comentaban o se quejaban según la verborrea del mismo. Desde la puerta, observaron el espacio sin saber muy bien qué hacer. Había gente sentada en todas las mesas. Algunos de ellos, al verlos parados a los cuatro en la puerta, hacían comentarios en voz baja y los observaban como quien mira un cenicero sucio. Aquello los violentó y estuvieron a punto de abandonar el *Biergarten*. Pero entonces un estruendo interrumpió el momento incómodo. De repente, todo el jardín estalló en júbilo. Gritaban y golpeaban las mesas animados. Más tarde supieron que ese día se jugaba la final de la Oberliga entre el Colonia y el Nuremberg. El equipo local ganó el campeonato por cuatro goles a cero.

Un camarero con ínfulas de gigante, de pelo anaranjado y mostacho intimidatorio, se paró frente a ellos. Estaban seguros de que los echaría de allí a patadas. Pero el hombre, como si su ADN careciese del gen de la sonrisa, les preguntó con voz ronca:

—*Wollen Sie sich nicht setzen*?[7]

Antes de que pudieran responder, este ya se dirigía a una de las mesas cercanas para acomodarlos. Los clientes los contemplaron con suspicacia y se apartaron, más por resquemor que por cortesía. Alguno de ellos se retiró más de la cuenta y la mujer que estaba al lado de Maricarmen encendió un cigarrillo en un inten-

7. «¿Van a sentarse?»

to vano de disimular su incomodidad. Las chicas se miraron asombradas: en España habría sido impensable ver a una mujer fumar en público.

Ni siquiera les dio tiempo a pedir sus bebidas: en unos minutos, el camarero de la sonrisa ausente les plantó delante cuatro vasos de cerveza. Las tres chicas abrieron los ojos atónitas. Peppino rio divertido ante las caras de sus acompañantes. Levantó el vaso y brindó por sus nuevas amigas. Las chicas le imitaron. Era la primera vez que, tanto Ana como Maricarmen, probaban la cerveza. Y por la cara de Lucia tras el primer sorbo, también ella se estrenaba con la bebida. El escollo lingüístico se estableció entre ellos. Peppino lo rompió como pudo.

—*Lucia mi ha detto che siete spagnole.*[8]

Solo entendieron la última palabra, pero fue suficiente para afirmar con un gesto.

—*Noi veniamo di Módica, in Sicilia*[9] —continuó diciendo mientras movía la mano señalando a la vez a su hermana y a él mismo.

Las dos jóvenes le miraban sin apenas entender. Entonces, ante sus caras de duda, abrió su libro y, con un pequeño lápiz que sacó del bolsillo de su chaqueta, dibujó en uno de los márgenes lo que les parecía puramente una bota que le daba un puntapié a un pedrusco. Señaló el dibujo con el dedo mientras explicaba: Italia. Entonces entendieron que aquel era el mapa de su país. Sonrieron aliviadas. El joven marcó un punto en la parte baja de la supuesta roca y les indicó que aquel era su pueblo, su lugar de procedencia, Módica. Justo debajo dibujó un burdo mapa de España e invitó a Ana y a Maricarmen a que indicasen el lugar que les correspondía a ellas. Ana marcó el punto aproximado en lo que sería la zona media-este del mapa: Ávila, Villamora de la Sierra.

—*Santa Teresa!* —exclamó Peppino.

8. «Lucia me ha dicho que sois españolas.»
9. «Nosotros somos de Módica, en Sicilia.»

Entonces le pasó el libro a su compañera. Maricarmen se detuvo en el título y lo leyó en voz baja.

—*«Ed è subito sera»* —apuntó Peppino, y continuó en tono susurrante—: *«Ognuno sta solo sul cuor della terra / trafitto da un raggio di sole: / ed è subito sera.»*[10]

El acento musical y meloso del italiano encendió la mirada de Maricarmen. Su fulgor deslumbró al joven hasta quedar cegado por aquella luz fascinante. Ella mojó la punta del lápiz y, sacando ligeramente la lengua, punteó la parte sur del dibujo. Peppino la observaba esbozar aquel gesto en cuyos ojos y labios vio dibujados la deliciosa oleada del deseo.

Fue en aquel preciso instante cuando el ancla de la cordura de Peppino se soltó para siempre dejándose arrastrar al abismo de los ojos de Maricarmen. Ya no pudo desprenderse de ellos.

—Cádiz, Barbate —añadió esta, y correspondiendo a su breve recital poético, se arrancó con una copla que conocía de memoria.

—«Te fuiste, marinerito, / en una noche lunada, / tan alegre, tan bonito, / cantando a la mar salada.»[11]

Una mezcla de tristeza, añoranza y deseo subieron por el estómago de Maricarmen hasta su pecho y se le atascó en la garganta en un llanto que intentó evitar a toda costa. Sus ojos titilaron inundados en lágrimas que se esforzó por dominar. Peppino se percató de la emoción de la joven y apretó su mano con fuerza.

—Mi madre me la cantaba cuando mi padre y mis hermanos salían a faenar —recordó aún con la emoción dibujada en su cara. Aunque no estaba segura de si fue el recuerdo o la dulce cadencia de aquel acento mediterráneo y susurrado de Peppino mientras recitaba los versos.

10. «Cada uno está solo sobre el corazón de la tierra, herido por un rayo de sol y de pronto anochece.» «Ed è subito sera», poema de Salvatore Quasimodo.

11. «Elegía del niño marinero», poema de Rafael Alberti.

Ana la rodeó con su brazo y la invitó a recostar la cabeza en su hombro. Conocía el dolor de su amiga al recordar la pérdida de su hermano mayor y su padre en una noche de temporal. Aquel fue el motivo por el cual su madre la envió a Alemania.

Un brusco estrépito interrumpió el dramatismo de la escena. El griterío espantó los recuerdos tristes y provocó que los cuatro jóvenes sonrieran ante aquella demostración de júbilo. Sus compañeros de mesa apuraban sus cervezas y se abrazaban. Una de las mujeres que estaba sentada a su lado se acercó a Lucia y la abrazó pronunciando algo que no entendió muy bien.

—*Fritz Pott ist ein Held.*[12] —Y la cogió de las mejillas para volver a besarla repetidamente.

Pronto sus acompañantes la imitaron y empezaron a abrazarlos. Entre el griterío y las canciones era imposible entender lo que decían. Solo podían ver cómo les ponían delante la mano señalando cuatro dedos. Ninguno de ellos entendía nada pero se dejaron contagiar por la alegría de los alemanes. Brindaron y bebieron como si fuese la última vez que lo hacían.

Al cabo de unos minutos se relajaron un poco y siguieron con su improvisada «conversación». El locutor seguía retransmitiendo el partido, pero a los presentes, con aquella ventaja en el marcador, ya nada parecía importarles.

12. «Fritz Pott es un héroe.»

24

Ana elevó la cabeza para hacer un barrido general con la vista de todo el jardín. El espacio era enorme, con largas mesas donde la gente bebía y comía. Ella que pensaba que los alemanes no sabían divertirse... De pronto, su rostro mutó. Al otro extremo de la mesa, unos metros más alejado, estaba Rainer, sentado junto a Hanno y otros jóvenes. También celebraban la victoria en la Oberliga del Colonia. El joven bebía cerveza ajeno a la mirada de Ana unos metros más atrás. Pero cuando se volvió para brindar con uno de sus colegas, tropezó con los ojos oscuros de Ana que lo escrutaban. Su rostro se iluminó con su sonrisa y sus ojos verdes se centraron en ella. Algo turbada, retiró la mirada e intentó reincorporarse a la conversación de sus amigos, pero le fue imposible.

Apenas pasaron unos minutos cuando Rainer se acercó. Sin pedir permiso, se sentó junto a Ana y pasó el brazo por el hombro de Peppino.

—*Unterhalten Sie sich?* —dijo a Peppino buscando la complicidad masculina que otorga el fútbol—. *Es war ein unglaubliches Spiel. Nächstes Jahr werden wir in der Bundesliga sein.*[13]

13. «¿Os divertís? Ha sido un partido increíble. El año que viene estaremos en la Bundesliga.»

Pero ninguno de los cuatro entendió las palabras de Rainer. Además, Peppino era más amante de los libros que de los balones. Este se dio cuenta de su error e intentó arreglarlo como pudo. Miró a Ana e intentó hacerse entender en su pobre castellano.

—Fútbol, campeones... —explicaba mientras daba patadas al aire con el pie—. El Colonia... campeón...

Viendo la dificultad de su patrón para expresarse, dieron por entendidas sus palabras y alzaron el vaso para brindar por la victoria de su equipo. Rainer palmeó la espalda de Peppino y se despidió mientras se levantaba. Antes de irse, le dedicó a Ana una sonrisa temeraria que hizo que a esta se le subieran los colores. No sabía muy bien si por el efecto de la cerveza o por la inquietante situación. Cuando se alejó, Maricarmen la vigiló de soslayo. Ana no se atrevió a girarse hacia su amiga y escondió su rostro tras el vaso de cerveza que ya estaba por la mitad.

25

Los meses transcurrían sin demasiadas novedades, teniendo en cuenta lo que ya de por sí habían cambiado las vidas de Ana y Maricarmen en el último año; un país y un entorno nuevos —la mayoría de sus compatriotas habían pasado del campo a la ciudad en apenas unas horas—, eran elementos complicados de gestionar. Aunque la mayor dificultad la encontraron en el idioma. La frustración llegaba al no comprender qué órdenes debían acatar o cómo hacerse entender.

Las clases en la Universidad Popular resultaban una ayuda considerable. Dos veces por semana acudían después del trabajo para aprender las nociones básicas de una lengua que les parecía de otro planeta.

Una cosa era repetir como loros las palabras que aprendían de algunos compañeros y otra muy distinta comprender la estructura, la gramática y el vocabulario de aquel idioma indescifrable. A dicha dificultad se le unía la de ignorar los conceptos básicos educativos ya no solo del alemán, sino de cualquier fundamento pedagógico.

Ana sentía una profunda impotencia cuando intentaba comprender los usos del dativo o el acusativo, ya que ni siquiera tenía claro lo que era un complemento directo o indirecto en español.

Sacada de la escuela con apenas trece años para trabajar sirviendo en una casa de la zona, poco tiempo había tenido para los estudios. «Las cuatro letras», como se solía decir, y poco más. Lo mismo le ocurría a Maricamen. Ella tenía algo más de facilidad a la hora de entender la lengua. Su familiaridad con el inglés, idioma que había escuchado un poco en su zona a algunos militares y marineros, le hacía tener la mente un poco más abierta para asimilar aquellas clases. Eso en la teoría, porque en la práctica era incapaz de pronunciar bien una sola palabra en alemán. Su acento andaluz suponía un obstáculo para tal fin. Por el contrario, a Ana le costaba un poco menos. Podría decirse que entre las dos se apañaban bastante bien a la hora de comunicarse. Como dos siamesas lingüísticas.

Para Ana, aquel reto suponía un aliciente a la hora de enfrentarse al mundo. Cada vez que conseguía asimilar un nuevo concepto, y sobre todo cuando podía utilizarlo en su vida cotidiana, su ánimo se venía arriba. Suponía un triunfo, un avance, un logro en aquel entorno hostil. Y pudo descubrir, para su sorpresa, que aquellas clases no se le hacían en absoluto tediosas, como les ocurría a algunos de sus compañeros. Aprender algo y poder ponerlo en práctica le resultaba alentador, no como el monótono canturreo de las tablas de multiplicar que le obligaban a aprenderse en la escuela. Aunque eran muchas las ocasiones en las que utilizaba mal sobre todo los géneros en los nombres. Así, no fueron pocas las veces que se dirigió a algún niño como *die Kind*[14] o a un grupo de mujeres como *der Frauen*.[15]

En vez de avergonzarse y esconderse, Ana agradecía las correcciones e intentaba retenerlas.

La profesora, Frau Eva, era una mujer de unos cincuenta años, paciente y cariñosa, aun cuando sus alumnos eran hombres y mujeres adultos, la mayoría de ellos sin el más mínimo interés por

14. «La niño.»
15. «Los mujeres.»

lo que explicaba. De poco les iba a servir aprender alemán cuando, en un par de años, volvieran a sus pueblos con dinero y triunfantes tras su aventura en tierras germanas. Pero ella no se rendía y trataba a todos con el respeto y la atención que su profesión le obligaba.

Al finalizar la clase, el ruido de las sillas arrastrándose y los libros al cerrarse dieron paso a la estampida de los alumnos que ansiaban llegar a sus residencias y descansar. Ana y Lucia se retrasaron para consultarle a Frau Eva una duda sobre una de las declinaciones. Maricarmen y Peppino salieron juntos del aula. Ana pensó que su amiga estaba más interesada en aprender italiano que alemán. Ambas se miraron y sonrieron, corroborando así lo que para ellas ya era un hecho: el romance entre el italiano y la gaditana.

Mientras esperaban, un grupo de cuatro hombres charlaba a pocos metros. Españoles todos ellos. Ana no pudo evitar oír la conversación.

—Se han cargado a Grimau —anunció uno de ellos en tono triste y solemne—. Lo dijeron ayer en la WDR.[16]

—¡No me jodas! —respondió otro sin poder evitar el taco—. ¡Qué hijos de puta!

—Están organizando una manifestación para la semana que viene —informó el mensajero de la noticia—. Hay que ir. Aquí nadie nos lo puede prohibir. Acordaos sino del año pasado, cuando lo de los mineros de Asturias.

Ana escuchaba sin entender nada. No sabía quién era ese tal Grimau, y mucho menos había asistido nunca a una manifestación. Pero intentó prestar atención.

—El sábado nos dirán más en el Centro Popular —continuó diciendo el que llevaba la voz cantante—. Vendrá un compañe-

16. Westdeutschen Rundfunk, emisora de radio radicada en Colonia que a finales de 1962 empezó a emitir un programa semanal de quince minutos en español, dirigido a los emigrantes.

ro del IG Metall y algunos de UGT. A lo mejor viene Llopis pero no es seguro.

El chico que parecía llevar la iniciativa se dio cuenta de que Ana los observaba intentando disimular su interés por la conversación. En contra de lo que ella esperaba, le hizo un gesto con la mano para que se acercase. Pero Frau Eva ya esperaba para que la joven le hiciera su consulta y desistió.

Cuando salieron del aula caminaron unos metros en dirección a sus residencias. Ana se entretuvo unos instantes con la intención de retrasarse y así poder hablar con Maricarmen.

—¿Tú sabes qué es eso de los sindicatos? —preguntó casi avergonzada de su ignorancia.

Maricarmen la miró con curiosidad e incrédula. Su vida había transcurrido en un entorno sindicalista. Conocía muy bien el sentimiento, la CNT, UGT, el PCE... Claro que sabía lo que era un sindicato. Ella mejor que nadie. Muy a su pesar, o por suerte, comprendía cuál era la función y lo que conllevaban dichas asociaciones.

—¿Por qué me preguntas eso? —quiso saber la gaditana sin dar una respuesta inmediata a su amiga.

—Había unos hombres en la clase que hablaban de IG Metall y de UGT. Algo sobre una manifestación, que habían matado a alguien... —respondió Ana.

—Si algo hay en mi familia son sindicalistas —aseguró Maricarmen exhalando un suspiro—. Mi abuelo y mi padre estaban metidos en la UGT y en el Partido Socialista. Mi tía Amparo era cigarrera en la Tabacalera. Estaba en la CNT, con Micaela de Castro. En el 36 la detuvieron y acabó fusilada junto a la tapia de la plaza de toros. Ella y dos compañeras más. Mi padre tuvo más suerte. No lo mataron pero no estaba bien visto en ningún sitio. Él no cambió de chaqueta como hicieron otros. Total, *pa na*: al final se lo llevó un temporal un día que salió a faenar. A él y a mi hermano.

Ana se dio cuenta de que una bilis y una tristeza negras volvían a enturbiar el ánimo de su amiga y no quiso seguir con el tema.

—Era por saber, nada más —aseguró cogiéndola del brazo y forzando una sonrisa.

Unos metros más adelante, Lucia y Peppino les apremiaban para que se dieran prisa: la noche caía y aún les quedaba un buen trecho hasta la residencia.

26

Vivir y trabajar en el mismo recinto obligaba a los trabajadores de la AK Schultz a agudizar su ingenio y convertir cualquier estancia en un lugar de recreo en donde pasar algunas de las pocas horas que les quedaban tras el trabajo.

Así, la sala común de los barracones de las mujeres se convertía en un improvisado centro para leer las cartas que recibían, charlar o escuchar la radio. Era también el sitio en el que, cuando recibían los paquetes de comida que les enviaban sus familias, se organizaban improvisados guateques donde todos compartían las delicias y sabores que les permitían viajar a sus lugares de origen y saciar la añoranza que les secaba el alma.

En días como aquel desfilaban por la mesa el lambrusco, los salchichones, el queso parmesano, el Anís del Mono, los huesos de santo o la manzanilla. Todas ofrecían un pedacito de su mapa de sabores y memoria, haciendo así menos insoportable la nostalgia.

Lucia giraba el dial de la Akord que alguien había colocado en un estante alto para evitar así que fuera manipulada más de la cuenta. Sus dedos se deslizaban por el botón saltando de las noticias en alemán a la retransmisión de un partido de fútbol o a una pieza clásica. Al fin se detuvo cuando consiguió cazar un twist, la música de los guateques, alegre y divertida. No había joven que no lo bailase en aquellos años.

La italiana se giró hacia sus compañeras. La algarabía y la animación ya habían dado comienzo con un par de botellas de Valdepeñas y una de anís que ellas habían mezclado con sus recuerdos. No les costó animarse cuando Lucia comenzó a dar palmas invitando a todas a moverse con ella. Era una gran bailarina, tenía talento, para eso y para muchas más cosas; sobre todo, para la fotografía. Se acercó a Merche, su compañera de habitación, y la cogió por la mano haciendo que se balancease a su ritmo. Pero la realidad era que ninguna de ellas había bregado mucho con aquel baile, aunque todas se movían como podían o sabían. Unas torpes, otras exageradas, otras tímidas... todas intentaban compartir el ritmo y sacar fuera la tensión de tantos días de trabajo y sacrificio.

La imagen era tan entrañable como cómica. Un grupo de mujeres jóvenes, cada una procedente de una punta de Europa, unidas por la soledad.

Las risas y las palmas eran cada vez más fuertes y el ánimo imparable. Se las oía desde cualquier punto de la residencia.

De pronto, una silueta en el quicio de la puerta las hizo parar en su entusiasmo. La figura de Sofía, la encargada, se recortó frente a ellas. Con los brazos cruzados, su rostro circunspecto y algo malhumorado las observaba con gesto reprobatorio. Todas enmudecieron mientras la música seguía sonando y deseaban que aquel artefacto callase por arte de magia. La italiana acertó a encontrar el botón y consiguió bajar el volumen.

Sofía comenzó a caminar lentamente hacia ellas por la mitad del pasillo que se formaba entre las mesas. Miraba a un lado y a otro con esa actitud altiva y algo amenazante tan apropiada para un puesto como el suyo. Cuando llegó al fondo de la sala, donde estaba la radio, las observó sin mudar la expresión mientras afirmaba ligeramente con la cabeza. Las chicas temieron una fuerte reprimenda.

—No aprenderéis nunca —sentenció convencida. Tras unos segundos de tensión, se dirigió a la italiana—. Lucia, ven aquí.

Se acercó temerosa con la cabeza agachada consciente de que sería ella la que recibiría el sermón por ser la instigadora de aquella pequeña fiesta improvisada.

—Vamos a enseñarles cómo se hace —dijo inesperadamente la mujer.

La joven levantó el rostro contrariada. En un principio no supo a qué se refería. Entonces Sofía giró el botón y el volumen subió a la vez que la voz de Chubby Checker las animaba con un sonoro «*Clap your hands*». Sofía empezó a moverse girando los pies y las caderas al ritmo de la música. Lucia esbozó una sonrisa y la siguió con el mismo ritmo. El resto de las chicas las acompañó dando palmas y jaleando sus movimientos. Ambas mujeres mostraron su maestría y talento con la cadencia de sus cuerpos que se dejaban llevar por las notas de aquel twist hipnótico. Y por unos minutos olvidaron dónde se encontraban y el chirrido funesto y famélico de todo lo que las había desterrado hasta allí.

A pesar de la severidad de la encargada, esta sabía que en ocasiones la mejor forma de imponer la autoridad y mantener el orden era precisamente alterarlo y dar un respiro a aquellas almas cautivas.

27

Maricarmen intentaba con poco éxito domar un mechón rebelde que salía de su flequillo con una horquilla mientras sujetaba otra con la boca. Ana, a su lado, se colocaba su sempiterna trenza negra que peinaba con soltura. Su amiga la miró entre molesta y lacónica. La gaditana era presumida y quería gustar, mucho más ahora que había algo de acercamiento con el italiano. Siempre acompañados por Lucia y Ana. Ellas eran su red de seguridad, el protocolo tácito en las relaciones tal y como ellos, españoles e italianos, conocían del arte del cortejo.

—Déjate el pelo suelto, mujer —sugirió Maricarmen domando al fin el travieso mechón.

—¡Quita, quita!, que se me enreda mucho y luego es una lata deshacer todos los nudos. De pequeña, mi madre solo me soltaba el pelo el día de la fiesta del pueblo o en alguna ocasión muy especial —aseguró ella mientras trataba de disimular una sonrisa melancólica—. Después era un suplicio peinarme y desenredarlo. Así es más cómodo.

Maricarmen negó incrédula con la cabeza. Nunca había conocido una mujer tan sensata, tan con los pies en la tierra, como su amiga. Aquel temor a no salirse del camino, a no dar la nota, el miedo a hacer algo que la apartase de su misión en aquel país extraño la obligaba a permanecer en todo momento alerta, en una zona de confort que no abandonaba ni siquiera a la hora de divertirse, como aquel día.

Por el contrario, la andaluza lucía una media melena rubia, ya mucho más lustrosa que el día que Ana y ella se conocieron. Una buena alimentación hacía milagros en lo referente a tratamientos de belleza.

En ese momento entró Lucia, que terminó de acicalarse también para su paseo dominical. Miró a Maricarmen y le pareció que aquel día estaba especialmente atractiva.

—Muy guapa, Maricarmen —dijo la joven lanzando un guiño a Ana a través del espejo—. *Mio fratello*, mucha suerte.

El rubor subió al rostro de la chica a una velocidad de vértigo. Tanto que tuvo que mojarse de nuevo la cara para disimular su apuro. Lucia era alegre, bromista, de carácter tan dulce que resultaba imposible no quererla. Si la relación entre Ana y Maricarmen se había convertido en fraternal, Lucia y Peppino habían sido adoptados por ellas, y entre los cuatro formaron una pseudofamilia que les compensaba la carencia de seres queridos cerca en los que refugiarse.

Una vez listas, las tres jóvenes salieron de la residencia para dirigirse a la entrada del recinto donde las esperaba Peppino. Este, al verlas acercarse, sonrió abiertamente. No solo por ver a Maricarmen, a la que empezaba a adorar con una admiración casi ridícula, sino por la visión radiante de las tres muchachas, tan hermosas, tan alegres... Se sentía afortunado de gozar de su compañía.

Caminaron unos metros hasta la parada del tranvía que los llevaría al centro de la ciudad.

Los jóvenes habían establecido el Klingelgützpark como su punto de partida cada vez que visitaban el centro. Allí había comenzado su amistad. Les gustaba aquel parque. No era nada del otro mundo, pero su diáfana sencillez les daba una sensación de limpieza que les hacía sentir a gusto. Se acercaron a uno de los bancos para disfrutar del sol que aquel día se había dignado a asomar por entre perpetuas nubes grises del cielo de Colonia.

Al otro lado de la placita, un grupo de niños se arremolinaba alrededor de un hombre vestido con vivos colores. Sacó de su bolsa unas mazas y comenzó a realizar juegos malabares con absoluta destreza. Lucia se levantó y cogió a Ana de la mano, invitándola a acompañarla. Esta no tenía muchas ganas de correr hasta allí para ver al artista callejero, pero la mirada pícara de la italiana le hizo comprender que debían dejar a solas a la pareja. Corrieron cogidas de la mano hasta donde se encontraba el improvisado espectáculo.

Maricarmen y Peppino se quedaron a solas, sentados juntos en aquel banco, sin atreverse siquiera a mirarse a los ojos. La dificultad lingüística, en esa ocasión, les proporcionaba la protección necesaria para no verse obligados a dirigirse el uno al otro. Pasados unos segundos de palpitante silencio, Peppino se arrastró ligeramente hasta la gaditana y, sin pensarlo mucho, de haberlo hecho no se hubiera atrevido, le rodeó los hombros con su brazo. Era el momento perfecto, el escenario perfecto, la chica perfecta. ¡Y ambos lo deseaban tanto...! Cuando Maricarmen se atrevió a girar el rostro hacia él, se topó con los ojos negros y encendidos del italiano. Él permaneció observándola, como si fuese una visión divina. Escaneaba su rostro en un intento de atrapar toda la belleza misteriosa que a él le parecía la más admirable y radiante de la creación. Los ojos de Maricarmen le sujetaron la mirada impulsada por los exagerados latidos de su corazón, que no se le salió del pecho gracias a los fuertes botones de su abrigo.

El magnetismo hizo el resto. Sus cuerpos se acercaron y, en un gesto incontrolable, sus bocas se rozaron hasta encontrar el calor de los labios del otro. Un primer beso que sabía a compromiso, a noviazgo, a seguridad y a vértigo. Una sonrisa tímida despegó sus lenguas y Peppino acompañó el gesto con un leve roce en su mejilla. Sin embargo, a pesar de la felicidad del momento, que ambos deseaban no acabase nunca, un fugaz pensamiento enturbió el instante de Maricarmen. El destino y las circunstancias les habían juntado; ese mismo destino dictaba el hecho de que aquella vivencia sería provisional. Estaban en aquella ciudad, lejos de todo y de todos los suyos. Aun así, el sueño de los que allí habían atracado acababa con la vuelta a sus hogares, el deber cumplido y las deudas familiares saldadas.

Peppino se percató del leve abatimiento de su amada que por un instante bajó la vista en un intento de esconder su preocupación. Alzó su rostro levemente elevando el mentón de ella y esta, deseando espantar aquel aciago pensamiento, volvió a sumergirse en el abismo de sus ojos. Se dejó llevar y se abandonó a la fruta madura y sensual que había saboreado minutos antes.

Poco tiempo después, Ana y Lucia se acercaron divertidas mientras imitaban los movimientos del malabarista con objetos invisibles. Al llegar a su altura observaron a la pareja, acaramelada y feliz por no tener que ocultar más ese deseo que entorpecía su día a día.

Caminaron hacia el centro hasta toparse con la monumental catedral. Al pasar a su lado se sintieron diminutos, acomplejados ante la grandiosidad de aquel gigante de piedra que parecía emerger de las mismas entrañas de la Tierra. Continuaron un poco más hasta llegar a los embarcaderos, en el paseo del Rheinegarten, disfrutando de los múltiples colores de las casas típicas que presidían la orilla del río.

Llegó la hora de comer y con ella los rugidos de sus estómagos. Peppino quiso invitarlas, como buen caballero que era, y le pidió a su hermana que le acompañase a comprar unos bocadillos. Mientras, Ana y Maricarmen esperaban apoyadas en la barandilla. La gaditana observaba bajar las aguas turbias del Rin que se precipitaban corriente abajo casi a la misma velocidad que sus emociones. Ana se percató del abstraimiento de su compañera y quiso devolverla a la realidad.

—Hacéis buena pareja —aseguró.

Maricarmen esbozó una leve sonrisa por la que resbalaba una pátina de tristeza. Fue suficiente para preocupar a su amiga.

—A lo mejor no ha sido la mejor idea, ennoviarme aquí, con un italiano que no sé dónde vive ni si volveré a verlo después de...

—Si a ti te gusta y él está loquito por ti. ¿Por qué dices eso? —Ana intentaba animar a su amiga aunque en el fondo sabía que tenía razón. ¿Qué locura era aquella? ¿Adónde conducía aquel romance entre dos personas que ni siquiera se entendían cuando hablaban?

—Ya lo sé, Ana —dijo desconsolada—. Ya lo sé.

Los dos hermanos se acercaron con la comida. Se sentaron en el césped y dieron buena cuenta de su almuerzo.

Ana y Lucia observaban el río y soñaban con poder navegar algún día en alguno de los barcos que lo surcaban. Peppino abrazaba a Maricarmen y le dedicaba todos los arrumacos, mimos y atenciones que ella no había tenido en su vida, y menos de un hombre. En un ataque de felicidad, Lucia quiso capturar la escena dentro de aquella memoria mecánica en blanco y negro. Pidió la atención de su hermano y la gaditana y pulsó el botón. Viendo aquella imagen, tan pura, tan hermosa, nadie sospecharía que ese momento podía resquebrajarse a causa de una fatalidad ajena a ellos.

28

La entrada de la primavera trajo lluvias impetuosas que no hacían mucho más cómoda su estancia. Durante los meses fríos de pleno invierno las bajas temperaturas mantenían a raya la humedad. Era duro, pero aguantaban las noches de veinte grados bajo cero gracias a que siguieron apropiándose de tantas mantas de lana baratas como pudieron conseguir. La subida de las temperaturas hacía que la nieve más dura se derritiese. Aquellos barracones prefabricados de madera y chapa ferruginosa habían sido instalados sin tener en cuenta las más mínimas condiciones de drenaje o aislamiento.

Así, un día de finales de mes, se levantaron y descubrieron que toda la parte de los baños y las duchas estaba inundada y el agua les llegaba casi a los tobillos. Afortunadamente se dieron cuenta a tiempo y pudieron poner a salvo sus pertenencias que, en la mayoría de los casos, guardaban debajo de las camas. Entre Sofía y algunas de las chicas consiguieron achicar el agua pero eso no disminuyó la incomodidad del momento.

Al llegar a la fábrica, la cosa no mejoró mucho: la permanente humedad no era en absoluto segura, sobre todo para Ana y Maricarmen, que debían manipular el panel de pulsadores e interruptores deteriorados cuyos cables pelados asomaban rebeldes y amenazaban sus ateridos dedos.

Las condiciones en las que se encontraban, ella y la mayoría de sus compañeros, hacían que Ana tuviera una desagradable sensación de impotencia. Nunca había sido persona de causar problemas, ni de reivindicar nada. Pero sentía que dentro de sí algo quería salir, gritar que aquello no estaba bien. Como el día que llegaron a la estación. Esa furia desconocida que salió de no sabía muy bien dónde y la empujó a dejar en evidencia los abusos. Esa misma furia volvía a empujar hacia arriba por su garganta peleando por salir.

Aquel día ella pudo más y consiguió domar a los perros que pedían justicia hasta que volvieran a estar hambrientos y le mordiesen el alma. Pero aun así, seguía oyendo sus ladridos.

Empezaron la jornada, como cada día, intentando hacerla lo más llevadera posible. Maricarmen, como siempre, envuelta en su bufanda. Y ella moviéndose de un lado a otro para mantener el calor del cuerpo.

Cuando se dirigía al almacén para traer las cajas donde meter los faros ya revisados, se fijó en el chico que había visto aquella noche durante las clases de alemán en la Universidad Popular. Él la reconoció al instante. Se había enterado de que él y algunos de sus compañeros eran miembros del sindicato IG Metall, y de UGT, que hacía pocos años se había establecido en el país. Lo que le había contado Maricarmen acerca de los sindicatos, junto con lo que pudo averiguar por su cuenta, hicieron que pasase varios días dándole vueltas a la cabeza.

Estuvo tentada de pararse a hablar con él pero se le adelantó.

—Te vi en clase el otro día —dijo con aire amistoso que a ella le pareció algo fingido.

—Sí, a ver si soy capaz de aprender este idioma del demonio —bromeó ella.

—A lo mejor te apetece venir un día al Centro Popular. Si te gusta el cine, o la literatura...

Ana no supo qué responder. Le gustaba el cine, claro, aunque solo había acudido a ver un par de películas desde que llegó a Colonia, y estas eran en alemán, así que apenas disfrutó de la proyección.

—Voy los viernes a la Casa de España —le confesó ella—. No te he visto nunca por allí.

El joven sonrió con un gesto indulgente.

—Ven un día —insistió—. Nos reunimos los martes, jueves y sábados. Los sábados hacemos más cosas, pues es el día libre de la mayoría de nosotros. Te gustará.

El joven desapareció tragado por el bramido de las máquinas que funcionaban a todo gas.

Poco después Ana supo que aquel chico era Juan Liébana Ríos, un activo sindicalista que sería detenido tres años más tarde por asociación ilícita y condenado a dos meses de cárcel.

Cuando estaba a punto de llegar a su puesto con las cajas vacías, Cosme, un paisano de Cardeñosa al que había conocido a los pocos días de llegar, se acercó a ella.

—Yo de ti no me juntaría con esa gente —dijo a modo de advertencia.

—¿Y quién ha dicho que me vaya a juntar con nadie? —bromeó ella.

—Yo solo te advierto. Esos siempre andan con problemas con los jefes —afirmó con un gesto del mentón, apuntando hacia el rincón por el que había desaparecido el sindicalista.

Cosme Garcinuño era un joven de pueblo, como ella, cuyo único afán era ganar el dinero suficiente para comprarse una casa y vivir de la tierra. Parecía honesto y espabilado. Estaba convencido de que, cuanto menos llamase la atención, mucho mejor. Su estancia en el país sería temporal. Si todo iba bien, en dos años estaría de regreso en Cardeñosa. Había adoptado el papel de protector de Ana. La tierra obliga y él, de algún modo, sentía que debía velar por ella. Pero la realidad era que, desde el día en que Ana pisó la fábrica, Cosme había quedado prendado de la joven.

29

El saludo de Rainer a Ana cada mañana se había vuelto una costumbre. El joven pasaba por su lado y la saludaba con entusiasmo en un español que iba mejorando día a día. De un «Buenos días» pasó a un «¿Qué tal estás», otro día fue un «Que tengas un buen día», incluso un aparentemente espontáneo «Hace un día precioso». Ana fingía indiferencia sin demasiado éxito, a tenor de las risas de Maricarmen y las miradas inquisitorias de algunos de sus compañeros.

El joven mostraba su interés por ella sin importarle, o sin percatarse de la repercusión que ello pudiera tener, aunque solo fuera una incomodidad a pequeña escala. Ana intentaba disimular el inconsciente descaro de Rainer como un ladrón trata de esconder su botín, sintiendo que era ella la que estaba haciendo algo indecente. Evitaba los encuentros y procuraba alejarse de su puesto cuando se suponía que él llegaría a la fábrica. Pero siempre acababa por hacerse el encontradizo. Así que se dio por vencida. No podía hacer nada ante la insistencia de su patrón.

Y aunque detestaba que un jefe mostrase excesivo interés en un empleado, pues siempre acarreaba una contrapartida, algo en su interior le decía que las intenciones de Rainer eran puras y sinceras. Quizá el chico era así de amable, o podría ser que ella le cayese bien. Quién sabe si incluso... No, no quiso seguir en su hipótesis y retrocedió de aquella fantasía como quien se retira con vértigo ante un acantilado por miedo a caer al vacío.

Si el simple hecho de un saludo encendía las suspicacias de sus compañeros, no quería ni imaginar qué pensarían si supieran todos los momentos en los que el joven había forzado encuentros casuales con ella fuera de la fábrica. En un paseo por el parque, a la salida del centro social los domingos, a la vuelta de las clases de alemán... En un par o tres de ocasiones incluso se habían parado un buen rato para conversar sobre cualquier tema. La última vez que ocurrió hablaron de asuntos más delicados, como las condiciones de las residencias. Ana no hizo ningún alegato, simplemente se limitó a explicarle lo que había aprendido en sus conversaciones con algunos de los sindicalistas. Lo hizo con miedo, sopesando la reacción de él. Pero, para su sorpresa, este no mostró indignación, como cabría esperar. Al contrario, se interesó por los conocimientos de la joven y sus inquietudes. Él no sabía si lo que le atraía de ella era su determinación —que apreció la primera vez que la vio en la estación luchando contra los carteles—, y que ahora veía reforzada en su interés por mejorar su estatus y el de sus compañeros, o si por el contrario eran sus brillantes ojos oscuros, su mirada curiosa y risueña, su timidez desbordante, su inocente y controlado proceder. Toda aquella salvaje naturalidad que, a ojos de Rainer, hacía de ella un ser magnético.

Ana descubrió que el final de la primavera resultaba una época preciosa en aquella ciudad que, durante meses, casi la asfixiaba con su manto plomizo sin una brecha a los rayos del sol. El pequeño bosque situado en la parte de atrás del recinto de la fábrica constituía un desahogo en las pocas horas que les quedaban libres, aunque solo en los días en que anochecía más tarde. El invierno las condenaba a un encierro no deseado en su habitación hasta la alarma de la jornada siguiente.

Aquellos ratos suponían un respiro que aprovechaba para charlar sobre cualquier cosa con Maricarmen y con Lucia, o para repasar sus apuntes de alemán, que cada vez dominaba mejor, o simplemente para pasear sin más. Otros, sobre todo matrimonios que, por sus circunstancias se veían obligados a residir separados, aprovechaban el buen tiempo y se adentraban en la espesura, manta en mano, para así poder hacer uso del sacramento del matrimonio, pues no siempre tenían el dinero suficiente para pagarse un hotel.

Peppino y Maricarmen habían coincidido aquella semana en sus turnos y aprovecharon la tarde para estar a solas, como corresponde a dos personas que se profesan un amor recién estrenado.

Era el momento perfecto para escribir a su casa. Hacía casi dos semanas que no lo hacía y, aprovechando el envío de dinero de ese mes, quiso añadir una carta. Intentaba así sentirse un poco menos instrumento financiero de una familia sumida en los aprietos económicos.

A pocos metros de la entrada encontró un tronco en el suelo situado estratégicamente en un claro donde llegaba el sol. Se acomodó como pudo y abrió su cuaderno. Era mucho lo que quería contarles y poco lo que salía de su lápiz y se plasmaba en la hoja de papel. Ojalá, pensó, tuviera la facilidad de aquellos escritores que eran capaces de llenar páginas y páginas de un libro para describir o narrar cualquier paisaje o sentimiento. Sabía perfectamente lo que sentía pero no conocía las palabras para expresarlo. Pensó que casi era mejor así ya que posiblemente, si daba rienda suelta a sus emociones, lo que quedase plasmado en aquella cuartilla no sería del agrado de su familia. Se limitó a contarles que estaba bien, que les echaba de menos y que les enviaba el dinero de cada mes. Eso sí, sin olvidar un recuerdo especial para su Paquita, su niña chica.

Un chasquido tras ella ahuyentó el tierno recuerdo de su hermana. Miró hacia atrás e intuyó una sombra que se movía entre los arbustos.

—¡¿Maricarmen?! —exclamó, esperando que se tratase de la pareja que volvía de su romántico paseo.

Pero en lugar de Maricarmen vio ante ella la figura de Rainer, que no parecía muy sorprendido de verla allí. Al contrario que ella, que esperaba ver a cualquiera menos a su jefe. Aunque algo en su interior le decía que aquel encuentro no era fruto del azar, y eso la hizo sentir tremendamente incómoda.

Se acercó a ella con su perpetua sonrisa dibujada en la cara. Ana cogió su cuaderno y lo pegó a su pecho en un instinto protector. Rainer se sentó a horcajadas en un tronco, a su lado.

—¿Por qué estás sola? —preguntó risueño—. ¿No tienes miedo del lobo del bosque?

Ana bajó la mirada en un intento por esconder su sonrisa. Fue inútil.

—Solo tomaba un poco el sol —dijo al fin—. Hace un día precioso.

—Verano es muy bonito en Colonia —aseguró él con su español forzado. Después dirigió la mirada hacia el cuaderno que la joven mantenía aferrado a su pecho—. ¿Estudias?

Ella volvió a bajar la mirada hacia el cuaderno para después levantarlo ligeramente.

—No, estaba escribiendo una carta a mi familia.

—¿Tú echas de menos mucho familia? —preguntó él de forma retórica—. Seguro ellos a ti también.

Ana no contestó. Estaba tan intimidada que se limitó a esbozar una sonrisa amarga. Aunque los encuentros con aquel joven habían sido ya numerosos, era la primera vez que estaban a solas. No sabía cómo actuar ni qué decir. Fue Rainer quien rompió el pesado silencio.

—Háblame de tu *leute*... tu pueblo, ¿se dice así?

Ella sonrió abiertamente y afirmó. Aquello le daba la oportunidad de hablar de algo que conocía bien y evitar así verse en una conversación de la que no podría salir o en la que ni siquiera sabría cómo entrar.

Le habló de Villamora, del frío y las nevadas del invierno, de las encinas tan gruesas que algunas era necesario rodearlas por tres personas. De la escuela donde había cursado sus exiguos estudios. Le habló de sus hermanos, los mellizos, de sus padres, de su abuela Felisa, y de su Paquita. Y sin darse cuenta se vio contándole los motivos de su decisión de ir a Alemania, las dificultades económicas de la familia, la falta de trabajo y recursos... En ese momento Ana tomó conciencia de su sinceridad y detuvo su discurso. Le avergonzaba que Rainer, el heredero del imperio Schulz, conociera sus miserias. No quería que la identificara por sus penurias ni que sintiera lástima por ella.

Él fue consciente del abatimiento de la joven y no insistió. Cambió de tema.

—Hay que llevar la carta a la *Post* —sentenció él.

—Mañana se la daré a Sofía, la encargada. Siempre se las damos a ella —aseguró agradeciendo el cambio de tema—. Las lleva al correo una vez a la semana.

—¡No! Es carta urgente —indicó el joven como si se tratase de un mensaje secreto y crucial para la humanidad.

Ana le miró incrédula. Quería que la misiva llegase a su destino pero no pasaba nada porque tardase un par de días más. Rainer se levantó, la cogió de la mano y la arrastró con él. Ella se zafó al ver su determinación. Sin perder la sonrisa la miraba mientras Ana observaba asombrada su exceso de confianza.

—Yo te acompaño. Te llevo a la *Post* para que pongas tu carta —aseguró.

Y sin más volvió a tomarla de la mano y, a toda prisa, llegaron hasta la puerta principal de la fábrica. Ana reía emocionada. No sabía si por miedo o por pura satisfacción.

Allí los esperaba la moto de Rainer, una BMW R27 que había adquirido un par de años antes y con la que se trasladaba por todas partes. En ella sentía una libertad que no le daba ninguno de los coches que había tenido. Subió y la invitó a ella a hacer lo mismo. Dudó unos instantes: jamás había montado en algo similar. Pero su lado salvaje la arrastró a aceptar. Aquello iba a ser una aventura.

Salieron del complejo y tomaron la carretera hacia el centro de la ciudad. Ana, al principio, sin saber dónde agarrarse, puso sus manos tímidamente sobre la cintura de Rainer. Se mantuvo así unos minutos pero, en cuanto la velocidad aumentó, se aferró a él temiendo que en cualquier curva cayera al suelo y acabase en mitad del asfalto. Pero Rainer era un buen piloto y procuró no apretar demasiado el acelerador, lo justo para que Ana sintiese la emoción de la velocidad y el aire en la cara.

Entraron en la ciudad y se vio obligado a reducir la marcha. Ana lo agradeció, más que nada para poder tomar aliento, pues había aguantado la respiración prácticamente durante todo el trayecto. Se dio cuenta de que tenía abrazado a Rainer como si temiese despegarse de él. Sintió cómo el rubor le subía por la cara. Aun así decidió no soltarse. Su vida era más importante que cualquier reparo que en ese momento pudiera tener.

Llegaron hasta la oficina de la Tunisstraße. Ana bajó de la moto temblando. No sabía si estaba asustada o emocionada. Pero lo cierto era que aquella sensación le resultó inusualmente placentera. Su pelo estaba alborotado por el contacto con el aire y la velocidad. Rainer la miraba complacido mientras ella intentaba arreglarse sin éxito aquellos mechones salvajes.

Apenas tardó diez minutos en comprar un sello y un sobre y echar la carta en el buzón. Mientras, él la esperaba en la puerta. Cuando la vio salir le propuso dar un paseo por la orilla del Rin. Ella dudó por un momento pero finalmente accedió. No le quedaba más remedio si quería que la devolviese a la residencia.

Bajaron hasta el Rheinegarte y allí pasearon hasta llegar a la torre de St. Martin. En la placita presidida por una fuente en forma de trébol de cuatro hojas, Rainer la invitó a sentarse en una de las terrazas. El sol se resistía a esconderse y las vistas al río merecían la pena. Ana se sentía cohibida. Exceptuando las pocas veces que había ido al *Biergarten* de siempre, sus excursiones al centro se limitaban a pasear y de vez en cuando comprar alguna chuchería en algún puesto callejero.

Charlaron de temas insustanciales, Ana le propuso hacerlo en alemán y a él le resultó divertido. Pasaron las horas a velocidad de vértigo. Fue ella quien sugirió la vuelta a la fábrica, aunque hubiera deseado quedarse allí y parar todos los relojes del mundo.

30

Un sol infrecuente y decidido iluminaba la mañana de finales de noviembre, uno de aquellos días en los que el cielo se desnuda y muestra sus íntimos encantos azules a los mortales. Sentada aún en su cama, Cora observaba la luz sobre el mar. Contemplaba la magia mientras el lejano sonido de las campanas despedía el sueño en el que había permanecido arropada durante la noche.

Era extraño; un sonido tan aceptado, tan mundano y doméstico que sin embargo no recordaba haber oído jamás en directo. Centró toda su atención en cada uno de los golpes metálicos que retumbaban en un horizonte mudo. Tras los dos primeros, jugó a adivinar el tiempo hasta la siguiente campanada. Buscaba el sonido en el espacio-tiempo que se formaba entre ella y la torre de la iglesia. Al llegar a la octava, la campana calló y escribió en el aire los puntos suspensivos que interrumpieron el breve mantra en el que Cora se había perdido.

Exhaló un suspiro que agitó sus párpados soñolientos, devolviéndola a sí misma. Por algún motivo que escapaba a su lógica, aquel lugar le hacía sentir una serenidad que jamás había experimentado y que le gustaba. Llevaba días sin pensar en la vida que había dejado aparcada. Y cuando el recuerdo acudía a ella lo espantaba como a un molesto moscardón que viniera a alterar su sosiego. Tarde o temprano tendría que volver al pasado, pero aquel no era el momento. Aún no.

Bajó las escaleras, como cada día, en dirección a la cocina, pero algo se le antojó diferente. No oyó el trajín de Eulalia con los platos. Tampoco reconoció el aroma del café recién hecho, ni las agitadas conversaciones entre Lorenzo y Faysal. Se asomó a la cocina y la encontró solitaria, dormida aún. Ni siquiera las luces estaban encendidas.

No estaba acostumbrada a aquel silencio. Salió al patio trasero. El hostal estaba extrañamente callado y aquello la inquietaba sobremanera. Al fin oyó ruidos en la parte del edificio donde se encontraba el garaje. Cuando giró, pudo ver a Lorenzo entretenido en el garaje, que servía a su vez de almacén. Pasaron unos segundos hasta que se percató de la presencia de Cora. Cuando la vio ante él, levantó la vista y en su rostro floreció aquella sonrisa serena que ella ya había asimilado como su bálsamo.

—Buenos días, madrugadora —le dijo sin dejar de rebuscar en una vieja caja de herramientas.

—¿Dónde están todos? —preguntó ella olvidándose de la cortesía.

—Durmiendo, supongo. En invierno cerramos los domingos —aclaró.

Cora permaneció un momento sin saber qué decir. La rutina que había adoptado durante los últimos días la ayudaba a seguir adelante, a no pensar, a sentirse viva y útil. Por un instante, el negro pajarraco de los recuerdos cruzó por su mente. No podía permitirse pasar tanto tiempo dándole vueltas a la cabeza. Más bien, era algo que no le apetecía en absoluto.

Lorenzo pudo adivinar la decepción en su rostro. Dejó lo que estaba haciendo y se acercó a ella.

—Si no tienes otro plan, he pensado que quizá te gustaría conocer un poco la zona —añadió con aquella inocencia salvaje que obligaba a Cora a hacer un esfuerzo por permanecer con los pies en el suelo.

Ella abrió los ojos interrogantes. Él se limitó a sonreír. Le divertía ver la incertidumbre, mezclada con curiosidad, que emanaba el rostro de aquella mujer que tanto le perturbaba.

—Claro —afirmó mientras llevaba la mirada a su coche, que seguía aparcado en el mismo mirador donde varó la noche de su llegada.

—No, señorita —le advirtió Lorenzo adivinando su intención—. Hoy yo seré tu chófer. Tú limítate a disfrutar.

Entró en el garaje mientras Cora se quedaba inmóvil sin saber qué decir. Ni siquiera le había dado una respuesta afirmativa pero estaba claro que Lorenzo había asumido que le acompañaría. Miró en la oscuridad de dentro e intentó adivinar los movimientos de Lorenzo, pero solo pudo oír el sonido lógico de alguien que se está preparando para algo. Lo que no esperaba Cora era lo que vio a continuación.

Un ruido grave y seco la sobresaltó y casi la hizo tambalear de su posición. Una explosión de motor, seguida por un rugido encabritado al que le siguió la imagen de un Lorenzo ataviado cual templario posmoderno a lomos de una enorme máquina de dos ruedas. Este, como si del propio Jacques de Molay se tratara, apaciguaba la furia de su corcel mecánico a golpe de muñeca. Aquella visión fue lo último que Cora esperaba ver. Un Lorenzo transformado, envuelto en cuero negro que le confería un halo enigmático y seductor. Su mirada azul y lánguida, entrañable y bohemia, quedaba oculta tras unas gafas oscuras que le hacían parecer aún más sexi de lo que a Cora le hubiera gustado reconocer. Ni siquiera se fijó en la moto. Toda su atención se centraba ahora en tratar de asimilar aquella metamorfosis que había mutado al Lorenzo tierno y cariñoso en un individuo que estaba despertando sus más bajas pasiones.

Cora se avergonzó de sus propios pensamientos e intentó recuperar la compostura. Cuando ambos, jinete y corcel, estuvieron a su altura, ella no pudo hacer otra cosa más que sonreír.

—¿Pretendes que me suba ahí? —dijo apuntando con su

dedo, ahora sí, a la enorme moto que soportaba el cuerpo de Lorenzo.

Con un movimiento ligero y mecánico, hizo bajar un caballete que pareció emerger de ninguna parte y dejó la máquina haciendo equilibrio sobre el débil cemento del patio. Se acercó a Cora y la rodeó por los hombros. Aquel gesto la cogió desprevenida. Nunca hubiera imaginado semejante atrevimiento en el Lorenzo que ella conocía. Supuso que aquel nuevo comportamiento formaba parte de su transformación.

—Tú confía en mí —le dijo con voz suave y empapada en confianza—. Este es *Draco*, el dragón de las estrellas. —Sin retirar su brazo de sus hombros golpeó la chapa del depósito como quien acaricia a un purasangre.

Cora seguía muda. Sus reflejos se habían reducido a la mínima expresión de una sonrisa incrédula y asombrada.

—Es el modelo... Yamaha Drag Star, por eso digo que es mi dragón. Pero ese no es el único motivo —aclaró Lorenzo al ver la cara de pasmo que aún tenía. Por un momento dudó si había sido buena idea, en vista del poco o nulo ánimo de su damisela.

Al fin Cora reaccionó. De pronto, la invadió una gran emoción al saber que recorrería aquellas carreteras de la costa subida en aquella... no se atrevía ni a calificarla. Su sonrisa se abrió y él le correspondió con su entusiasmo de siempre.

Ataviada con una chaqueta que le prestó y bajo un casco que le quedaba ligeramente grande, su miedo y ella esperaban en el asiento de atrás mientras él se enfundaba unos guantes de piel también negros.

—¿Lista? —preguntó mientras estiraba su mano hacia atrás y palmeaba su rodilla.

Aquel gesto, inocente y casi mecánico, le produjo a ella un estremecimiento inesperado que despertó las mariposas ateridas de su estómago. Toda la jornada volarían como rémoras junto al dragón de las estrellas.

Cora reparó en el dibujo de la parte trasera del casco de Lorenzo. Una serie de puntos unidos por líneas que semejaban una cometa con una larga y serpenteante cola. Parecía una constelación pero no supo adivinar cuál era.

La moto arrancó y un fuerte acelerón les escupió fuera del recinto del hostal. Tuvo que aferrarse fuerte con los dedos a su chaqueta para no perder el equilibrio. Pero aquello no fue suficiente. Aunque al principio sintió pudor de abrazarle para no caer, el miedo y la velocidad hicieron que sus remilgos desaparecieran y se aferró a su talle tan fuerte como pudo. Tensa al principio, pero a los pocos kilómetros se relajó y finalmente su cuerpo, en una coreografía voluptuosa contra el aire frío que rompía en la visera de su casco, se acopló al de Lorenzo, acompañando sus movimientos e inclinaciones.

Bordearon la costa en dirección norte mientras las olas bravas del Mediterráneo parecían saludarlos desde las pequeñas calas. Cora, con el pretexto de mantenerse sobre la moto, se aferraba más al calor de Lorenzo. Apoyaba la cabeza en su hombro disfrutando no solo del paseo sino también del contacto con aquel hombre inesperado que la hacía sentir lejos de todo, en una tierra de nadie entre mares, pero en paz.

Llegaron al faro, lo que a ella le pareció el fin del mundo. Aquella construcción erigida en mitad de la roca, aviso para navegantes, como se suele decir, le pareció la viva imagen de la soledad. Mucho más en aquella época, cuando los turistas olvidaban que durante los meses de invierno la construcción seguía ahí, impertérrita y paciente, guiando almas y corazones.

Sentados en una de las barandillas de piedra, Lorenzo le indicaba las poblaciones que se divisaban desde aquella altura, la línea fronteriza con Francia, las antiguas rutas de mercaderes, trotamundos y piratas. Ante ella se extendía un mapa de historia y espuma, una novela de aventuras en la que podría imaginar cualquier gesta.

Cora estaba fascinada; por aquella primera experiencia en moto, por las espectaculares vistas, por Lorenzo... Era la situación ideal para dejarse llevar por el romanticismo más básico y sentimental, que siempre tildamos de cursi y empalagoso, pero que a todos nos gustaría experimentar, sobre todo en situaciones como aquella.

Se hizo un silencio generoso que intentó atajar preguntándole por el dibujo que había visto en su casco y que ahora tenía delante.

—¿Qué significa? —señaló al casco que descansaba sobre la piedra.

—Es Draco, el dragón de las estrellas —respondió él convencido—, como mi moto.

Ella le escuchaba intrigada.

—Draco, según los griegos, también llamado Ladón, era el dragón que envió Hera a cuidar el jardín de las manzanas de oro. Pero Heracles se lo cargó —bromeó—. Y la buena mujer, como agradecimiento, colgó sus restos en el cielo. Desde aquí se puede ver en las noches despejadas. Está al lado de la Osa Menor.

—Nunca hubiera imaginado que fueras aficionado a la astrología —aseguró ella sorprendida.

—Es algo más personal —sentenció él con la mirada perdida en alguna parte del mar de su interior. Ella, expectante y en silencio, aguardó la respuesta que sabía necesitaba un tiempo—. Este es mi propio jardín de las manzanas de oro; la costa, Calarossa, el hostal... Aquí siempre han cuidado de mí y yo de ellos. Somos hespérides que al morir nos convertimos en dragones guardianes. No somos parientes pero tenemos una conexión especial, difícil de explicar. Supongo que será el lugar, la soledad, la naturaleza... Aquí las emociones se multiplican, se hacen más latentes, no se ven silenciadas por el tráfico y el ajetreo de la ciudad. Eres más consciente de ellas, de todo lo que no ha muerto en tu corazón.

Cora entendió perfectamente lo que Lorenzo quería decir. Aquel era el sentimiento desconocido que la invadía desde que llegó a Calarossa. Fue consciente de que no era nada nuevo ni ajeno a ella, simplemente estaba sintiendo en la selva de sus poros sus emociones más únicas e íntimas, sin escudos, sin protección, sin escondites. La piel le bullía ante aquellas sensaciones que se veían libres de ataduras. Como las heridas, escocía pero aquel era un antiséptico necesario para sanear su alma envenenada de artificios, de trucos y de trampas.

Una ráfaga de viento arrastró los filamentos de unos cirros que velaron el sol. Como un eclipse no previsto, la luz se atenuó y la fría brisa obligó a Cora a ajustarse su chaqueta. Lorenzo la miró y volvió a rodearla con su brazo. Aunque sorprendida, no dijo nada y permanecieron en silencio durante unos minutos más intentando adivinar el eco de su sosiego.

—Hoy habrá tramontana —dijo él escrutando el cielo con su intensa mirada azul.

A mediodía deshicieron el camino, esa vez mucho más despacio, recreándose en el paisaje; los pinos se asomaban a los acantilados y las diminutas embarcaciones laceraban la fría quietud del mar. De vez en cuando, Lorenzo le señalaba con la mano algún animal o algún punto en concreto. Ella observaba fugazmente y se volvía a apretar contra él simulando inseguridad. De regreso al hostal, el viento era ya más intenso y empezaba a ser molesto.

Entrada la noche, los hijos de Eolo llegaron sin invitación y husmearon por los rincones como convidados insolentes. Silbaron su canción inquietante y arrullaron el frenesí que por separado Lorenzo y Cora sentían y que ardía entre sus sábanas.

31

Cada 16 de abril, Otto celebraba su cumpleaños acompañado de su familia. Desde que su querida Irenze les dejó eran una mesa de tres patas que lucía más triste y desamparada, aunque eso a él no le impedía disfrutar con sus hijos de su día. Un almuerzo íntimo en la casa familiar con algún plato especial cocinado por Berta, la cocinera y, con los años, cuidadora del padre de familia.

La alegría de sus hijos, sobre todo de Helga, tan dulce, inocente y risueña, le aportaban la vitalidad que se iba apagando según pasaban los años. Rainer y Helga habían decidido hacerle un regalo especial a su padre el día que cumplía sesenta años. Un retrato al óleo de él y su esposa el día de su boda. Helga se lo encargó a un artista local a partir de una vieja foto. Visiblemente emocionado, Otto los rodeó con sus brazos y permanecieron unos minutos contemplando el cuadro que su hija había decidido colgar en una de las paredes del salón, donde más destacaba. El momento se vio interrumpido por Berta, que entró con un gran pastel coronado por una vela. Volvieron a la mesa y se deleitaron con el delicioso postre y el Kirsch.

Helga cortó el pastel, disfrutando de ver dichoso a su padre y de estar en compañía de los dos hombres que más quería en el mundo. Los hermanos brindaron por su progenitor y los tres se abrazaron.

Otto se sentía afortunado. Sus hijos eran su bendición y su continuidad. Helga aún era joven, pero pronto encontraría un hombre que cuidase de ella y la hiciese feliz. No se conformaba con menos para su pequeña. Era el momento de empezar con la formación de Rainer y tomar las decisiones adecuadas para que eligiese el camino correcto. Pero no podía hacerlo de forma directa. Conocía a su hijo y sabía que lo mejor era seducirle con lo que más le apasionaba.

—¿Cómo te fue en Neckarsulm la semana pasada, papi? —preguntó su hija mientras saboreaba un enorme trozo de tarta de chocolate.

Otto vio en aquel comentario la oportunidad para sacar el tema sobre el futuro de su hijo. Tenía una idea en la cabeza pero no quería abordar a Rainer directamente, así que su hija le dio la oportunidad perfecta.

—Muy bien, cariño —aseguró—. El viejo Wankel cada vez más miope. Algún día no encontrará ni su propia fábrica.

Los tres rieron el chiste.

—¿Cómo le va con ese motor nuevo? ¿Está funcionando? —quiso saber Rainer.

—Bueno... el invento funciona pero él no está del todo convencido —apuntó su padre con un gesto de duda—. Los japoneses han comprado la licencia pero quiere seguir investigando. Al parecer vendrán algunos ingenieros de Mazda para trabajar en las mejoras pero él quiere gente de aquí. Un trabajo conjunto, ya sabes...

Otto sabía que había tocado el punto débil de su hijo. Aquel comentario, en apariencia inocente, despertó en él la curiosidad suficiente como para continuar tirando del hilo y que Rainer mordiese el cebo que acababa de lanzarle.

—Parece un proyecto interesante —concluyó Rainer.

—Quizá quieras acompañarme el mes que viene. Tengo que volver para terminar de cerrar el acuerdo que queremos firmar.

Rainer no contestó, pero su mirada delataba que se moría por conocer el funcionamiento y los avances de aquel motor rotativo del que tanto se hablaba. Y la posibilidad de participar en un proyecto como aquel y aportar sus conocimientos le seducía sobremanera.

—¡Basta ya de hablar de trabajo! —dijo de repente una Helga achispada—. Hace un día precioso y me apetece salir a dar un paseo.

—No más trabajo —sentenció Otto mientras se levantaba de su asiento sonriente por la alegría de su benjamina, pero también por la pequeña victoria frente a su hijo.

Salieron a la primavera colonesa, que les recibió alegre e insolente y los unió más, si cabe, en su paseo vespertino.

32

Ana ya era perfectamente consciente de lo que representaba un sindicato. Su acercamiento a estos había sido progresivo y cauteloso. A esas alturas ya era perfectamente consciente de las necesidades de la clase trabajadora. Sin saber por qué sentía que debía hacer algo, ayudar, poner su granito de arena en la mejora de las condiciones de los demás y de ella misma.

El entusiasmo por sentirse útil la hizo decidirse a acudir a la manifestación que aquel Primero de Mayo se celebraría en Berlín. Toda una noche de viaje en autobús hasta llegar a la capital para asistir a un acto que a ellos les parecía histórico. A ella, Maricarmen, Lucia y Peppino se les unió Cosme, el paisano de Ana, que en cuanto se enteró de la excursión quiso agregarse al grupo. Quizá por interés y solidaridad o por estar un poco más cerca de su paisana y sentirse su protector. Aunque sus motivos, Ana lo sabría mucho tiempo después, eran también otros, muy distintos al inocente anhelo por alcanzar el amor de la joven.

La plaza de la República era una FIESTA en mayúsculas. Trabajadores, sindicalistas y simpatizantes de todas las nacionalidades, incluidos los alemanes, se concentraban junto al Muro, por detrás del edificio del Reichstag. El colorido de banderas chisporroteaba sobre las cabezas como el confeti del carnaval. Maricarmen miraba a un lado y a otro visiblemente conmovida. Incluso de sus ojos escapó alguna lágrima de emoción. ¡Cómo le hubiera gustado a su padre vivir todo aquello! Manifestarse sin temor a ser detenido, sin represalias y sin prohibiciones.

Entre el magma humano, participaban de la fiesta y la alegría desbordada de todos. De pronto, oyeron que por megafonía saludaban en español a un grupo de manifestantes que se acercaban con pancartas, señeras catalanas, ikurriñas y banderas de la República. Los cinco a la vez se giraron y pudieron ver cómo los manifestantes envolvían con fervor a los recién llegados. Entre gritos de «¡España sí, Franco no!» y «¡Democracia!», corrieron hacia ellos para unirse a sus consignas y saludarlos. Sin presentaciones, se estrecharon con los brazos abiertos como viejos amigos que llevan lustros sin verse. Se daban la bienvenida y se felicitaban por lo que para ellos era un hecho histórico, único y tan emocionante.

Entre los manifestantes, Ana distinguió una figura que le resultó familiar. Tardó unos instantes en situarlo, acostumbrada a verlo con su alzacuellos y su sempiterno suéter oscuro. Un moderno pantalón vaquero y una chaqueta de pana sustituían al atuendo que le identificaba como un servidor de la Iglesia. El padre Calleja vitoreaba y aplaudía los discursos de los oradores. Dudó si acercarse a él, pues le sorprendió verlo fuera de su ubicación habitual, la misión, la iglesia, la estación o la fábrica, cuando acompañaba a los nuevos trabajadores. La relación entre ambos había sido fácil desde el principio y casi podrían considerarse buenos amigos. Fue él quien se acercó al verla entre el tumulto. Sonriente, se acercó a ella.

—¡Ana, qué sorpresa! —profirió mientras le daba un inesperado abrazo—. No tenía ni idea de que vendríais.

Ella estaba tan confusa y sorprendida por encontrarlo allí y por su actitud que apenas le salían las palabras.

—Yo tampoco esperaba encontrarle aquí, padre —aseguró sin salir aún de su estupor—. Me alegro de verle.

—Nunca conseguiré que me tutees, ¿verdad? —le recriminó el cura cariñoso.

En ese momento los gritos se acentuaron aún más. Miraron hacia la tribuna y vieron cómo algunos manifestantes acercaban una bandera tricolor para que ondease junto al resto. Uno de los miembros que se encontraba entre los invitados se levantó con intención de impedirlo, pero el clamor y enfado de los españoles pudieron más y la bandera permaneció junto a las otras durante todo el acto. El padre Calleja, sin perder detalle del momento, sonrió satisfecho.

—Ese es Espinosa —dijo mientras la rodeaba por los hombros y se acercaba para hacerse oír—. Seguro que le va con el cuento a Allard. —Ana le miró interrogante. Él respondió a la duda implícita en su cara—. Es el cónsul de España en Berlín.

Cosme observaba la escena unos metros más atrás. La presencia del sacerdote en la manifestación no iba a gustar a mucha gente. Cuando se dirigía hacia ellos para intentar conseguir un poco más de información, Maricarmen, Peppino y Lucia se acercaron, acompañados por otros compatriotas. La gaditana abrazaba a un joven matrimonio al que acababa de conocer. Los italianos exclamaban y vociferaban sin importar que nadie los entendiera. No hacía falta traductor; la alegría y la solidaridad eran el idioma común aquella tarde. Una tarde en la que los hijos de la represión conocieron el rostro de la libertad, abrazaron la igualdad, tan extraña para ellos y se emborracharon de la solidaridad e importancia de cada uno en aquella sociedad tan próspera. Una tarde que tocaron con la punta de los dedos el cielo del futuro y se sintieron parte de un hecho histórico.

33

El invierno irrumpió a finales de octubre sin respetar el calendario. Apartó de un codazo al breve otoño para instalarse con intención de permanencia. Los días eran una degradación en blanco y negro que empezaba cuando se levantaban, aún de noche cerrada y pasaba por un abanico de antracita, marengo, perla y blanco, que apenas duraba un par de horas, para volver hacia atrás cuando alcanzaba la cumbre de las exiguas horas de luz.

Era la época en la que todos empezaban a pensar ya en las posibles vacaciones de Navidad. Si los horarios y la economía se lo permitían, muchos de ellos viajarían a sus lugares de origen para pasar unos días con los suyos. Ana esperaba ser una de ellos. En los tres años que llevaba en Alemania, solo había podido ir una vez a su pueblo, cuando falleció su abuela, aunque no pudo llegar al funeral y bien que lo lamentó.

Maricarmen, por su parte, había planeado llevar a Peppino a Barbate para que su familia le conociera. El noviazgo ya era oficial y su madre había insistido hasta la saciedad en conocer a su futuro yerno transalpino. La gaditana no pudo ni quiso negarse. Al contrario, estaba entusiasmada y llevaba desde agosto preparando el gran momento.

El primer turno en la fábrica siempre era el más duro; sobre todo, en invierno. Aquella vieja nave ofrecía poca protección contra las inclemencias del tiempo. Seguía siendo húmeda, y los tragaluces que coronaban la parte alta de los muros tenían casi todos los cristales rotos. Por ellos se colaba, sin piedad ni permiso, el agua de la lluvia y la nieve. Así, durante meses, el suelo estaba constantemente mojado.

Mientras Ana iba al almacén a buscar las cajas de los faros, Maricarmen encendía el panel donde debían probarlos para corroborar su perfecto funcionamiento. Ella no había logrado dominar del todo aquel transportador, un ingenio hidráulico que requería más maña que fuerza en su manejo. Ana, por el contrario, se había convertido en una experta.

La gaditana se acercaba las manos a la boca en un intento de aplicarles calor mientras pateaba el suelo con el mismo fin. Sus zapatos de hebilla, los mismos con los que había llegado a Alemania tres años atrás, no la protegían del frío pero el uso había hecho que le resultasen cómodos y no acabase con los pies en carne viva, como le había sucedido en un par de ocasiones con otro par de zapatos.

El proceso hasta que todos los indicadores estaban encendidos tardaba unos minutos, tiempo suficiente para que Ana fuera y volviera del almacén con la carga. La joven observaba cómo, uno a uno, los marcadores se iban poniendo en marcha. Una práctica rutinaria que conocía de memoria.

Cuando llegó al tercer marcador, el panel de pruebas se apagó. Refunfuñó entre dientes. Aquella maldita toma cada vez fallaba más. El cable que salía de detrás del panel estaba a ras de suelo y el enchufe estaba tan flojo que apenas soportaba su propio peso. Aunque al principio era Pere quien se acercaba y, con un par de zarandeos, conseguía que cable y corriente se encontrasen, ya hacía tiempo que era la propia Maricarmen quien se encargaba de manipular la conexión. Se acercó al enchufe aún con los guantes puestos. Siempre esperaba a que el panel estuviera encendido para quitárselos, alargando así el calor que le proporcionaba la lana. La única forma de volver a ponerlo todo en marcha era sacarlo y meterlo de nuevo. Sus dedos estaban tan ateridos de frío que apenas notó el peso del cable. Lo levantó en un intento de encontrar de nuevo la conexión pero la lana le hizo perder el sentido del tacto y este resbaló por su mano. De forma instintiva estiró la otra mano para evitar que se precipitase hasta el suelo y provocase una desgracia aún mayor. Pero lo que Maricarmen ignoraba era que, en el extremo, al cable le faltaba parte de la protección, dejando así la corriente al descubierto. Había sido manipulado tantas veces que la fricción había hecho que se pelase.

Una fuerte convulsión sacudió el cuerpo de la joven, que quedó tendida en el suelo. La electricidad entró en su cuerpo y sus músculos se agarrotaron de tal forma que su mano se aferró aún más al cable, como si ella sola quisiera dominar aquella fuerza que la abrasaba por dentro. Su cuerpo no dejaba de emitir espasmos ante las miradas de algunos compañeros que, sobresaltados, observaban aquel baile macabro.

Peppino, que no le quitaba ojo a su amada en ningún momento, al ver aquel comportamiento extraño, salió corriendo temiendo lo peor. Cuando llegó a su altura, Pere le detuvo. Tuvo que sujetarlo con fuerza y evitar que se acercara. Casi sin poder retenerlo, hizo una señal a Cosme con la cabeza para que apagase el diferencial y acabar así con tan luctuoso espectáculo.

La nave al completo quedó a oscuras. El silencio arrasó como una plaga bíblica. La única iluminación que permitía intuir algo se colaba tímida por los altos ventanucos de los muros. Un haz de luz del amanecer caía sobre el cuerpo de Maricarmen, rodeado por las formas oscuras de los espectadores. La imagen era aterradoramente hermosa.

Ana, ajena a lo ocurrido, salía del almacén con el transportador cargado. Le extrañó aquel apagón. Dejó la carga en el pasillo y se asomó para ver qué ocurría. Mientras se acercaba, lo único que pudo distinguir fueron las espaldas de algunos de sus compañeros. Peppino permanecía de pie, casi inconsciente y con la vista perdida en el suelo. Ana se extrañó. Hanno había bajado las escaleras y se había unido al grupo. Incluso Otto se encontraba entre el grupo. Cuando miró hacia donde dirigía Peppino la vista, pudo distinguir el extremo de su bufanda roja, la que Maricarmen había adoptado como suya el día que se conocieron. Su corazón dio un vuelco. Corrió los pocos metros que la separaban del grupo y se abrió paso entre ellos. Cuando alcanzó el epicentro de la desgracia sintió como si le pegasen una brutal patada en la boca del estómago.

Su amiga yacía en el suelo, inerte, boca arriba... Ninguno de los presentes se atrevió a profanar el cuerpo. Fue ella quien se acercó. Se agachó y se puso a su altura. Cuando vio la mano cianótica de la joven aferrada al cable, la abrió de forma instintiva, como si de un animal venenoso se tratase, intentando desechar aquel demonio. Sus manos temblaban mientras acariciaba el rostro perlado de su amiga, su pelo encendido, sus labios cerúleos, sus ojos abiertos con las pupilas dilatadas mirando al infinito, ausente. El cuerpo abandonado, como quien huye con prisa de una casa dejando las luces encendidas y el puchero hirviendo en el fuego.

Ana le habló. Quiso animarla, recuperar lo que presentía que se le escurría de las manos. Como aquel día en la estación, cuando le prestó la bufanda y recuperó el ánimo. Aquella prenda seguía enrollada a su cuello. La cogió y abrigó su pecho.

—¡Maricarmen! ¡Mi niña, estoy aquí! —susurró con la boca pegada al rostro de su amiga—. No ha sido nada. ¿Qué ha pasado? ¿El cable otra vez? —Ana preguntaba sin esperar respuesta—. Enseguida viene el médico, cariño. Ha sido solo un calambrazo fuerte. Ya verás, ahora vienen a ayudarte.

La joven levantó la vista buscando la ayuda inútil que salvase a su amiga de la verdad que intentaba aceptar. Su mente se negaba a asimilar el jarro de agua fría más que evidente. Continuó así, tumbada en el suelo abrazando en un silencio el cuerpo de su amiga, evitando que nadie se acercase. Y nadie lo hizo.

Fue Rainer, que acababa de entrar, quien se acercó pasados unos minutos. La cogió por los hombros y ella no opuso resistencia. La abrazó y la condujo hacia el exterior. El frío punzante de la mañana la sacudió y fue en ese momento cuando tomó conciencia de lo sucedido. No se inmutó, guardó silencio e, impertérrita, miró al joven con un gesto inexpresivo. Se zafó de sus brazos y atravesó la explanada. Se adentró en el bosquecillo, abocada a las fauces blancas de aquel temido lobo del que una vez él mismo la quiso proteger.

34

Durante dos días, Ana permaneció acostada en su cama sin probar bocado. Únicamente deseaba dormir para no sentir ese dolor desconocido e insufrible que las dentelladas de la muerte le habían infligido. Era incapaz de asimilar una realidad tan cruel. Fue Maricarmen pero podría haber sido ser ella, o cualquiera de los que trabajaban en la fábrica.

Rainer había dado órdenes explícitas de que no la molestasen en ningún momento y que debía reincorporarse al trabajo solo cuando se sintiera con fuerzas. Sofía había restringido la actividad a lo puramente necesario y se mostraba más severa que nunca ante cualquier salida de tono, aunque esta fuese involuntaria. Pero lo cierto era que en toda la fábrica reinaba el silencio y la pena. Un duelo tácito que todos guardaban por la desafortunada desaparición de la joven.

Lucia consiguió que diera un par de sorbos a una manzanilla que ella misma preparó. Pero Ana solo deseaba dormirse y morir, sumirse en un sueño infinito en el que su amiga y ella reían como locas de atar mientras corrían descalzas por las playas de Cádiz.

Únicamente el ruido de la puerta cuando sus compañeras volvían del trabajo la hacía girarse. Entonces deseaba que todo hubiera sido un sueño y que Maricarmen apareciese con su bufanda roja, su alegría y su desparpajo obligándola a salir de la cama.

Sus compañeras de habitación procuraban no trastornar aquella quietud por miedo a provocar más dolor del que ya sufrían todos. Solo Lucia se atrevía a sentarse en el borde de su cama y acariciarle el pelo en silencio, un gesto maternal suficiente para que Ana volviera a dormir unas cuantas horas más.

La italiana, mientras tanto, se debatía entre el derrumbe de Ana, la tristeza de su hermano al perder a su amor y su propia pena ante la muerte de una amiga. Pero aguantaba aparentemente entera, fuerte, dispuesta a soportar cualquier cosa si con ello podía consolar el sufrimiento de las dos personas que más quería en aquel mundo prefabricado.

Al tercer día de letargo, Sofía entró en la habitación. Abrió ligeramente la ventana antes de acercarse a Ana pero ella ya estaba despierta, con los ojos clavados en los muelles del somier de la cama de Maricarmen.

—Tienes visita —dijo la mujer en un tono dulce y desconocido—. ¿Quieres que le diga que vuelva en otro momento?

Ana ni siquiera parpadeó. Giró levemente la cara y miró de soslayo a la encargada. A los pocos segundos se incorporó y se sentó en el borde del colchón. Parecía dispuesta a salir de su hibernación y enfrentarse al mundo. Aunque aún no estuviera preparada, sabía que no le quedaba más remedio. No podía permanecer escondida bajo las mantas eternamente. No se lo podía permitir.

Se vistió con lo primero que tenía a mano y se puso el abrigo. Ni siquiera se dio un baño. Sabía perfectamente quién era su visita. Salió y aquel frío alemán la espabiló. En un gesto intuitivo se cubrió los ojos al descubrir la tenue luz tras días metida en aquella habitación ansiando hundirse un sueño casi eterno.

Caminó unos metros hasta el bosquecillo donde descubrió la figura de Rainer, que esperaba visiblemente nervioso. No estaba seguro de si querría verle. Temía el estado en que pudiera encontrarse, ya no tanto físico como anímico. Deseaba que Ana compartiese con él su tortura. No soportaba ver cómo atravesaba sola ese infierno que él bien conoció cuando perdió a su madre.

Cuando la joven llegó a su altura se detuvo al lado de una de las hayas. Apoyó la espalda en el tronco y metió las manos en los bolsillos de su abrigo. Ni siquiera le saludó. Se limitó a esperar con la mirada perdida entre las ramas. Él no se atrevió a preguntarle cómo se encontraba, pues su rostro evidenciaba una tristeza tan profunda como su rabia y su rencor. Quería consolarla, abrazarla mientras ella lloraba refugiada en su pecho, aspirar el aroma de su pelo revuelto y sucio. Pero nada de eso ocurrió. Ana parecía culparle a él y al mundo de aquella desgracia que la había marcado para siempre.

Finalmente, Rainer se acercó y se puso frente a ella, a escasos centímetros. Aún en silencio quiso retirar un mechón de pelo rebelde que revoloteaba en su cara. Pero Ana, con un gesto desdeñoso, apartó el rostro sin tan siquiera mirarle. Aquella indiferencia le estaba matando y desde luego no le ponía las cosas fáciles.

Con un nudo en la garganta al fin consiguió hablar.

—Lo siento mucho, Ana —dijo con la esperanza de que ella aceptase su disculpa—. Dime qué puedo hacer, lo que sea... —La joven seguía inconmovible ante los ruegos de su jefe—. Ana, por favor, háblame, dime algo. Haré lo que me pidas, pero al menos mírame. Yo no tengo la culpa, fue un accidente. Te aseguro que no tenía ni idea de... —En ese punto tuvo que callar para detener la congoja que empezaba a aflorar en su garganta. Un brillo en sus ojos evidenció que aquellas palabras eran sentidas y no un discurso vacuo y obligado por las circunstancias.

Inesperadamente, Ana le miró, giró ligeramente el rostro y clavó sus ojos vacíos en él. Aquella mirada ausente de emociones le dolió más que si le hubieran clavado mil alfileres en los párpados. No pudo aguantar más y las lágrimas resbalaron por las mejillas del joven que intentaba en vano encontrar un atisbo de compasión.

—No... No tenías ni idea, lo sé —dijo ella al fin en un tono tan frío que resultaba aterrador—. Ni de eso ni de nada de lo que pasa en tu propia fábrica que no sean los números a final de mes. Venimos, nos descargáis, nos etiquetáis, y empezamos a trabajar. Si una máquina se rompe, se compra otra y en paz. Si un trabajador muere porque las instalaciones son de hace mil años, viene otro y le sustituye, no hay problema, tenéis de sobra.

—Ana, sabes que no es así. Yo siempre he intentado... —Pero su réplica se vio interrumpida por un nuevo reproche de la joven, esta vez cargado de ira.

—¡Tú siempre nada! —bramó haciéndole callar—. ¿Acaso te has molestado alguna vez en saber cómo están las instalaciones? Llevábamos tres años con ese enchufe estropeado y manipulándolo a diario. Con los tragaluces rotos, pasando frío e incomodidad para que a ti te salieran los números. ¿Sabes acaso en qué condiciones estamos viviendo en esas cajas de madera que vosotros llamáis «residencia»? ¿Cuántas veces hemos tenido que levantarnos a media noche porque el agua nos llegaba a los tobillos? ¿Cuántas mañanas nos hemos tenido que duchar con agua fría porque el calor no llegaba? No te atrevas a insultar la memoria de la pobre Maricarmen ni a mí diciendo que lo sientes. Solo es un inconveniente más, una pieza defectuosa que se cambia fácilmente —aseguró amenazante.

—¿Por qué no me lo contaste? Yo te hubiera ayudado. —En ese punto se atrevió a coger a Ana por los hombros en un intento de inocularle un poco de confianza. Pero esta, en contra de lo que él hubiera deseado, intentó esquivar sus brazos aunque él no lo permitió y la obligó a mirarle a los ojos.

—¡Qué fácil es decirlo ahora! ¡Qué fácil lamentarse cuando ya no hay remedio! —le reprochó rencorosa—. Pero que te quede más que claro: te vas a sentir culpable de esto toda tu vida. ¿Sabes por qué?, porque yo te estoy haciendo responsable. Para mí no hay más culpable que tú. ¡Tú tienes la culpa! —Y sacudió la cara de Rainer en una bofetada que no llegó ni a lastimarle. Después continuó golpeándole el pecho con sus puños mientras repetía—: ¡Tú tienes la culpa! ¡Tú tienes la culpa! ¡Tú tienes la culpa! —Hasta que por fin rompió en el necesario llanto que la empantanaba por dentro desde la muerte de su amiga.

Lloró por ella, por Peppino, por Lucia y por todos los compañeros que podrían haber estado en el lugar de Maricarmen. Lloró de rabia y dolor al ser consciente de que ese mismo día debía volver a su puesto de trabajo si quería seguir alimentando a los suyos. Lloró de frío, lloró de impotencia, lloró de añoranza y lloró de amor.

Cuando se vació de llanto y recuperó algo de calma se incorporó y deshizo el abrazo en el que Rainer la tenía atrapada. Este la miró más sosegado pero se volvió a topar con aquellos ojos vacíos.

—No quiero volver a verte —dijo ella con aplastante calma—. A partir de ahora tú y yo solo somos jefe y empleada. Ve y salva el mundo con ese motor tuyo. No me hables nunca más porque para ti estaré muerta.

Se ajustó el cuello del abrigo y dio media vuelta de regreso a la residencia. Rainer la miró alejarse como quien siente que se le escapa el agua entre los dedos. Tras aquella sentencia supo que nunca volvería aquella complicidad, aquellas charlas, aquellos paseos con la española que le fascinó con su inocencia y su furia. Supo que ni siquiera tendría la oportunidad de intentar enamorarla, algo que ella ya había conseguido con él sin pretenderlo.

35

La portezuela del vagón permanecía abierta a la espera de la carga que cruzaría media Europa hasta llegar al punto más meridional del continente. Peppino esperaba de pie, apenas sostenido por la solemnidad y las pocas fuerzas que había conseguido reunir para el momento de su más hondo dolor.

La nieve extendía su alfombra de luto sobre las vías. Aquella pureza engalanaba la ceremonia. Los copos se mecían silentes y conferían a la escena quietud y sobriedad. Parecían imitar el caer de las lágrimas y el padecimiento de los pocos presentes al acto improvisado.

Unos metros más atrás, en silencio, Ana y Lucia se abrazaban aferrándose al recuerdo tan vívido de la gaditana. En unos minutos las abandonaría para dejar el hueco solitario de su ausencia. Lucia se derramaba por sus ojos en un lamento mudo mientras Ana miraba al infinito y se refugiaba en la italiana. A su lado, el padre Calleja intentaba ofrecer algo de consuelo a aquellas infelices que no veían forma de aliviar su pena.

Un coche fúnebre se acercó lentamente por uno de los extremos y paró a escasos metros del vagón. Detrás, otro vehículo del que salió Hanno. Él se encargó, por orden de Rainer y Otto, de gestionar la expatriación de la joven. La empresa se hizo cargo de los gastos del traslado y funeral.

Cuatro empleados de la estación ataviados con sus largos abrigos se acercaron al féretro y, con paso marcial, recorrieron con él la corta distancia que había hasta el vagón mientras hacían crujir con sus pisadas la nieve virgen. Depositaron el ataúd en el suelo y permanecieron custodios del cuerpo de Maricarmen. Peppino se agachó y abrazó la madera que arropaba a su querida gaditana. En un susurro, solo para ella, recitó unos versos de aquel poeta que siempre le acompañaba: *Più nessuno mi porterà nel Sud. Oh, il Sud è stanco di trascinare morti.*[17] El padre Calleja se acercó ceremonioso y una vez delante de la caja pronunció un breve responso que protegiese el alma de la joven durante el viaje hasta su Barbate natal, donde recibiría sepultura. Con cadencia imparcial y aséptica, el cura recitó su discurso del que Ana solo alcanzó a oír unas palabras:

—Guárdanos del rencor y del miedo.

Rencor y miedo; Ana sintió en ese instante cómo su fe se evaporaba como el aliento blanco que escapaba de su boca. No podía evitar el rencor. Aquel resquemor que sentía hacia Rainer, hacia Otto y hacia la fábrica no podía esfumarse solo porque un sacerdote lo repitiera como un loro que aprende unas cuantas palabras. Eran esa hiel en el paladar y ese mismo rencor los que la mantenían en pie y le daban fuerzas para respirar. Tampoco sentía miedo, pues lo perdió en el momento que vio el cuerpo inerte de su amiga en el suelo de la factoría. Ya no tenía miedo a lo que había descubierto de sí misma, tampoco a las represalias ni a la jerarquía bajo la que había nacido y vivido hasta ese momento. Y es la ausencia de miedo la que nos hace temerarios, peligrosos, inconscientes; sobre todo, con nosotros mismos. Si aquella obediencia que pedía el cura conformaba su fe, en aquel mismo instante Ana supo que no habría Dios ni sacerdote ni circunstancias que justificasen la muerte de su amiga. Así prefirió dejar de creer a odiar a un dios

17. «Ya nadie me llevará al Sur. Oh, el Sur está cansado de arrastrar muertos.» «Lamento per il Sud», poema de Salvatore Quasimodo.

caníbal que se nutría de las almas más suculentas. La indiferencia siempre resultaba más lacerante que el odio.

—Al paraíso te lleven los ángeles en volandas, porque tuviste alas de paz.

Tras aquellas palabras del cura, Peppino se derrumbó, hundió sus rodillas en la nieve y se precipitó sobre el ataúd en un llanto inconsolable. Los cuatro operarios permanecían impertérritos a la espera de meter el ataúd en el tren. Mientras el padre Calleja daba fin a la improvisada ceremonia haciendo la señal de la cruz, Hanno intentó incorporar al italiano que a duras penas logró ponerse en pie y recuperar algo de calma, aunque el alemán seguía sujetándolo.

Las dos jóvenes permanecían inmóviles mientras asimilaban la funesta realidad. Testigos de la muerte no solo de Maricarmen sino del amor, la amistad y la lealtad; sustituidas para siempre por la añoranza de un alma buena, un alma que Ana calentó con su bufanda, la misma que ahora abrigaba su cuello.

Tras subir el féretro al vagón, uno de los hombres deslizó la portezuela corredera. El ruido atronador, al cerrarse, hizo revolotear los gruesos copos de nieve, poniendo así punto final a una vida. Un portazo inesperado que llegó demasiado temprano, como los que sobresaltan en una noche de fuerte viento, esos que no esperamos y hacen temblar los débiles cristales de nuestras almas.

Las ruedas del tren empezaron a girar y el convoy se alejó empujado por esas alas de paz que la gaditana siempre lució con humildad y alegría. Las alas que movían su risa, iluminaban sus ojos y agitaban su pelo dorado al batirlas. Y la nieve que ella nunca había visto, se enamoró, al reconocerla, del recuerdo de un ángel.

Desde el asiento del copiloto, Rainer observaba la escena en silencio. Quiso estar presente pero prefirió quedarse en el vehículo. Sabía que su presencia alteraría a Ana y decidió respetar el momento. Era lo mínimo que podía hacer, dadas las circunstancias. Ella le había dejado claro que no quería verle más. Y él sabía que no se refería solo a aquel luctuoso instante. Hanno entró y resopló por el frío. Arrancó el motor y el coche se marchó lentamente. Por el retrovisor, Rainer vio achicarse la figura de la joven. Entonces tomó conciencia de que su destino acababa de decidirse sin contar con él.

II

TRECE AÑOS DE FRÍO

36

En los diez días que llevaba allí, Cora se había mantenido ocupada ayudando a Faysal en la cocina, preguntando a Lorenzo sobre su vida y la de los miembros de aquella llamativa cuadrilla de la taberna. Pero sobre todo escuchando la historia de la Alemana, a quien esperaba ansiosa cada tarde como la entrega de una radionovela antigua. Si el día acompañaba, bajaba a la cala y paseaba un rato a solas por la playa.

Aquel distanciamiento de sí misma, o de la Cora que ella o las exigencias de su entorno habían modelado, le empezaba a permitir vislumbrar otra Cora que miraba con curiosidad, sin lujos ni imposturas que engrandeciesen su presencia y maquillasen su personalidad. Y aunque la luz de esa nueva Cora aún latía tenue y débil, era una llama pura y real que alumbraba desde dentro y le calentaba el alma. Su propia luz interior, su lamparilla que de momento seguía temblando arropada por su nuevo ambiente.

Hacía mucho frío, pero le sentaba bien caminar descalza por aquella arena que las olas endurecían con sus lametones. El mar de invierno era tan diferente al de las playas de verano, tachonadas con sombrillas, toallas y chiringuitos. Lo observó detenidamente y le pareció salvaje, libre de los turistas que lo empequeñecían con sus chapoteos y sus tablas de surf. Las olas se balanceaban a sus anchas sin límites ni frenos. Sintió una complicidad inquietante al reconocerse como el mar. Quizá algo más feo que las imágenes bucólicas de las postales pero sin duda mucho más hermoso. Y también más que respetable.

La pequeña cala le resultaba acogedora. Cuando el viento soplaba frío, como aquel día, se refugiaba entre las rocas y desde allí seguía haciendo inventario de su vida. Las olas traviesas intentaban atrapar sus pies y temió que alguna la cogiese despistada y la empapase. Retrocedió y se aproximó a una de las rocas. Cuando se volvió observó atónita la figura de la Alemana con la vista en dirección a ella pero sin mirarla. Lo primero que pensó fue en cómo habría llegado la mujer hasta allí. Su avanzada edad y su movilidad limitada no le habrían facilitado el descenso por aquellas escaleras que incluso para ella resultaban peligrosas.

Se acercó a ella con las manos metidas en los bolsillos del impermeable mientras se encogía para protegerse del frío.

—¿Qué haces aquí? —preguntó cuando llegó a su altura.

La mujer pareció no oírla y ni siquiera alteró su gesto. Siguió con la atención puesta en el inerme horizonte de su memoria. Al cabo de unos segundos se giró levemente y le preguntó:

—Usted no es del pueblo, ¿verdad?

Cora hizo un amago de responder pero optó por callar. Recordó la conversación que tuvo con Lorenzo sobre la evolución de la enfermedad de la anciana. Pensó que quizá si la interrumpía o la intentaba convencer de que se conocían entraría en *shock*, como esa leyenda que decía que era peligroso despertar a un sonámbulo. Permaneció a su lado y la acompañó en su silencio.

—Yo tenía veintiséis años la primera vez que vi el mar —dijo de pronto la anciana sin alterar su gesto—. ¿Cuántos años tenía usted?

Cora se sorprendió. El mar... el mar estaba ahí desde el principio. Nació en una ciudad de costa y pasaba sus vacaciones en la playa. ¿Acaso alguien había vivido parte de su vida sin ver el mar? Al parecer sí, mucha gente, entre ellas la Alemana.

—Pues... no lo recuerdo. Siempre he visto el mar de pequeña. Mis padres me llevaban a la playa, así que no puedo responder.

—Es una pena —afirmó Ana mientras esbozaba una sonrisa mustia— porque nunca sabrá lo que se siente al verlo por primera vez.

Una vez más aquella mujer le daba una lección de vida. Un zarandeo que la hacía despertar y ver la verdadera realidad que se desarrollaba a su alrededor y que había ignorado. Sintió una inmensa ternura por aquella mujer desvalida cuyos recuerdos se desvanecían de su cabeza como el humo de un cigarrillo. La rodeó por los hombros con su brazo y le ajustó la vieja bufanda roja con la que siempre la había visto.

—Vamos, hace frío —dijo de forma cariñosa—. Tenemos que volver.

La Alemana se dejó acompañar y ascendieron las escaleras lentamente. A Cora se le hizo una eternidad. Cuando llegaron al hostal la mitad del sol se derretía sobre el agua y la Diosa Blanca reclamaba su presencia.

—Espero que Lorenzo haya puesto un buen tronco —dijo la anciana mientras gruñía por el frío—. Entra y dile que avive el fuego.

La Ana de siempre había vuelto de su paseo por las sombras, de su puzle cada vez más vacío, de su trance onírico en el que cada vez pasaba más tiempo. Cora la miró incrédula hasta que empujó la puerta y buscó a Lorenzo con la vista. Era la hora de un nuevo capítulo de su historia.

37

Como si nada hubiese sucedido, Ana removió el café y sus recuerdos con la cucharilla. Entonces reanudó su relato, esta vez dando un salto de cinco años.

Cora y Lorenzo reaccionaron y se incorporaron para seguir la narración que tan absortos los tenía. Cora, por la emoción de escuchar en primera persona una historia tan fascinante. Lorenzo, por miedo a que la memoria de la Alemana se apagase y no pudiera regresar a su tiempo de escarcha en las maletas.

La tarde empezaba a caer y el frío era notable. Ana sintió un escalofrío y Cora se levantó para ponerle por encima la manta que tenía en su butaca. Lorenzo avivó el fuego y, disfrutando del calor de la chimenea, se dispusieron a que la noche los sorprendiese sumergidos en aquella historia.

—Yo también estaba en los sindicatos —dijo la anciana en tono cómplice—. Lo de Maricarmen fue un duro golpe pero también me abrió los ojos para decidir que había que mover las piezas. Había asociaciones, clubs, comités... Acudí a algunos para buscar saber un poco más y orientarme pero, cuanta más información conseguía, más confusa me sentía. No sabía ni por dónde empezar.

»Todos hablaban de ayudar al trabajador, de los derechos, del proletariado pero en ninguno de sus discursos encontré un hilo del que tirar, un cabo por el que empezar a desenredar la madeja. A mí lo que me interesaba era mejorar las cosas en la AK. Finalmente conseguimos crear un sindicato propio en la fábrica. Y vete tú a saber por qué, me nombraron representante de los trabajadores.

»Fueron años muy activos; sobre todo, 1968. Conseguimos muchos avances tanto en la propia fábrica como en la residencia. Acudíamos a reuniones con otros sindicatos, manifestaciones, hacíamos alegatos, manteníamos contacto incluso con asociados de Francia y Suiza. Trabajábamos, sí, pero también sentíamos una enorme satisfacción al saber que no solo estábamos allí como mano de obra. Nos hicimos visibles, teníamos voz, éramos personas. Aunque claro, no todo era coser y cantar. El mensaje desdibujado de muchos de esos sindicatos sembró rencillas entre algunos de sus miembros. Cismas, huidas que provocaban enfrentamientos. Yo intentaba mantenerme alejada de todo eso. Para mí lo primero eran mis compañeros de la AK.

»Otto siempre fue bastante comprensivo, aunque era un hueso duro de roer. —En ese punto Ana sonrió nostálgica—. En realidad, lo que más le gustaba era formar parte de una buena negociación, ponerse al límite a sí mismo para medir sus capacidades. Fue un buen contrincante que supo estar a la altura en todo momento. Pero los años pasaron y llegó el momento en que Otto se quiso jubilar. Y aunque todos creímos que aquel hombre moriría de anciano trabajando en su despacho, lo cierto es que se tomó su retiro con alegría. Así lo expresó el día que celebró con todos los trabajadores el fin de su dirección en la AK y anunció que en breve le tomarían el relevo. Las cosas iban a cambiar pero no tanto como yo imaginaba.

Cora escuchaba atenta e intentaba procesar toda aquella información. De pronto, fue consciente de muchas cosas que pasaron por su cabeza en un instante: todos los derechos de los que ella había gozado en su vida laboral, las vacaciones, las jornadas de ocho horas, la seguridad, la formación... Todo aquello había sido reivindicado por alguien en algún momento de la historia. Alguien se había plantado y había dicho «Hasta aquí». Alguien había tenido las agallas de manifestarse, de declararse en huelga para conseguir algo que ahora a ella le parecía natural e innegociable. Pensó en las ocasiones que había maldecido ante una huelga de los trabajadores del metro, o de los taxistas, o de los servicios de limpieza. Y entendió que, detrás de todas aquellas huelgas de los que ella tachaba de vagos o ventajistas, había una justicia social y laboral que ella ya tenía gracias a otros que antaño habían obrado de igual forma.

Fue consciente de que a veces el lujo no consiste en poseer cosas caras sino en conseguir otro tipo de riqueza, más equitativa, más coherente, más digna.

38

El traslado a su nuevo piso les conllevó tener que madrugar más para llegar a su hora al trabajo, pero la recompensa de sentirse en su propia casa valía la pena. Era un reducido apartamento de dos habitaciones en un barrio de nueva construcción, como casi todos en Colonia tras la Segunda Guerra Mundial. Tenía una minúscula cocina y un baño suficiente para ellas dos. Peppino solo aparecía por allí de tarde en tarde, cuando necesitaba refugiarse de algún lío de los suyos o en los intervalos entre un trabajo y otro. Aunque siempre aportaba su parte de los doscientos marcos que pagaban mensualmente de alquiler. Las dos jóvenes compartían habitación, por lo que la otra casi siempre estaba vacía, lo que provocaba las ganas de Lucia de montar en ella un cuarto oscuro donde revelar sus fotos.

Frente al espejo del cuarto de baño se terminaban de arreglar. Ambas conservaban los mismos puestos de trabajo que cuando llegaron a la AK, aunque en mejores condiciones. El tema de conversación de aquel lunes fue la despedida de Otto como director y presidente de la fábrica. Los había reunido a todos e incluso había invitado a los trabajadores a brindar con champán.

—No parecía muy preocupado por tener que jubilarse —dijo la italiana fingiendo desinterés, aunque su intención era conducir la conversación por otros derroteros—. Supongo que lo tendrá todo bien pensado.

—Supongo —repitió Ana, ella sí, sin mucho interés—. Como se suele decir, esta gente no da puntada sin hilo.

Lucia la escrutó buscando su mirada en el espejo pero Ana parecía más preocupada por su flequillo que por la conversación de su amiga.

—Ana —señaló al fin temerosa—, ya sabes lo que se rumorea. Seguramente sea Rainer quien dirija ahora la fábrica.

La joven la miró de reojo y continuó acicalando uno de sus mechones que se negaba a obedecer al peine. Sin responder al comentario, salió del cuarto de baño y se dirigió a la entrada donde colgaba su abrigo. La italiana la miró resignada. Intentaba poner sobre aviso a su amiga y que así se preparase para lo peor.

—¿Nos vamos? —apremió Ana con el bolso y las llaves ya en la mano.

Lucia suspiró y la siguió escaleras abajo mientras Ana hacía un esfuerzo sobrehumano por no delatar su preocupación y su anhelo.

39

En cinco años habían ocurrido suficientes acontecimientos dignos de ser contados. Con un par de vasos de cerveza en la mano, Rainer y Hanno intentaban ponerse al día en lo referente a ese lustro que estrenaba una nueva década. Aunque habían estado en contacto, apenas se habían visto durante los años que Rainer estuvo formándose e investigando de la mano de Felix Wankel. El encuentro fue tan vibrante como esperado. Ambos habían echado de menos aquellas tardes en el *Biergarten* de la Linfgasse.

—Así que desapareces durante cinco años y vuelves como director general —bromeó. Hanno solo se permitía aquella familiaridad cuando estaban a solas. En la fábrica intentaba guardar las formas.

—Bueno, sé que mi padre te nombró jefe de personal —dijo Rainer satisfecho mientras les servían dos cervezas más—. Me alegro por ti, te lo mereces. Además —añadió con picardía—, me he enterado de que hay algo más que una amistad con Lena.

Hanno no supo si ruborizarse o sentir orgullo. Lo cierto era que se sentía afortunado. La hija de Hans, el anterior jefe de personal, había mostrado interés por él poco antes de que su padre su jubilase. Él, por su parte, había sentido admiración por ella desde que prácticamente llegase a la AK. Y en esa ocasión la paciencia tuvo su recompensa, que se vería materializada en poco tiempo, cuando se casaran.

—Y cuéntame, cómo está el viejo Felix —preguntó Hanno refiriéndose al presidente de la NSU—. ¿Habéis encontrado ese motor que revolucionará la industria?

—No lo creo, Hanno —dijo el joven Schulz poco convencido—. Sin duda es un motor diferente, ya lo sabes, lo has visto en el Spider y en otros prototipos. Ligero, silencioso, estable, revolucionario por su sencillez. Pero no acaba de encajar. Demasiado consumo, muy contaminante, sobre todo por la necesidad de añadir aceite al combustible. Personalmente a mí no me ha convencido. Y tampoco a Wankel... Le vendió la patente a los japoneses y ya han empezado a fabricar coches con estos motores. Veremos a ver cuánto duran.

—Bueno, lo has intentado. Ahora toca centrarse en los faros y los sistemas de transmisión de la AK —intentó consolarle su amigo.

—No voy a tirar la toalla —le advirtió Rainer divertido—. Esta no deja de trabajar —aseguró señalando su sien con el dedo índice—. En cualquier momento, ¡bang!, salta la chispa y se abre la válvula, como en los sistemas de inyección de Bosch. Pero aún es pronto...

—¿Y qué planes tienes para la empresa? —quiso saber Hanno con cierto grado de preocupación.

Rainer se encogió de hombros y dio otro trago a su cerveza.

—La verdad es que no sé por dónde empezar —aseguró con una sinceridad que a su amigo no cogió por sorpresa—. Espero contar con tu ayuda para poder hacerlo medianamente bien. —Hanno sonrió y asintió en modo aprobatorio dándole a entender que podía contar con él para lo que fuera—. Además, es un hecho que mi futuro cuñado se hará cargo de parte de la empresa. Creo que mi padre ya lo tiene previsto.

—Es cierto, oficialmente has vuelto para la boda de Helga. ¿Cómo está? —se interesó.

—Pues como todas las novias en los días previos al gran día; emocionada. No sabe lo que se le viene encima. —Ambos soltaron un par de sonoras carcajadas.

—¿Y qué tiene que ver su futuro marido en todo esto? —Hanno desconocía la relación que había entre los Schultz y Klaus Lerman, el futuro cuñado de Rainer. Este se dio cuenta de la ignorancia de su amigo e intentó ponerle en antecedentes.

—Era compañero mío en Neckarsulm, y se lo presenté a mi padre y a mi hermana durante una de las visitas que me hicieron allí. Al parecer, hubo flechazo. Ha estado unos meses en Japón formándose en un sistema de gestión revolucionario que optimiza la producción o no sé qué... —Rainer no mostraba mucho interés por dichos conocimientos—. Mi padre no me lo ha dicho, pero es obvio que lo incluirá en la nueva directiva de la fábrica.

Hanno permaneció en silencio, pero su gesto circunspecto evidenciaba que aquello le chirriaba sobremanera. Vio en aquella maniobra, aparentemente inocente, un descarado oportunismo. Cualquiera menos Rainer, que seguía siendo un alma cándida y sin suspicacias, se hubiese dado cuenta. Supo en ese momento que las cosas iban a cambiar, aunque no sabía si para bien. Se produjo un breve silencio que consideró oportuno para hacerle a su amigo la pregunta que le llevaba rondando durante toda la tarde. Pero prefirió dar un rodeo.

—¿Has pasado ya por la fábrica? —quiso saber Hanno, temeroso.

—Aún no. ¿Cómo están las cosas? —preguntó Rainer en un intento por parecer impersonal.

—Bueno, la producción va bien, seguimos con los pedidos de siempre... en lo que ha habido grandes cambios es en lo referente al personal...

Hanno hacía verdaderos malabares para conducir la conversación hasta donde él pretendía. Intentaba poner sobre aviso a su amigo para que no se llevase una sorpresa. Este, por su parte, hizo un gesto de extrañeza mal disimulado.

—De eso sabes tú más que yo. Seguro que ahí podrás ser de mucha utilidad —aseguró lleno de confianza.

—Ella sigue allí —dijo al fin, y la frase emergió de su boca como el corcho de una botella de champán.

Rainer no preguntó. Sabía perfectamente de quién hablaba. Si Hanno llevaba toda la tarde deseando decirle aquello a su amigo, él intentaba resolver esa duda desde que llegó a Colonia. En realidad la pregunta le rondó todas las noches, dormido y despierto, durante cinco años.

—Ha pasado mucho tiempo... —La frase quedó en el aire a la espera de que alguien se adueñara de ella.

—Es la representante sindical de los trabajadores. Un pez que no pica el anzuelo. Ha peleado y conseguido muchas cosas, y eso que tu padre era un buen contrincante, ya le conoces. Consiguió que se acondicionaran las residencias, que las instalaciones fueran más seguras y ahora anda intentando suprimir las horas extra. Ya sabes, después del accidente... —Ambos callaron y aquel fugaz silencio fue su particular homenaje al recuerdo de Maricarmen.

Rainer sonrió para sus adentros. Imaginó a una Ana reivindicativa y tenaz. Recordó aquella chica de pelo recogido en una trenza que ocho años atrás luchaba por quitar los carteles del cuello de sus compatriotas. Sintió orgullo, un orgullo del que había sido despojado cual príncipe sin reino, sobre todo después de su sentencia la última vez que se vieron. Temía el momento del encuentro pero también lo deseaba, como una planta seca a una gota de agua en plena sequía; la que llevaba padeciendo durante un lustro. Ninguna de aquellas emociones contrapuestas le dejaba indiferente.

El camarero llegó con dos nuevas cervezas. Levantaron los vasos y brindaron; por su amistad, por los recuerdos vívidos y por un futuro que, aunque trazado, traería más sorpresas de lo que ninguno de los dos hubiese atrevido a imaginar.

40

Tras la muerte de Maricarmen, Ana pidió explícitamente ocupar su puesto. Quizá era una forma de mantenerla viva en su memoria, o quizá no quería que nadie más sufriera un accidente parecido. De cualquier forma, Pere, el encargado, no se opuso. Así Ana llevaba los últimos cinco años manejando el moderno y seguro panel de pruebas que se instauró tras el fatídico episodio de su amiga de la bufanda roja.

Aquella mañana se sentía algo nerviosa, y lo intentó disimular procurando estar lo más ocupada posible. Su anterior puesto lo ocupaba ahora una joven aragonesa que apenas llevaba un año en la AK y que la sacaba de quicio. Tenía que estar constantemente pendiente de ella, pues se distraía con el vuelo de una mosca, sobre todo si esos despistes tenían nombre masculino. Así la encontró Ana, charlando animada y coqueteando con un italiano en vez de ir a buscar los faros al almacén, que era su cometido.

Con un gesto exasperado se dirigió a ella. Esta, resignada, se acercó refunfuñando y con pocas ganas de empezar la jornada.

—Espabila de una vez —le dijo mientras cogía el transportador hidráulico.

Los apenas veinte años de Pilar dejaban al descubierto una belleza incontestable y un encanto al que pocos podían resistirse. Un pelo negro como el carbón cubría su espalda y unos ojos abisales traspasaban con su mirada cualquier coraza emocional, por muy fuerte que esta fuera. De piel clara, ligeramente aceitunada y facciones delicadas y finas, provocó con su llegada un trastorno en todos los varones que tanto Pere como Ana tenían que sofocar constantemente. Era una mujer guapa, joven, imantada, pero también descarada e insolente.

Ana la miraba alejarse por el pasillo con su bamboleo de caderas y su desgana. Entendía que a sus veinte años quisiera coquetear y pasarlo bien. No le molestaba tener que recordarle constantemente que estaba allí para trabajar. De hecho, consideraba que era algo necesario, parte de su educación, seguramente desprovista y descuidada.

Fue entonces cuando, al fondo del corredor, vio una figura que le resultó más que familiar. Rainer se acercaba lentamente mientras saludaba a algunos de los trabajadores con los que se topaba. Quiso girarse y fingir que no le había visto pero este parecía haber entrado con la vista clavada en ella. Así, los ojos de uno y otro tiraron con fuerza hasta que estuvieron frente a frente. Él con su eterna y embriagadora sonrisa, ella con la duda y el corazón guardado en su maleta de escarcha tras cinco años de frío y soledad. Finalmente ella también sonrió por cortesía. Un gesto que intentaba encubrir el impacto del reencuentro. Rainer alargó la mano y la saludó efusivamente. Estaba distinta. Cinco años era tiempo suficiente para obrar un cambio significativo en alguien que recién estrenaba su madurez. Llevaba el pelo más corto, por encima de los hombros, la mirada más relajada, acostumbrada ya a todo lo nuevo que sus ojos veían a diario, lo bueno y lo malo. Estos se crisparon al verle y así consiguió sostener la mirada.

Él tampoco era el mismo. Seguía siendo el chico risueño de antaño, con sus ojos verdes y su aire inocente. Pero también en su rostro se dejaban ver la incertidumbre y las cicatrices de un dolor perenne. Lucía una ligera barba bien recortada que le otorgaba algo de madurez pero no la suficiente. La claridad de su pelo no conseguía endurecer bastante sus facciones como para darle la seriedad que pretendía.

—Me alegro de verte —apuntó ella sin soltar su mano en perfecto alemán.

Sonrió más aún, sorprendido por su fluidez lingüística y la pretendida naturalidad del saludo, lo que aprovechó para entablar una breve conversación.

—Has mejorado mucho tu alemán —aseguró al fin sin intentar hacerse entender en español como antaño.

Ana se limitó a encoger un hombro asintiendo y quitándole importancia a su habilidad. Sus manos seguían cogidas. No fueron conscientes de ello hasta unos minutos después cuando ella bajó la mirada y vio que aún estaban agarrados. Entonces le soltó y con la mano ya libre hizo un gesto nervioso frotándose el brazo contrario. Él mantuvo su mano en la misma posición durante unos instantes más.

En ese instante llegó Pilar con la carga y rompió la magia. Se quedó contemplando la escena y fue cuando, de forma dubitativa, desviaron la mirada hacia todas partes buscando alguna excusa con la que poner fin al momento mágico.

—Bien, tengo que... —se excusó él señalando al despacho de su padre que ahora sería suyo.

—Sí, yo debo seguir... —concluyó ella mientras se acercaba a las cajas con los faros.

Mientras subía por la escalera metálica, Ana no pudo evitar observarle como había hecho tantas otras veces en el pasado. Cuando la puerta del despacho lo engulló, continuó con su trabajo.

Pilar no dejaba de mirarlos, tanto a ella como a Rainer.

—¿Ese es el heredero del que todos hablan? —preguntó al fin la maña con acento meloso. Ana apenas acertó a afirmar ligeramente con la cabeza—. Pues no está nada mal el muchacho.

La desfachatez de la joven, que en otros momentos habría sacado de quicio a Ana, no consiguió enojarla. Simplemente se limitó a hacer como que no había oído el comentario.

Inconscientemente se vio mirando hacia el gran ventanal intentando adivinar la figura de su nuevo jefe. Un gesto olvidado durante años y que de nuevo acudía a su rutina. Pasó el resto del día dando mil vueltas a sus recuerdos y poniendo orden en sus sentimientos.

Rainer, desde su mesa, alargaba la vista de vez en cuando con la excusa de tener una visión general de la planta pero inconscientemente sus ojos se detenían siempre en el mismo punto.

41

Padre e hija bailaban al son de los *Cuentos de los bosques de Viena* de Strauss ante la atenta mirada de los asistentes al enlace. Otto contemplaba a Helga con el orgullo propio de un padre en un día tan especial. Su pequeña dejaba de serlo y pasaba a ser la señora de Lerman; una mujer distinguida y de clase dentro de la selecta sociedad colonesa. Su alegría solo se vio empañada durante un fugaz momento, cuando recordó a su esposa. Le hubiera encantado ver a su hija vestida de blanco.

La joven, engalanada con un sencillo vestido de gasa y una corona de jazmines y campanillas blancas, recordaba a una de las náyades que pululaban por los bosques a los que aludía el vals.

La ceremonia se celebró en la mismísima catedral de Colonia, el mejor escenario posible para tan importante acontecimiento. El banquete y la fiesta se organizaron en la casa de los Schultz. Era lo suficientemente grande como para albergar a los casi doscientos invitados al acto.

Klaus les siguió en el baile llevando a su madre del brazo. Era un hombre apuesto, de altura considerable, cabello claro y ojos de zafiro. Buena planta y semblante asentado. Sonrisa difícil y gesto escrutador. Su imagen perturbadora acentuaba su atractivo. Su seguridad innata le otorgaba una elegancia poco igualable.

Casi diez años mayor que su reciente esposa, parecía ejercer con ellos un inquietante dominio.

Rainer observaba la escena en compañía de Lena y Hanno. La pareja contemplaba con envidia a los recién casados con la esperanza de que ellos pudieran tener también una bonita boda, aunque no tan lujosa como aquella. Observaba el ambiente mientras daba breves sorbos a su casi vacía copa de champán. Se sentía feliz por su hermana. Siempre se habían llevado bien, sobre todo tras la muerte de su madre, cuando él desarrolló un instinto protector que aún no se había esfumado. Ahora sería Klaus quien cuidase de ella, aunque él seguiría alerta.

La orquesta entonó los acordes de una nueva pieza y la novia se acercó a su hermano. El temido momento había llegado. Rainer no era un buen bailarín pero accedió. Era la primera ocasión en todo el día en que podía hablar tranquilamente con su hermana, aunque tuviera que coordinar sus pasos al mismo tiempo.

—Te me has adelantado —dijo sonriente y cómplice.

—Porque tú has querido. Paula está aquí —aseguró Helga con picardía mientras señalaba una de las mesas con la mirada.

Rainer sonrió ante las insinuaciones de su hermana. Paula y ella eran amigas desde niñas y la chica estuvo siempre perdidamente enamorada de él. Ese amor profesado hacia los hermanos mayores de las amigas y que nunca es correspondido. Lo cierto era que la tal Paula le resultó siempre extremadamente cursi e insulsa.

—¿Vas a ser feliz? —preguntó directamente y sin preámbulos.

—Ya soy feliz —contestó risueña.

—¿Y lo seguirás siendo cuando pare la música y guardes tu precioso vestido en el armario?

—Si para la música, yo seguiré cantando.

Un tintineo de cristales hizo enmudecer a la orquesta y anunció el discurso del padre de la novia. Este se colocó en el improvisado estrado delante de la orquesta y carraspeó antes de empezar.

Helga se acercó a su recién estrenado marido y le rodeó la cintura. Rainer, al lado de la pareja, observaba los movimientos de su padre que ya llevaba un par de copas de más.

—Quiero daros las gracias a todos por acompañarnos a mí y a mi familia en este día tan especial. Las bodas celebran el enlace entre dos personas pero también entre familias. Hoy los Schultz y los Lerman han creado un vínculo que espero sea eterno. Aunque siempre falte alguien que debería estar aquí disfrutando con nosotros. —En ese punto el inevitable recuerdo de su querida Irenze ahogó su discurso. Su difunta esposa había dejado un vacío que durante todos los años de su ausencia no había podido llenar. Tragó saliva y recuperó la compostura—. Una etapa se cierra y otra se abre. Como todos sabéis, acabo de pasarle el relevo de la dirección de mi empresa a mi hijo. —Miró a Rainer y este sonrió tímidamente—. Pero esta unión me permite incorporar a la dirección de la AK a mi nuevo yerno Klaus. Estoy seguro que ambos formarán un perfecto tándem.

Helga miró amorosa a su marido, aunque este permanecía con la vista fija en su suegro, atento a sus palabras y sus gestos. Rainer prefirió no girarse. No había encontrado ni un ápice de complicidad en su cuñado, ni cuando eran compañeros ni cuando se comprometió con su hermana. No quiso ser suspicaz. Prefirió creer que simplemente hay personas que no empatizan entre sí. Otto levantó su copa para finalizar su discurso.

—Por la nueva pareja, y por el futuro de nuestras familias.

Todos aplaudieron, la música sonó de nuevo y los novios sonrieron a las repetidas felicitaciones de los invitados. Algunos de ellos dieron la enhorabuena brevemente a Rainer pero él intentó que la atención se centrase en su hermana. Que la bendita música no dejase de sonar para ella.

42

Desde la mesa de su despacho, a Rainer le costaba no llevar su mirada hasta la planta de producción. No podía concentrarse. Revisaba informes, presupuestos, pedidos y mil documentos que había siempre sobre su mesa.

Klaus y su hermana aún estaban de luna de miel, y su cuñado tardaría al menos un par de semanas en incorporarse. Mejor así. Prefería acostumbrarse poco a poco a su nuevo puesto de director sin la presencia incómoda de Klaus. Algo le decía que no iba a ser el mejor compañero de trabajo pero prefirió no pensar en ello. Quería tomarle el pulso a la empresa antes de empezar con las transformaciones que habían de llegar.

Su cabeza estaba enredada en otras cavilaciones y le resultaba casi imposible prestar atención a lo que se suponía realmente importante. Su deseo por encontrarse con Ana y saber cómo se encontraba le impedía ser el que todos esperaban. Se sentía culpable, aunque en realidad no sabía bien por qué. Tenía la impresión de que cinco años atrás había quedado abierta una herida que, aunque dejó de supurar, no había cicatrizado. Una herida infligida por el arma de la desigualdad. Fue consciente de que no podría centrarse en su trabajo mientras no hablase con ella. Aquella condena al adiós de hacía cinco años no había sido suficiente.

Rainer no se conformaba. Necesitaba saber si le guardaba rencor, si seguía odiándole como aquel último día en que le golpeó el pecho con sus puños y el corazón con su indiferencia.

Pero no iba a ser fácil. No podía abordarla en la fábrica, tampoco en la residencia, pues sabía por Hanno que ya no vivía allí. Decidió abordarla a la salida. Y cuanto antes mejor. Saldría unos minutos antes y la esperaría en el aparcamiento.

Ana exhaló un suspiro tranquilizador cuando sonó la sirena que anunciaba el fin del turno. La tensión le añadía un cansancio adicional al que ya soportaba en su puesto de trabajo. Desde que Rainer llegó le resultaba difícil no dirigir sus ojos hacia la cristalera del despacho de dirección. Aun así sentía la presencia del joven en cada momento. Como si su mirada la escrutara en todos y cada uno de sus movimientos. Sabía que en cuanto levantase la vista lo encontraría allí. Pero lo que más miedo le daba era lo que pasaría si sus miradas chocaban. Más bien lo que le sucedería a ella y no quería arriesgarse a comprobarlo. Prefería mantenerse a la defensiva que luchar contra un enemigo conocido, aunque esa tensión la dejaba agotada y con los hombros duros como piedras.

Rainer esperaba en el aparcamiento dentro de su coche. Por el espejo retrovisor observaba la puerta por la que salían los trabajadores. Esperaría a que Ana se alejase de ellos para aproximarse y charlar con ella. Pocos minutos después la joven salía conversando con un par de compañeras. A los pocos metros el grupo se dispersó y ella se dirigió a la salida del recinto. Rainer abrió la puerta dispuesto a ir a su encuentro pero entonces vio cómo un joven, otro trabajador de la fábrica al que Rainer había visto en alguna ocasión, se le unía y le daba un beso en la mejilla. Ambos salieron y se perdieron tras los muros del complejo.

Aquello no se lo esperaba. La imagen truncó su plan. Ni siquiera se le había pasado por la cabeza la idea de que ella pudiera tener otra relación. Quizá fruto de la esperanza, esa que dicen que nunca nos abandona y nos mantiene vivos, al igual que la crueldad del torturador ante su víctima.

Aún sentado en el asiento del conductor y con un pie fuera del vehículo, Rainer se sintió vencido, derrotado en un lucha que llevaba cinco años librando consigo mismo.

43

Cosme se había acercado a Ana poco a poco, como a un animalillo atrapado en un cepo; con suspicacia y miedo, aunque también con una pizca de habilidad. No quiso hacerse el héroe tras el duro golpe que sufrió con la muerte de Maricarmen. Sabía que ella no aceptaría más muestras de apoyo que solo conseguían agobiarla y ponerla nerviosa. Pero siempre procuraba estar presente aunque en un discreto segundo plano. No le ofrecía su ayuda. Simplemente cuando precisaba algo que estaba en su mano él lo hacía. Así se fue ganando su atención y poco a poco su amistad. Estuvo con ella cuando decidió formar parte activa del sindicato de la fábrica, a pesar de sus advertencias pasadas cuando empezó a relacionarse con los sindicalistas. Acudía a las reuniones, a las manifestaciones y siempre estaba presente cuando necesitaba ayuda.

Ana sabía que su interés iba más allá de una simple amistad. Lo manifestó prácticamente desde que se conocieron. Y cuando Rainer desapareció vio la ocasión de intentar conquistarla. Sin oportunismo pero con estrategia y autocontrol. De ese modo, convirtiéndose en indispensable para ella, quizá tendría una oportunidad. Durante los tres últimos años se les veía juntos en muchas ocasiones, sobre todo en lo relacionado con el sindicato. Aunque en ningún momento llegaron a intimar, ni siquiera se habían dado un beso, algo que Cosme deseaba. Era un hombre paciente y confiaba en que pronto obtendría su recompensa. Lo que él ignoraba era que Ana no permitiría jamás ser un premio para nadie. En cualquier caso, él se sentía a gusto en su compañía y eso le compensaba.

44

Antes de llamar a la puerta, Ana suspiró para intentar relajarse. Le temblaban las manos y procuró disimularlo agarrando fuerte la carpeta que llevaba y servía de escudo.

Pere le había puesto al corriente esa misma mañana de la reunión que Rainer quería mantener con ella como representante de los sindicatos. El aviso le cayó por sorpresa. Cuando ya casi había conseguido dominar la tensión de no reparar en la presencia de su nuevo jefe, este la requería en su despacho, a solas, frente a frente.

Rainer, sentado tras la monumental mesa que durante décadas perteneció a su padre, intentaba calmar sus nervios ordenando papeles, portafolios, botes de lápices y el retrato de su madre que quiso conservar sobre el escritorio. Sonaron tres golpes en la puerta, se pasó la mano por el pelo y con un «*Kommen Sie rein*» invitó a pasar a su visita.

Ana entró despacio, reconociendo el terreno y tanteando a su adversario. Rainer la recibió con su sempiterna sonrisa, rodeó la mesa y retiró una de las sillas invitándola a sentarse. Ella no estaba acostumbrada a tantas galanterías mas no se sorprendió, como hubiera hecho años antes. Se limitó a dar las gracias. Él también se sentó. Para su sorpresa, no volvió a su butaca sino que lo hizo en la silla que había a su lado.

Un breve silencio enganchó sus miradas pero Ana, experta en zafarse de las emociones, lo despachó enseguida.

—Pere me comentó que querías hablar conmigo.

—Así es, según tengo entendido, eres el enlace sindical —respondió él decepcionado como un niño al que se le escapa un pajarillo de las manos—. Me gustaría saber cómo están las cosas en ese tema.

—Algo me comentó, sí —apuntó ella mientras dejaba sobre la mesa la carpeta que le servía de parapeto y sacaba un rimero de documentos—. Las condiciones han mejorado desde... Bueno, quiero decir que hemos conseguido mucho pero todavía faltan cosas. No tenemos un día de asuntos propios y los vestuarios están hechos una pena. Y luego está lo de las horas extra... En ese punto Rainer la detuvo poniendo su mano sobre la suya. Ana no supo si retirarla o si hacerlo sería contraproducente. Se quedó totalmente bloqueada.

—Tengo una idea —dijo él de pronto en tono risueño—. Te invito a comer. —Ana seguía con el mismo gesto estupefacto. Aquello no la tranquilizó en absoluto—. Una comida de trabajo, para comentar lo de los asuntos propios y todo eso.

Por fin logró bajar la mirada hacia sus documentos y en el recorrido pensar en una respuesta rápida pero esta llegó a trompicones.

—Yo... no sé si... No creo que sea buena idea.

—¿Por qué no? ¡Vamos!

Inevitablemente, Ana recordó aquella tarde en el bosquecillo tras la fábrica en que la acompañó a la oficina de Correos. Sin darle ocasión de responder cogió su chaqueta del perchero y alargó su mano invitándola a acompañarle. Ella no supo darle una réplica, así que recogió la carpeta y le siguió.

45

La Hausbrauerei Päffgen era una antigua fábrica de cerveza reconvertida en restaurante, famoso por sus salchichas kilométricas y su cerveza artesanal. El anticuado mobiliario de madera y el poso vetusto, mantenido a pesar del progreso, le conferían un aspecto de máquina del tiempo. Su largo pasillo parecía la entrada a la posada de uno de los cuentos de los hermanos Grimm. Ana se sintió cohibida. Nunca había estado en un sitio así. No era un establecimiento extremadamente lujoso ni exquisito, pero la elegancia del paso del tiempo y el buen gusto de sus propietarios hacían de él un lugar propio de hadas y príncipes de fábula.

Eligieron una de las mesas del encantador patio del fondo del local. Ana lo agradeció. Estar al aire libre la haría sentir mucho más cómoda, y el sol del incipiente verano resultaba balsámico. Pero ella estaba tan tensa que era incapaz de disfrutar de aquellos rayos primerizos y aquel cielo sin rencor que los acompañaba.

Comieron mientras Ana le explicaba su incorporación a los sindicatos, su labor, cuáles eran sus funciones. Le habló de las necesidades de los trabajadores, de sus reivindicaciones y derechos. Rainer la escuchaba con atención mientras ella continuaba parloteando ya más relajada. Establecieron reuniones periódicas y comités de empresa en los que ella exigía la presencia de los sindicatos. Él le dio la razón en todo. Ana no estaba segura de si lo hacía por convencimiento o si, como ella pensaba, aquel almuerzo era solo una excusa. Su miedo había desaparecido y acudió a ella la seguridad adquirida con los años que le permitió atreverse a preguntarle a él. Sacó un paquete de cigarrillos de su bolso y encendió uno mientras se recostaba en el respaldo de la silla. Él la miró extrañado, casi fascinado por aquella transformación que había convertido a la Ana tímida y casi miedosa en la mujer segura y fuerte que tenía ahora delante. Siempre supo que poseía una fuerza interior que tarde o temprano afloraría. Y al parecer lo había hecho pero no como un matojo que brota en mitad del jardín sino como una hermosa planta con nombre y apellidos que ilumina y embellece con un cuidado exquisito y atento.

—¿Y cómo te ha ido a ti durante estos años? —se interesó ella ya desprovista de suspicacias y prudencias.

Rainer se sorprendió. No esperaba que Ana se interesase por él ni por sus andanzas. Aquello le alegró pues pensaba que, una vez acabada la charla sobre sindicatos y derechos, ella se marcharía. Esbozó una sonrisa involuntaria y apuró el resto de vino que quedaba en su copa.

—Bien, he aprendido mucho y he podido trabajar codo con codo con Wankel. Ha sido interesante —dijo con un tono neutro que a Ana no le pasó desapercibido.

—¿Inventaste ese revolucionario motor que nos salvará a todos de la contaminación y los malos humos? —bromeó ella.

—No. No he inventado nada —aclaró él resignado—. Sí que es un motor revolucionario, pero no funcionará. Necesita mucho combustible y... —Interrumpió la frase y la miró—. No quiero aburrirte con mis tonterías.

—No son tonterías —le replicó Ana—. Seguro que al final lo consigues. Eres inteligente y tienes preparación. Al menos ahora ya sabes lo que no debes hacer.

Los dos sonrieron y Ana fue consciente de que se estaba exponiendo más de lo que le gustaría. Le animaba y trataba como a un viejo amigo al que apreciaba. Pero ¿qué significaban todos esos sentimientos que la atacaban de repente? No era odio lo que sentía sino pura añoranza. Eso la hizo sentir bien. Se había estado engañando a sí misma durante cinco años, disfrazando la añoranza con odio. Se sentía a gusto, relajada y se estaba divirtiendo. Ni en una sola ocasión desde que llegaron había mirado su reloj. Él tampoco lo había hecho. Fue consciente de que aquello era un buen comienzo, al menos para las futuras relaciones entre directiva y sindicatos. Pero no se atrevió a imaginar más. De nuevo se vio ante aquel acantilado al que no le gustaba asomarse. Y una vez más retrocedió hacia una zona más segura. Miró a su alrededor y vio que ya no quedaba nadie en el restaurante. Los camareros barrían y recogían mesas mientras los miraban de reojo.

—Creo que es hora de irse —dijo ella sintiéndose culpable por hacer que el personal acabase su turno más tarde de lo normal.

Se levantaron y salieron a la calle donde el sol se iba poniendo y les indicaba que era el momento de romper la magia. Abandonaban aquel oasis de cuento de hadas para salir al mundo real.

—¿Quieres que te lleve a tu casa? —preguntó él con la esperanza de que ella aceptase.

—No, no hace falta. El tranvía está aquí mismo.

—Entonces te acompaño hasta allí.

Rainer se resistía a que aquel rato terminase. Estaba disfrutando de su compañía, descubriendo a una nueva mujer, más madura, más libre, más adulta pero con la misma esencia de aquella que escribía cartas sentada en un tronco tras la fábrica.

Caminaron en silencio unos metros. Era como si el crepúsculo hubiese apagado el bienestar del que ambos habían gozado. No iban tranquilos. Aunque la conversación resultó amable y distendida, había algo que ninguno de los dos se atrevía a mencionar. Inexplicablemente fue ella quien se atrevió a hablar.

—Aún la echo de menos —dijo sin mirarle.

Rainer, con la mirada en el suelo, se limitó a escucharla. Sabía perfectamente a quién se refería. Ana agradeció su respetuoso silencio.

—Cada mañana, cuando me acerco a esa maldita máquina, su imagen se me aparece —continuó diciendo—. Y el hecho de que ahora sea más moderna y segura a veces me hace sentir más rabia. ¡Hubiera sido tan fácil...! La cambiaron a los diez días de lo de Maricarmen. Diez días... —exclamó más para sí misma que para él.

—Ana, yo... —Empezó la frase sin acertar a acabarla.

—Lo sé, sé que no tuviste la culpa.

Rainer percibió que aquellas palabras estaban llenas de sinceridad y vacías de rencor. Palabras que borraron el dolor de aquella despedida aciaga cuando ella le maldijo con la culpa. Pero la pena era algo mucho más difícil de eliminar.

A la altura de la parada del tranvía, Ana se detuvo. Se paró frente a él y sonrió. Rainer, con las manos en los bolsillos, le devolvió la sonrisa, una sonrisa amarga por el recuerdo de la gaditana pero reconfortante al saber que Ana no le guardaba rencor. Esta le alargó la mano y él le devolvió el gesto.

—Hasta mañana, jefe —se despidió, mientras le hacía un guiño cómplice.

Bajó las escaleras y su figura se dejó engullir por el estómago de la ciudad.

Rainer deshizo el camino hasta llegar a su coche que había aparcado en una de las calles paralelas al restaurante. Caminó despacio, disfrutando del anochecer y conservando aún la sonrisa en su rostro.

Apoyada en una de las barras del tranvía, Ana hizo un repaso mental de la jornada. Intentó poner orden en su mente para después hacer lo mismo en su corazón. Pero esa tentativa se vio interrumpida por una sonrisa impertinente que la acompañó durante todo el trayecto. Los dioses antiguos del amor, que durante cinco años habían hibernado en su alma, despertaron de nuevo.

46

El almuerzo con Rainer relajó los rencores y aflojó las correas de los malos recuerdos. La pesada piedra de Sísifo que Ana cargaba en sus hombros desde la llegada del joven había desaparecido. Con ella también lo hizo el malestar que durante cinco años la había acompañado. La muerte de su amiga ya no representaba culpa y dio paso a un dulce recuerdo que le arrancaba tímidamente una sonrisa. Su ánimo se templó, su rostro se suavizó e incluso a veces canturreaba durante la jornada de trabajo.

Las reuniones entre jefe y sindicalista se celebraban con regularidad, casi semanalmente. A Ana le parecía un poco excesivo, con Otto siempre era ella quien las convocaba y le costaba gran esfuerzo establecer día y hora. Ella aprovechaba tal predisposición para reclamar y exponer todos los problemas de los trabajadores, aunque la prudencia le hacía ser cauta en sus peticiones.

Rainer, por su parte, buscaba cualquier excusa para verla. Le consultaba temas relacionados con los empleados, asuntos intrascendentes a veces que no requerían de la aprobación u opinión de los sindicatos. Todo pretexto era bueno para estar un poco más cerca.

Esos encuentros propiciaron un acercamiento inesperado pero íntimo. Él se interesaba por su familia en España. Ella le animaba en su nuevo puesto como director de la fábrica. Eso le hacía adquirir una confianza en sí mismo que de otra manera le hubiera costado mucho más. Ana procuraba siempre mantener las formas y una cierta distancia, pero no podía evitar que algunas sonrisas furtivas y pudorosas escapasen de sus labios y aflorasen en mitad de la jornada.

Como aquella mañana, mientras fantaseaba escondida frente a los indicadores del panel de pruebas. Se volvió para coger otro faro y empezar las pruebas y, mientras lo hacía, elevó la vista hacia el ventanal. Allí estaba, de pie, sonriente él también y mirándola desde su posición de poder que a ella ya no le pareció tal sino un puesto vigía de un guardián que cuidaba de ella.

A pocos metros, otro par de ojos también controlaban los movimientos de Ana. Unos ojos decepcionados y tristes, impotentes y ávidos de la atención que habían perdido en las últimas semanas. Cosme controlaba de soslayo a su paisana sin perder de vista ni uno solo de sus movimientos. Ella no era consciente del abandono al que le había sometido. Cada vez que le proponía algún plan o encuentro, Ana se excusaba con acudir a reuniones, lo cual era verdad pero a él le molestaba sobremanera. Ella se escudaba asegurando que era bueno para todos, que debían aprovechar el cambio de directiva para conseguir todo aquello por lo que habían luchado. Él asentía resignado, pero en su fuero interno sabía que había algo más.

Mientras reparaba uno de los tornos observaba a la joven que, con una sonrisa poco habitual, dirigía la mirada una vez más hacia el ventanal.

47

Las cinco semanas que duró la luna de miel de Klaus y Helga sirvieron a Rainer para tomarle el pulso a la AK. Necesitaba ubicarse y saber a qué se enfrentaba. Una cosa era ser el heredero y estar a la sombra de su padre, y otra muy distinta tomar decisiones por su cuenta y que estas satisficieran a todos. Y con Otto tampoco podía contar. Este había dejado la dirección de la empresa en manos de su hijo y se había dedicado a divertirse y practicar los *hobbies* que no había podido desarrollar durante su vida.

Italia, la Costa Azul francesa y Suiza fueron los destinos que Helga disfrutó y fotografió y que Klaus aguantó impasible e indiferente, deseoso de volver a Colonia e iniciar su conquista en la AK. Pero sabía que complacer a su reciente esposa formaba parte de sus planes. El viejo Otto no permitiría que su pequeña sufriera lo más mínimo y no le interesaba enfrentarse a él, sobre todo cuando aún no había empezado a trabajar en la fábrica.

Como responsable de producción, podría manejar y controlar gran parte de lo que se cocía en la empresa; dirigir el rumbo de aquel barco hacia el puerto que él quisiera. Siempre con tacto y sin que se notasen sus intenciones. Si aplicaba sus conocimientos sobre el ciclo Deming —el método de producción revolucionario en el que se había formado en Japón— podría optimizar la producción y así ganarse el favor de su cuñado y su suegro. Aunque quizá sus propósitos fuesen un poco más lejos.

Su primer día en la AK no dejó a nadie indiferente. Irrumpió en la nave con su porte de suficiencia y el semblante desdeñoso. Atravesó los pasillos, con una mano en el bolsillo del pantalón y un cigarrillo en la otra, mientras evitaba fijar la vista en ninguno de los presentes que le seguían con la mirada. Su actitud intimidatoria supuso una amenaza para la mayoría de ellos. No tenía el gesto amable de Rainer ni la actitud respetuosa de Otto. Imponía temor y miedo, algo peligroso cuando hay cientos de personas a tus órdenes.

Cuando Ana lo vio aparecer intentó evitar un mal mayor y apartó el transportador, que estaba en mitad del pasillo. Había oído hablar de él y no quería provocar un incidente antes de empezar por culpa de una torpeza. Retiró la carga a un lado y le observó. A su lado, Pilar también se percató de la presencia del recién llegado. Le miró fijamente con su descaro habitual, sin apartar la mirada, sin inmutarse. Él ni siquiera reparó en ella. Fue al lanzar la colilla de su cigarrillo al suelo cuando se percibió de su presencia. La observó de arriba abajo y reparó en todos y cada uno de los detalles de su aspecto. Llevaba puesta la bata azul obligatoria para todos los trabajadores, aunque la suya le quedaba quizá excesivamente estrecha. No había sido por falta de tallas sino por elección propia. Así, su cintura se marcaba dibujando un par de arcos perfectos en torno a su talle que potenciaban la belleza de unas caderas perfectamente torneadas. Los ojos de Klaus continuaron subiendo y repararon en un busto perturbador hasta llegar a unos labios carnosos y una mirada desafiante. Ella agitó su melena de forma inconsciente y él esbozó una media sonrisa rijosa sin dejar de mirarla para, a continuación, dirigirse a las escaleras que conducían a las oficinas.

La escena no pasó por alto para Ana, que vio en ella el peligro de un desastre inminente e irremediable.

48

La incorporación de Klaus a la AK no supuso, en principio, ninguna alteración. Sus funciones se centrarían en mejorar la producción y para ello debía conocer los sistemas utilizados hasta el momento. Observaba, analizaba y tomaba buena nota de todo lo que consideraba relevante.

Aunque su análisis no se ceñía a lo exclusivamente productivo. A la vez que examinaba procesos y cronometraba tiempos, estudiaba a todos y cada uno de los empleados, desde los responsables de diseño hasta los transportistas, pasando por los delineantes, los operarios y los miembros de la cadena de montaje. Aunque los trabajadores no se sentían muy a gusto en su presencia, era innegable que tenía una gran capacidad de análisis y una memoria prodigiosa. Era metódico y ponía atención hasta en la última vuelta que debía darse a una tuerca de cualquier máquina o vehículo.

Rainer, por su parte, seguía centrado en los diseños y las mejoras técnicas. Sin olvidar su proyecto personal de crear un motor que revolucionase la industria del automóvil. Era algo que, si bien no le obsesionaba, al menos le tenía ocupado gran parte del tiempo. Los engranajes de su mente giraban y maquinaban en busca de esa chispa que diese con la solución. Garabateaba sus ideas en cualquier papel que veía, anotaba conceptos, tachaba y volvía a escribir. Su cabeza casi nunca descansaba, y cuando lo hacía la ocupaba la imagen de Ana que, sin pretenderlo, acudía a él sin poder quitársela del pensamiento. No le molestaba, al contrario, era una ensoñación que le hacía estar contento y de buen humor, pero sabía que pronto iba a necesitar algo más que sueños despiertos y sonrisas esquivas.

Durante casi un año apenas se notó el cambio generacional de Otto a Rainer. La fábrica funcionaba como lo había hecho siempre y la producción seguía igual que en los últimos años. Solo algunos clientes poco importantes habían empezado a fallar, pero no era algo preocupante. Los pedidos de las grandes marcas cubrían con creces esas pequeñas pérdidas.

Las reuniones sindicales de Ana se fueron alargando en el tiempo, pues el trato directo con el jefe daba mejores resultados que las peticiones por las vías oficiales. Rainer intentaba complacerla en todas sus exigencias, más por interés propio que por el de los trabajadores, aunque le hacía sentir bien que sus empleados estuvieran contentos, sin mencionar la mejor productividad que eso conllevaba. Pero Ana intentaba no abusar de tales privilegios. Quería ser justa y reclamar solo lo que creía que merecían.

Consiguió una mejora considerable en la residencia, que se equipó con estufas y se reparó y aisló para el duro frío de invierno. Los trabajadores que llevaban años allí lo agradecieron y los que llegaban nuevos no pasaron por las penurias que ella y otros experimentaron a su llegada nueve años atrás. Se habían renovado algunas de las máquinas de la fábrica, aunque aquello fue más por interés económico que por comodidad de los obreros. Pero la lucha pendiente de Ana y sus compañeros del sindicato eran las horas extra. En ese tema no había conseguido gran cosa. Más que nada porque muchos de ellos se negaban a dejar de hacerlas, pues esas horas estiraban un poco más los sueldos que servían para mantener a familias enteras en España. Era una cuenta pendiente que Ana esperaba saldar algún día.

49

Los paseos por los mercados de Navidad en el centro de Colonia siempre fascinaron a Ana. Las luces, los puestos de la calle que exhibían adornos, los vendedores de comida y vino caliente y el frío que los coloneses hacían suyo y sin el que aquella estampa no sería la misma.

Aquel día bajó unas cuantas estaciones antes de llegar a su casa. De algún modo, el frío ya la había adoptado durante aquellos nueve años y lo sentía necesario y benéfico en el rostro mientras caminaba entre la gente, oliendo la col hervida y los dulces. ¡Qué distintas aquellas Navidades de las de su pueblo, en las que apenas había algún villancico, una comida algo especial y una botella de anís! Durante todos esos años procuró estar en su casa todas las Navidades que pudo, aunque no siempre lo consiguió. La vida también había cambiado para los suyos. Su padre estaba ya postrado en la cama consumido por el reuma bajo los cuidados de su madre, que había volcado todo su tiempo en él. Sus hermanos gemelos cumplían el servicio militar en Canarias y su Paquita estaba en el último año de instituto. Si todo iba bien, pronto entraría en la universidad. Una universitaria en la familia; un lujo impensable que nunca se había dado en las generaciones que ella alcanzaba a recordar.

Quería a sus hermanos, echaba en falta a sus padres y deseaba verlos, pero la añoranza por volver se iba disipando como el hielo expuesto al sol.

Sin saber muy bien cómo, sintió aquel ambiente armónico, aquel bullicio, como si fueran suyos. Una ramita de sí misma se deslizó por su cuerpo y se aferró al suelo de aquella plaza. Empezaba a echar raíces.

Se dirigió a la escalinata de la fachada lateral de la catedral y le costó poco distinguir la figura de Rainer, que escrutaba el mercado buscándola entre el gentío. Ella le vio antes y se detuvo unos segundos a observarle. Le resultaba cómico a la par que tierno verle sin ella ser vista. Cuando la vio acercarse entre la gente descendió ligero los pocos escalones y la recibió con su sonrisa de siempre. Se saludaron con un apretón de manos, mucho más intenso de lo habitual entre ellos.

Era la primera vez que tenían una cita sin la excusa del trabajo y sin forzar un encuentro casual. Ana no sabía muy bien por qué había aceptado. Simplemente se dejó llevar por su deseo de estar más tiempo con él. Rainer, sin embargo, lo había planeado al detalle. Pensó y repensó el lugar y el momento durante días hasta que encontró el valor para hacerle la proposición, temeroso de que ella declinase la invitación y con ello propiciara el alejamiento de ambos. Para su sorpresa ella apenas dudó. Aceptó de inmediato.

Sin decidirse por qué dirección tomar, miraron a un lado y a otro intentando disimular su nerviosismo. Al fin fue él quien se atrevió a zambullirse entre el gentío. Ana le siguió mientras intentaba mantener su paso y esquivar a los paseantes del mercado. Él se giró para asegurarse de que iba detrás y pudo ver cómo avanzaba con dificultad. Alargó su mano para que ella se acercase. Ana le miró indecisa pero deseosa de establecer ese contacto. Cogió su mano y avanzaron entre los puestos, los músicos y el espíritu de la Navidad. Ella se dejó llevar mientras él se aseguraba cada poco de que sus dedos siguieran entrelazados. El apretón de manos dio licencia a un abrazo por el talle, una caricia en la mejilla con la excusa de un mechón rebelde...

Sentados en un banco de la plaza saborearon un *Eierlikör* acompañado de *Kartoffelbuffer*. Una migaja de patata quedó atrapada en la comisura de los labios de Ana. Rainer miró el resto de comida que se hacía su cómplice. Se arrimó a ella, más de lo que ya estaba, y lo retiró con delicadeza con su dedo pulgar. Y continuó allí, acariciando su labio inferior, implorando el permiso para acabar la apetitosa y deseada maniobra. Los labios de Ana autorizaron la invasión, que fue más una invitación, un anhelo salvaje, un ruego que llevaba demasiados años suspendido en su boca.

El beso rompió los protocolos y distancias, derribó el muro de las diferencias y anegó aquellos dos corazones ateridos y jóvenes de un fuego y un ansia contenidos. Un deseo cautivo por temor a provocar una catástrofe. El miedo seguía allí pero lo reconocieron y decidieron compartirlo, como el amor y el vínculo de los hombres, contra todos los obstáculos que pudieran rodearlos.

50

Con el codo apoyado en la rodilla y el mentón en la mano, Cora sonreía en silencio mientras disfrutaba del relato de la Alemana. Lorenzo las observaba sintiéndose feliz por el momento, aquel presente que desde niño había aprendido a apreciar, a disfrutar, a respetar.

—A partir de entonces ya no nos escondíamos —añadió Ana nostálgica—. A mí al principio me daba reparo que le vieran conmigo, pero él era tan descarado como inocente y le daba igual. Cada mañana pasaba por mi lado y me saludaba con un beso en la mejilla. Yo le reprendía y decía que se fuera a trabajar. Pero lo cierto es que estaba feliz. Nunca me había sentido tan... querida.

—¿Y tus compañeros cómo se lo tomaron? —quiso saber Cora.

—Hubo de todo. Chismorreos y envidias no faltaron —aseguró la anciana—. Pero la mayoría se alegraron mucho. Además, Lucia reprendía a cualquiera que hablase mal de mí o de Rainer. Y, sorprendentemente, Sofía y Pere también nos apoyaron. Creo que para ellos éramos como sus hijos adoptivos.

—¿Pere y Sofía eran matrimonio? —preguntó Cora sorprendida.

—No exactamente, pero era sabido por todos que tenían una

relación, digamos, oculta, aunque era un secreto a voces. Todavía no sé por qué nunca lo hicieron público. Formaban una pareja perfecta.

—¿Y la chica guapa de Zaragoza también se alegró? —bromeó la joven.

En ese punto, Lorenzo se levantó.

—¿Quién quiere más café? —preguntó.

Cora respondió levantando su taza vacía y él rodeó la barra. Su gesto había mudado en tristeza, algo que a ella le sorprendió pero a lo que no dio demasiada importancia.

—Curiosamente, Pilar no hizo ningún comentario al respecto —añadió la Alemana—. Yo estaba preparada para reprenderla en cuanto abriera la boca, pero parecía que su atención estaba centrada en otros asuntos. Más tarde sabría qué era lo que Pilar se traía entre manos, pero en aquel momento ni siquiera reparé en ello.

Lorenzo volvió con los cafés, Cora le miró interrogante pero él le devolvió el gesto con melancolía. Ana continuó con la historia.

51

A partir de entonces, la pareja se volvió inseparable. Klaus entró en cólera cuando se hizo pública su relación. No le hacía ninguna gracia tener cerca de la directiva de la fábrica a una sindicalista, una simple trabajadora española que, intuía, solo le traería problemas. Pero no dijo nada. Siguió observando, trazando un plan y estudiando el proceso, como había aprendido del ciclo Deming. Una vez localizado y reconocido el problema, lo atajaría de raíz. Y sabía que había empezado con buen pie para averiguar más sobre aquella sindicalista de pacotilla que podía interferir en sus planes. Se había colado en el epicentro del problema.

Pero Ana y Rainer disfrutaban de su amor recién estrenado ajenos a las cavilaciones de su cuñado. Un viernes por la tarde él acudió a recogerla sin contarle adónde irían. Quería que fuese una sorpresa. Lo único que le advirtió fue que preparase ropa para el fin de semana. Nadie debía enterarse, aunque ella prefirió contárselo a Lucia. Así se sentía más tranquila. La italiana estaba demasiado callada últimamente para lo que Ana estaba acostumbrada. Apenas se veían en su casa y cuando ella llegaba se retiraba a dormir con la excusa del cansancio. Ana sabía que su relación con Rainer era la causa de aquel alejamiento y decidió que se ocuparía de ella, le prestaría más atención, harían más cosas juntas. Pero de momento deseaba pasar el fin de semana junto a Rainer, y que fuera una sorpresa resultaba mucho más emocionante.

Circularon hacia el sur durante casi una hora. Bordearon Bonn, ciudad que Ana, en sus nueve años en Alemania, jamás había visitado. Llegaron al desvío de Königswinter y entraron en la población. El paisaje era delicioso y contemplativo, como sumergirse en un cuadro de Friedrich cuyos colores brotaban en una atmósfera licuada por el cielo gris. Se dejaron arrastrar por el pincel del artista y recorrieron sus trazos, deslizándose por cada tono que se iba dibujando ante ellos.

El coche de Rainer paró junto a una verja de pintura ajada que precedía la entrada a una casa regia encorsetada por una enredadera. Tras ellos, el castillo en lo alto de la montaña los observaba imponente. Al otro lado de la calle, el Rin bajaba silencioso, respetando la ceremonia del ocaso.

Ana se giró a observar la construcción. Rainer, rodeándola por los hombros, dio respuesta a las preguntas que se dibujaban en su rostro.

—Es la casa familiar de veraneo —le explicó—, pero no la visitamos casi nunca. A mi madre le encantaba, pero desde que nos dejó... En fin, que apenas hemos venido media docena de veces desde entonces.

—Es preciosa —acertó a decir ella.

Rainer la invitó a entrar. La noche se imponía y el frío y la humedad del Rin se adueñaban de vivos y muertos.

Al entrar en la vivienda, Ana sintió cómo un ambiente cálido le daba la bienvenida, lo cual le extrañó. Esperaba encontrar una estancia gélida y abandonada, pero era evidente que Rainer había preparado aquel fin de semana con todo detalle. Un leve olor a detergente indicaba que se había limpiado a conciencia recientemente. En la chimenea que había en el centro del comedor ardían dos troncos cuya luz bronceaba el espacio.

Cenaron algo frío y ligero y bebieron vino de Rioja que Rainer había comprado semanas atrás. Todo era poco para homenajear a su hermosa española. Le contó detalles sobre la casa, el castillo y sus vistas, y sobre el malvado dragón que vivía en el interior de la montaña. Ella le escuchaba atenta, rodeada de todos aquellos objetos rebosantes de vida detenida, de historia y recuerdos; un retrato familiar, un baúl oscuro, una vieja máquina de coser... Vestigios de una historia ajena que, de algún modo, le recordaban a su lejana Villamora, donde el tiempo se aferraba a las jambas de las puertas y negaba su paso a nuevos aires. Pero allí, en aquel rincón de Renania, era como si el tiempo se hubiera tomado unas vacaciones o estuviera de retiro. Allí era agradable imaginar el pasado, quizá por ser tan ajeno al suyo.

Ana no recordaba haber vivido nunca un momento tan perfecto, un trocito de eternidad que quedaría tatuado en su memoria. Imposible de borrar.

—Falta algo —exclamó Rainer mientras se giraba.

¿Qué podía faltar en aquella representación fiel de la felicidad? Ella le miró intrigada mientras él se levantaba y le indicaba con un gesto que aguardase un momento.

Sobre la mesa, Ana había visto una curiosa maleta. Él se acercó a ella y la abrió. Dentro, un tocadiscos de donde extrajo un pequeño disco de vinilo.

—La música —afirmó él al fin.

Se acercó a ella y, en un gesto ceremonioso, la invitó a bailar. Ana aceptó divertida.

La voz de Jorge Sepúlveda entonó los primeros acordes de la canción, escogida con intención, por supuesto. Ana no era buena bailarina, al igual que él, pero el ritmo de aquel baile no lo marcaba la música sino el sonido de sus emociones.

Sonrió al oír cómo él tarareaba aquel bolero que alguna vez ella había escuchado en la radio de su abuela, con su acento resbaladizo y pegajoso, sobre todo cuando intentaba pronunciar el típico «Olé» de la canción:

Olé y olé.
Tus ojos son tan pintureros
que cuando los miro de cerca,
prendido en su embrujo,
soy tu prisionero...

Se había aprendido la canción de cabo a rabo para homenajear a su amada. Y ella se dejó querer. Por primera salieron los fantasmas, los perros rabiosos y algún que otro diablillo atrapados en su estómago que durante sus veinticinco años la habían cosido a dentelladas.

La canción acabó y la aguja siguió chirriando sobre el disco, ajena a sus lenguas, que se buscaban y enmarañaban dando rienda suelta al ritmo ardiente de su piel.

52

Voces incomprensibles y algún que otro grito se deslizaban por el pasillo, amortiguados por los débiles tabiques. La habitación era un cubículo de sexo yerto donde evacuar los instintos animales más básicos a diez marcos la hora.

Su dedo recorría el hombro de Klaus, tumbado de espaldas a ella, en un intento de otorgar al momento algo del romanticismo que ella anhelaba. Él permanecía inmóvil, casi molesto por las caricias que, tras el sexo, le incomodaban. Se incorporó y sacó del bolsillo de su chaqueta una cajetilla de tabaco. Encendió uno de los cigarrillos y fumó, desganado y ansioso por salir de aquel lugar.

Pilar no había cejado en su empeño por seducir al nuevo jefe. Consideraba que ella también tenía derecho a lo que Ana tenía y estuvo dispuesta a lo que fuera para conseguirlo, aunque sentía cada vez más que la suya era una victoria pírrica.

Un retraso provocado a la salida del turno de tarde, un encontronazo casual, un par de contoneos..., suficiente para que Klaus se dejase arrastrar por la voluptuosidad de aquellas curvas demoníacas y aquel vuelo de faldas que perturbaban a cualquiera. Y aunque a él no le volviera loco su personalidad, sí que lo hacía su maestría entre las sábanas y el poder físico que sobre él ejercía. Pero nada más. Tras el sexo, todo se desvanecía y volvía a ser el

Klaus arrogante y frío de siempre. Ni un gesto de cariño, ni siquiera de simpatía. Lo que desesperaba a Pilar, incomprensiblemente, la atraía más hacia él.

—Me prometiste que pasarías una noche conmigo —le susurró mimosa al oído.

Él apartó el brazo que le rodeaba y ella se sintió molesta. Decidió seguir con su alegato.

—Ana y Rainer estuvieron juntos el fin de semana. ¿Por qué no podemos hacer nosotros lo mismo? —dijo, ignorando el estado civil de su patrón que obvió la pregunta, aunque no el hecho de que su cuñado y la sindicalista hubieran pasado unos días juntos.

—¿Quién te lo ha dicho? —preguntó él sin dirigirle siquiera la mirada.

—Todos lo saben. Ya son novios y no se esconden... —El tono de la joven se tornó abatido.

—¿Todos? —Klaus sintió interés por saber hasta qué punto la oficialidad de la relación entre Rainer y Ana era real y aceptable—. ¿Y qué opinan en la fábrica? —se interesó mientras se abrochaba los botones de la camisa.

—A todo el mundo le cae bien Rainer y ella también, aunque es una mandona. A mí no me engaña la mosquita muerta. —Pilar captó el interés de Klaus por sus palabras y quiso aprovechar el momento—. Aunque no soy la única...

En ese punto la joven guardó silencio con la esperanza de que él le pidiera continuar, que se fijase en ella y le prestara un poco más de atención. Klaus exigió con su mirada que prosiguiera con lo que había empezado.

—¿A quién no le cae bien?

—A su paisano, Cosme. Antes eran medio novios, hasta que llegó tu cuñado. Ahora casi no se hablan.

Klaus vio en aquel comentario aparentemente inocente una oportunidad para conseguir más información. Su aventura con la aragonesa le resultaba una buena fuente de datos y podía saber casi de primera mano cuáles serían los pasos de los sindicatos, algo que nunca estaba de más. Un resentido por desamor podría ser un aliado perfecto. La rabia y la humillación podrían serle útiles en sus propósitos. Ahora tenía los detalles.

Se sentó junto a la cama y acarició el rostro de la joven que aún estaba desnuda, solo cubierta por su cabellera negra.

—*Gut gemacht*[18] —dijo mientras le apartaba un mechón del hombro y le regalaba un esbozo de sonrisa.

A Pilar se le iluminaron los ojos. Klaus se acabó de vestir y salió de la habitación, siempre él primero, como hacían cuando se veían. Mientras oía los pasos de su apuesto jefe alejarse escalera abajo, una chispa de esperanza germinó en ella, aunque su terreno estaba abonado por sueños y delirios de una joven inocente.

18. «Buena chica.»

53

No fue un acontecimiento social como ocurrió con la boda de su hermana Helga. Ambos así lo decidieron. La petición fue durante un paseo, a solas un día que él acompañó a Ana a su casa. No se arrodilló. Se paró en mitad de la acera, la miró y le entregó un anillo. Sin más, sin parafernalia pastelosa ni teatralidad de radionovela. Pero con la intensidad y la emoción de un instante de eternidad.

Fue una boda atípica, pues ningún miembro de la familia ni de él ni de ella estarían presentes, pero les acompañarían los trabajadores de la fábrica y algunos amigos, como Hanno y su por fin esposa, que se habían convertido en una pseudofamilia para ambos, sobre todo para Ana.

Klaus y Helga pusieron la excusa de visitar a la madre de este en el sur. Tanto mejor, aunque Helga lamentaba no estar junto a su hermano en un día tan importante, como él hizo con ella en su enlace. Otto había sido informado pero nada más. Ana prefirió que Rainer no le sugiriera acudir a la celebración para no ponerle en un aprieto que le obligase a inventar cualquier excusa que incomodara a padre e hijo.

La ceremonia sería civil, como habían acordado, aunque el padre Calleja, que acudiría como invitado, se encargaría de bendecir el matrimonio a su manera. No habría entrada triunfal ni traje blanco. Un gracioso vestido de gasa estampado y una pamela hacían de ella una novia moderna y práctica. El único detalle que revelaba su condición de contrayente era el ramo de novia que la propia Lucia se encargó de confeccionar con ayuda de Sofía y algunas compañeras. No era una novia al uso pero lo cierto es que estaba preciosa. La italiana y ella bajaron y en la calle las esperaba Pere con su coche, un Audi que había logrado comprarse pocos meses antes tras muchos años de trabajo.

Cuando llegaron al juzgado, Rainer aguardaba en la puerta. Al verla le dio un vuelco el corazón: nunca la había visto tan hermosa. Desprendía una luz que el joven deseó que no se apagase. Todos los compañeros los recibieron con júbilo. Un silencio se hizo cuando miraron hacia la acera y vieron bajar a Otto de su coche. Por un instante un pajarraco negro de mal agüero cruzó por la mente de Ana. Su traje elegante y su flor en el ojal denotaron que venía para estar al lado de su hijo. Se acercó a ella y le ofreció su brazo. Ana sonrió y, al apoyar su mano, Otto le dio un par de palmaditas cariñosas y cómplices. Fue Sofía quien acompañó a Rainer al interior, seguidos por Otto y Ana.

Era su deber como padre apoyar a su hijo en el día más especial de su vida. No le importaba quién fuese su prometida ni la ceremonia ni los convencionalismos. Debía estar allí, y cumplió con su deber.

Un precioso *Biergarten* acogió a novios e invitados durante el banquete. No faltó la bebida y la comida, mezcla de la gastronomía alemana y española. Incluso se pudo ver un jamón ibérico. Ana no tenía ni idea de cómo había llegado hasta allí pero no preguntó. Mientras el vino y la cerveza se agotaban, aumentaba el ánimo y la alegría hasta convertirse en una fiesta donde se mezclaron todos. Bailaron, cantaron... Rainer reía a carcajadas al ver a su padre intentar bailar un pasodoble con Merche, la antigua compañera de habitación de Ana.

Lucia se encargó de las fotografías. Había mejorado mucho

en su técnica y lo cierto es que se había convertido en una fotógrafa excelente, capaz de plasmar en una sola imagen un mundo, una vida, un secreto, una emoción.

Mientras Otto pronunciaba el consabido discurso, la italiana, con gesto melancólico, observaba a su amiga desde la distancia, semiescondida tras un poste. La pareja bailaba e intentó capturar el momento en una instantánea, pero desistió. Sofía se le acercó por detrás. Ella ni siquiera la miró.

—Una pareja preciosa, ¿no crees? —aseguró la encargada de forma retórica. Lucia asintió con tristeza—. Será un gran cambio, y no solo para ella.

—Va a ser muy feliz, se lo merece —aseveró la siciliana sin volverse, temerosa de que, si lo hacía, las lágrimas que intentaba contener en sus ojos se precipitaran y la pusieran en evidencia.

—Este mundo se te ha quedado pequeño, Lucia —afirmó Sofía frotándole el brazo de forma cariñosa—. Sé que lo estás pasando mal. Es doloroso desprenderse de un ser amado.

La mujer pronunció aquellas palabras con tanta naturalidad que desvelaron la intención y la complicidad que la joven necesitaba. Aquellas palabras silenciosas ponían al descubierto sentimientos que para ella eran un tesoro escondido. Un tesoro que afloró dejando rodar por sus mejillas diamantes en forma de lágrimas. Sofía las limpió y las volvió a guardar en su cofre.

Ella ha encontrado su camino. Tú debes buscar el tuyo —reiteró mientras limpiaba la cara de la joven—. Lo que haces con esa cámara..., no sé, yo no entiendo, pero cuando veo tus fotos es como si uno se metiese dentro. Estoy segura de que eso tiene que servir para algo. Alguien tiene que aprovecharlo de alguna manera. Búscalo. Busca esa persona que aprecie lo que haces.

La joven sonrió y asintió con la mirada. De forma impulsiva abrazó a Sofía, que le devolvió el gesto envuelto en todo el cariño que cabía en sus brazos. Durante unos segundos se apretaron. Lucia no quería soltarse y Sofía temía hacerlo por miedo a que se desmoronase. Cuando se relajó, se separaron levemente.

—Y venga, que todavía te quedan muchas fotos por hacer —la apremió la mujer, ya visiblemente emocionada.

Se unieron de nuevo a la fiesta. Novios e invitados posaron, juntos, en grupo, en pareja, por separado. Nadie escapó al objetivo de la italiana y aquel día quedó inmortalizado en su cámara y en la memoria de todos ellos.

54

—La expresión «luna de miel» siempre me sonó como un delicioso postre —señaló Ana desde sus recuerdos—. En España lo llamábamos simplemente «viaje de novios». La primera etapa de nuestro *Flitterwöchen* fue en mi pueblo, en Villamora. No era el destino más apropiado para una pareja de recién casados, pero quise estar con los míos en los últimos momentos de mi padre, que murió pocos días después. Quiero pensar que me estuvo esperando para despedirse pero ¿quién cree ya en esas cosas?

La Alemana deambulaba por su cabeza casi vacía tropezando con sus muebles y recuerdos, que aireaba antes de que la mudanza de la desmemoria la desahuciase para siempre. Cora y Lorenzo la seguían en su recorrido, apartando los obstáculos que encontraba su memoria, como lazarillos de una mente ciega que intenta volver a casa.

—Para mi sorpresa, Rainer estuvo encantado en Villamora —prosiguió la Alemana, ajena a las observaciones de sus acompañantes—. Daba grandes paseos y alababa la naturaleza indómita y aquel aire puro, como él decía. Sobre todo, el cielo en las noches de verano, cuando las estrellas brillaban con descaro. Me enseñaba las constelaciones y me explicaba que al otro lado del mundo el cielo era diferente.

»Con mis tres hermanos ya fuera de casa, mi madre se quedó completamente sola. Rainer y yo quisimos que se fuera a vivir con nosotros a Alemania, pero ella se negó. Aquella era su casa, su pueblo y allí estaba su gente, sus vecinos. ¿Qué iba a hacer ella en Alemania? Me dio mucha pena que se quedara sola, pero después supe que fue lo mejor. Fuera de su ambiente se hubiera muerto de pena y aburrimiento.

A Cora le abordó el recuerdo de su madre. Un brillo en sus ojos estuvo a punto de delatarla. A Lorenzo no le pasó desapercibido el gesto. Ella, con una sonrisa, se contuvo.

—Cuéntale a Cora dónde acabasteis la luna de miel —mencionó él ligeramente emocionado.

Ana asintió ante sus deseos; aún se demoró unos instantes antes de proseguir.

—Rainer quería conocer algunas de las ciudades más importantes. Pasamos en Madrid una semana visitando El Prado, la plaza Mayor, El Escorial... De allí, a Barcelona. Él se moría por ver la Sagrada Familia. Cuando me dijo que estaba sin terminar no entendí tanto interés. Hasta ese punto llegaba mi ingenuidad.

Lorenzo y Cora se miraron con ternura. Instintivamente, ella cogió la mano de la anciana y sus resecos dedos apretaron la suya. Ese gesto supuso un calambrazo de cariño que tendió entre ambas un extraño y prolongado vínculo.

—Unos días antes de dejar Barcelona me dijo que la última semana descansaríamos. Imagínate —dijo mirando a Cora—. Descansar de unas vacaciones. Si para mí era un concepto que hasta aquel momento no existía, no digamos el hecho de descansar de un viaje. Alguien le habló de un pueblecito medieval en la Costa Brava. —La mujer miró a su alrededor invocando con sus ojos los recuerdos—. Apenas ha cambiado nada. Fue la primera vez que vi el mar.

55

Ninguno de los dos podía decir que tras la luna de miel volvían a la rutina. Ya convertidos en marido y mujer y en su casa recién estrenada, Rainer debía volver a tomar las riendas de la dirección de la AK. Ana, por su parte, aceptó ponerse al frente de las relaciones laborales entre los trabajadores y la empresa. Algunos no lo vieron con buenos ojos, como fue el caso de Cosme, pero la mayoría aceptaron de buen grado tener una interlocutora en la que confiar.

En ausencia de Rainer, fue Klaus quien se hizo cargo de la dirección, y eso se notaba en el ánimo de los empleados. Cuando los vieron entrar aquella mañana en la fábrica, las sonrisas y los gestos de alivio fueron inevitables en los rostros de muchos. Él saludó a todos estrechando manos hasta que decidió subir a su despacho, sobre todo para ver a Hanno. Ana se instaló en una pequeña oficina en un extremo de la planta de producción que Rainer había ordenado acondicionar. Se negó a instalarse en el primer piso: creía que así no rompería el vínculo que la unía a sus compatriotas. Quería seguir formando parte de ellos. Deseaba seguir siendo una más.

Antes de acomodarse, se unió a sus compañeras en el comedor de la residencia. Estaba deseando contarles lo que había visto y vivido. Pero sobre todo tenía ganas de encontrarse con Lucia y abrazarla. Esta aún no había aparecido, lo que le pareció raro. Quizá se encontraba indispuesta y no había ido a trabajar. Decidió que la visitaría en su antiguo apartamento cuando acabase la jornada. Así aprovecharía para recoger algunas cosas que no le había dado tiempo a llevarse a su nueva casa.

Merche y Montse ya estaban en el comedor cuando ella apareció. En cuanto la vieron se abalanzaron sobre ella para cubrirla de abrazos y cariño. Poco a poco fueron llegando el resto de compañeras, que se arremolinaron a su alrededor pidiendo detalles y haciendo un poco suyo aquel cuento de hadas.

Ana les habló de Madrid y sus cafés, de Barcelona y sus anchas calles, los paseos, los museos, los grandes edificios. Pero sobre todo se deleitó en aquel minúsculo pueblo medieval de la Costa Brava y su hotelito. En las flores amarillas de la genista, de los acantilados y la pequeña cala que daba nombre a la población. Describió emocionada la sensación recién descubierta de ver el mar por primera vez, sobre todo cuando se dirigía a las compañeras que, como ella, no habían tenido la suerte de contemplarlo nunca. En ese momento su mirada tropezó con la de Pilar, que la escuchaba entre nostálgica y desafiante. Ana leyó en sus ojos el deseo de imitarla, de vivir ella también un amor como el de su compañera. Aunque quizá en su fuero interno sabía que aquello no pasaría nunca. La joven se esforzó por regalarle una sonrisa que escupió toda su amargura. Ana respondió con un gesto que quiso ser cómplice. Sin saber cómo, en aquel momento ambas establecieron un extraño vínculo que no entendieron. No se profesaban simpatía pero aquella mirada conectó el interruptor de algo que, en aquel momento, ellas ignoraban.

56

De vuelta a su cubículo, Ana recorrió algunas estanterías sin decidirse por dónde empezar. Había mucho trabajo por hacer y, a pesar de su determinación y su empuje, todo aquello se le hacía un mundo. O puede que la resaca de la felicidad aún le impidiese pensar con claridad.

Un par de golpes en la puerta, que permanecía abierta, la hicieron girarse. Sofía, la encargada de la residencia, estaba en la entrada con una sincera sonrisa. Ana le devolvió el gesto y se acercó a ella. Se besaron con cariño y la mujer se sentó sin ser invitada. La confianza y los años de relación le otorgaban esa dispensa.

Tras las preguntas de rigor sobre el viaje y la vida de casada, Sofía sacó un sobre del bolsillo de su bata. Casi temerosa se lo alargó a Ana, que la miró confusa.

—Lucia lo ha dejado para ti —anunció con el miedo de quien es portador de malas noticias.

—¿Lucia? —preguntó ella sin entender—. No la he visto hoy. ¿Está enferma?

—Lucia se ha ido, Ana —respondió la encargada, como quien arranca una tirita de golpe. Ana quiso decir algo pero ella se lo impidió—. Creo que es mejor que leas la carta. Seguro que ahí te lo explica todo.

Antes de levantarse, la mujer puso su mano sobre la de Ana. Sabía que iba a ser un duro trago para ella. Al salir, Sofía empezó a cerrar lentamente la puerta sin que ella se lo pidiera. Entendía que aquel momento requería toda la intimidad posible. Ya se encargaría ella de que nadie la molestase. La joven la acompañó con la mirada. Cuando se encontró a solas, observó el sobre durante unos minutos. Jamás le dio tanto miedo abrir una carta, ella que tanto las había anhelado en el pasado. No tenía sentido demorar más el momento. Rasgó el sobre y empezó a leer. Lucia había elegido el alemán para su misiva, idioma que, con los años, habían hecho común entre ellas.

Carissima Ana:

Perdóname por escapar de repente y sin despedirme de ti. En realidad no ha sido de repente. Tomé mi decisión hace tiempo pero no había tenido valor para hacerlo. Tenía demasiadas razones que me mantenían en Colonia. Poco a poco todos os habéis ido y ha llegado mi momento. Primero fue Maricarmen, y Peppino, ya sabes, va y viene pero también está prácticamente fuera de nuestras vidas. Y ahora tú. No creas que es un reproche. Jamás me atrevería a culparte por ser feliz. Alemania se me ha quedado pequeña y sin vosotros, mi familia, ya no tengo nada que me ate a este país. Tampoco Italia me ofrece nada mejor. Mis padres se irán pronto y allí no me queda nadie más. Antes de salir de Módica, mi madre me dio un papel con una dirección anotada. Al parecer, un primo lejano suyo vivía en Estados Unidos. Uno de los Mazzola, que así se apellida mi madre, trabaja en una revista y pensó que si me encontraba en apuros podría ayudarme. Encontré la nota con la dirección y le escribí hace un par de meses. Me presenté y le envié algunas de mis fotografías. Para mi sorpresa, antes de tu boda, recibí una respuesta. Estaba encantado de encontrar a una prima y me ofrecía trabajar con él en la revista. Según me dijo, es el director y cree que yo podría colaborar allí como fotógrafa. Le gustaron las fotos que le mandé. He gastado parte de mis ahorros en una Olympus preciosa. Ella y yo hemos decidido cruzar el océano y descubrir juntas el mundo. Prometo que te mandaremos copias de todo lo que veamos.

Sé que he sido cobarde, pero no tuve valor para mirarte a los ojos y abandonarte. Es mejor así. Me llevo las vivencias, que son muchas, y todo el amor que se puede acumular en una vida. Le he dejado a Sofía un sobre con las fotos de tu boda y algunas más, recuerdo de estos años. Otras me las llevo conmigo.

Por último, acepta un consejo: Rainer es un hombre maravilloso y te ama con locura pero no esperes que sea él quien te haga feliz: sé feliz por ti misma. Solo así construiréis algo grande.

Vas conmigo en mi corazón, mi querida Ana. Siempre.

Tuya,

LUCIA

El nombre de la italiana quedó emborronado por las lágrimas que, sin poder ni querer detener, bañaron aquella despedida.

57

La Alemana recurrió a aquel gesto tan suyo en el que recostaba la cabeza sobre el sillón y cerraba los ojos. Así subía al tren de su memoria y viajaba a un pasado con la maleta llena de escarcha y recuerdos.

—¿Volvisteis a veros? —quiso saber Cora.

La anciana negó con la cabeza de forma casi imperceptible sin abrir los ojos. Tras unos minutos de silencio que nadie se atrevió a violar, Ana bajó al apeadero del presente.

—Lucia no fue la única. Muchos empezaban a volver a sus países —siguió relatando la mujer—. Llevábamos allí diez años y el desarraigo empezaba a hacer mella en aquella sociedad itinerante. Además, la crisis energética ya era una realidad. Los inmigrantes empezábamos a sobrar. Algunos habían conseguido reunir el dinero suficiente para volver y comprarse una casita, empezar de nuevo, ver cumplido un sueño endeble de segunda clase que luego no fue tal. Pero otros muchos se vieron obligados a regresar por causas mayores: la salud se vio resentida. Los cuerpos empezaban a estar cansados. Enfermedades, lesiones, una mala alimentación infantil (como era el caso de casi todos) aceleraba el proceso de desgaste de aquellas almas mecánicas. Por aquel entonces yo tampoco me encontraba demasiado bien y el malestar apenas me dejaba trabajar.

—¿Tú también te pusiste enferma? —preguntó Cora mirando a Lorenzo, que tenía la misma cara de asombro y preocupación que ella.

La anciana sonrió con pena.

—No, no estaba enferma. Estaba embarazada.

58

El concepto de crisis a veces se convierte en un gran cajón de sastre donde meter todos los males que afectan a una sociedad. Culpamos a ese gran ente voraz y despiadado de todos los problemas individuales y globales, sin detenernos a pensar qué podemos hacer cada uno de nosotros por remediarlo. Y nos dejamos arrastrar por ese tifón como tejas sueltas de un tejado endeble.

En un país donde la industria automovilística era la base de la economía, aquella crisis energética de los setenta propició acontecimientos, en muchos casos aislados, que afectaban a todos los extranjeros que, años antes, habían emigrado para hacer florecer aquella sociedad. El paro se convirtió en un problema real. Algunos partidos políticos aprovechaban sus campañas para arremeter contra los inmigrantes que aún quedaban en Alemania. Aunque poco a poco muchos de ellos iban regresando a sus países de origen, las empresas debían adecuarse a las nuevas circunstancias y ajustar sus producciones, y con ellas a su personal.

La AK no era ninguna excepción y también empezaba a verse afectada. Los pedidos eran cada vez más escasos y las ventas se vieron resentidas. De seguir así tendrían que reducir la plantilla y eso significaba despidos. Rainer era incapaz ni tan siquiera de pensar en esa posibilidad. Klaus, sin embargo, estaba dispuesto a lo que fuera con tal de lograr su cometido. Pero, para asombro de su cuñado, los despidos no formaban parte de sus planes.

—Creo que la solución pasa por ampliar la producción —sentenció Klaus para sorpresa de todos los asistentes a la reunión de la junta directiva.

Rainer, que hasta el momento había permanecido con los ojos clavados en el balance anual que tenía en la mano, levantó la vista hacia su cuñado y le miró con gesto incrédulo.

—¿Pretendes fabricar más cuando los pedidos han bajado un cincuenta por ciento? ¿Y a quién piensas venderle esa producción, si se puede saber?

La antipatía entre los cuñados no había mejorado en el tiempo que llevaban trabajando juntos. Se soportaban, ya que así lo había decidido el viejo Otto, pero a Rainer cada vez se le hacía más difícil dirigir la empresa junto a alguien que no tenía su mismo modo de trabajar ni sus mismos valores. Aun así, siempre intentó mantener la paz, aunque no siempre lo conseguía. A Klaus, por su parte, le exasperaba la benevolencia de Rainer. Le molestaba que antepusiera los intereses humanos a los productivos. Y siempre lo achacó al hecho de que su esposa fuera una *Gastarbeiter* oportunista que había aprovechado la ocasión para cazar al heredero. Aunque el estado de gestación de Ana le había dado una tregua de unos meses que se alargaría otros cuantos tras nacer su hijo.

Había logrado captar la atención de los presentes en la reunión y ese hecho le empoderó para hacerse con el control y exponer su plan, que tanto tiempo llevaba trazando.

—Como ya sabéis, Wankel le vendió la patente del motor rotativo a Mazda —aseguró de forma retórica.

—¿Quieres fabricar motores rotativos? —le interrumpió Rainer sin dejarle continuar—. Todos saben que es un fracaso; es contaminante y necesita mucho mantenimiento. Conmigo no cuentes para hundirme con ellos —sentenció el heredero Schulz.

—Déjame terminar, cuñado —continuó diciendo Klaus con un gesto desdeñoso. El joven le escuchó sin apenas interés—. Todos sabéis que en los meses que estuve en Japón colaboré con la Kumico Motors. Son la competencia directa de Mazda, que pretendía revolucionar el sector con el motor Wankel. Pero, visto el fracaso, la Kumico ha decidido contraatacar. Quieren fabricar motores diésel y expandirse en Europa, y quieren fabricarlos directamente aquí, no importarlos. Son motores que consumen menos, y eso significa más posibilidades a la hora de comprar un vehículo. Ichiro Omura estaría dispuesto a empezar la producción en la AK. Lo he comentado con él y parece receptivo.

Rainer se revolvió en su sillón. Le molestó que su cuñado hubiera empezado las negociaciones, o el primer contacto, sin contar con él. Aun así le prestó atención, al igual que el resto de integrantes de la directiva. Tras su exposición, empezaron las preguntas. Klaus los observaba a todos visiblemente satisfecho. Si se planteaban temas como el coste, la formación del personal o las instalaciones era porque, de algún modo, su idea no les parecía disparatada. Rainer tampoco desechó lo que, en un principio, le pareció un disparate pero en ese momento ya empezaba a analizar. Quizá fuese la salvación para toda la plantilla de la AK Schulz. Aquellas trescientas cincuenta y un almas infelices que dependían de él para su supervivencia.

Además, con instalaciones modernas, ingenieros con ideas y diseños innovadores y más personal, Rainer podría seguir investigando en su ya mítico motor revolucionario. Aún no sabía cómo, pero tenía la absoluta certeza de que encontraría algo que iba a revolucionar el mundo. Solo era cuestión de que se le encendiese la bombilla, como le decía Ana. Aquella expresión siempre le hizo tanta gracia que decidió hacerla suya.

59

La pequeña Kristina nació un 23 de enero mirando la luna menguante. Sus abundantes mechones de pelo semejaban sobre su frente algas que quisieran penetrar en sus ojos aguamarina. Avispada e inquieta, estrenaba el mundo desde la mirada contrapicada de su cuna.

La felicidad de sus padres solo era comparable con la de su abuelo, que la visitaba a diario y permanecía con ella todo el tiempo que podía. Desde que nació se había volcado en su *klein Apfelsine*,[19] como él la llamaba. Ella fue desde el primer momento su epicentro, todo giraba en torno a la niña. Una bendición que esperaba con anhelo desde la boda de Helga. Aquella tarde, Otto jugaba con su nieta en brazos mientras le mostraba un enorme oso de peluche que le había comprado. Era raro el día que no se presentaba con algún regalo para su nieta, por insignificante que este fuera. Rainer y Ana esperaban la visita de Helga y Klaus, que aún no habían tenido ocasión de conocer a su sobrina. En cuanto llegaron, Helga fue directa a la cuna y se deshizo en halagos y arrumacos hacia el bebé. Klaus, impasible e indiferente, ni siquiera se acercó. Dejó que su esposa se entretuviese un rato con el

19. «Naranjita» o «pequeña naranja».

nuevo juguete de la familia. Incluso le molestaba que todos se hubiesen volcado en aquel ser insignificante que babeaba y no cesaba de llorar.

Helga quiso saber todos los detalles del embarazo y el parto, para cuando ella tuviese ocasión de pasar por lo mismo. No perdía la esperanza de ser madre, aunque cada vez se resignaba más a que su deseo quizá no se viera cumplido: llevaba casi tres años casada y aún no lo había conseguido.

Mientras las mujeres intercambiaban pareceres en torno a la niña, Rainer y Klaus dialogaban sobre las novedades en la AK. Otto prefirió encargarse de preparar un tentempié. No aspiraba a entrar en la conversación. Se había jubilado y llevaba a cabo su retiro con todas las consecuencias. A Rainer le hubiese gustado poder consultar con su padre ciertos asuntos para los que no creía estar preparado, pero viendo la actitud de su progenitor prefería respetarle. Así, no eran pocas las ocasiones que se sentía caer por un precipicio cada vez que tenía que tomar una decisión trascendente, aunque siempre conseguía salir a flote; eso sí, en ocasiones no del todo ileso.

Fue inevitable que aquella tarde surgiese la conversación de la próxima visita de los representantes de la Kumico Motors a la AK. Klaus estaba emocionado, pues su relación con los japoneses era inmejorable. En sus meses en el país había establecido con ellos, sobre todo con Ichiro Omura, un extraño vínculo que a Rainer le costaba comprender. Aún tenía ciertas reticencias hacia los planes de su cuñado, pero reconocía que era una de las pocas salidas que les quedaban si no querían reducir la producción y con ello iniciar los despidos. Estaba dispuesto a escuchar los planes de su cuñado y de los japoneses, aunque en ningún momento prometió nada. Klaus intentaba convencerle de los beneficios que podría aportar aquella fusión. Arguyó que podrían convertirse en líderes en el mercado de los motores diésel, pues dispondrían de la tecnología y los métodos de fabricación más innovadores, como el ciclo Deming, del que él era tan conocedor.

En el otro extremo del salón, Helga alimentaba a su sobrina con un biberón y mirada maternal. Ana sintió algo parecido a la pena hacia su cuñada. Siempre la consideró una excelente persona, inocente y buena, sin malas intenciones ni perfiles oscuros. Estaba claro que, tanto Rainer como ella, habían sido educados en los valores más honestos que cualquiera podría poseer. Nunca se dejaron llevar por su posición ni su dinero. Por eso pensó que no era justo que la naturaleza la privase del don de la maternidad que ella tanto ansiaba. Viendo las atenciones hacia su hija, no le cabía duda de que estaba de sobra preparada.

Inevitablemente, la atención de Ana fue a parar a la conversación de los dos hombres, a pesar de que intentaban ser discretos. Apenas pudo entender algunos fragmentos: «japoneses», «visita de mañana», «nuevas instalaciones»... Aunque no sabía de qué trataba el asunto, fueron términos que no le acabaron de gustar. Decidida, se levantó y se acercó a ellos con una sonrisa forzada. Klaus adivinó sus intenciones y se dirigió a su mujer, que seguía con la pequeña en brazos:

—Helga, *wir gehen*[20] —le ordenó.

Con un sobresalto ella se levantó y devolvió a la pequeña a los brazos de su madre. Sin apenas despedirse se dirigió a la puerta. Klaus la siguió tras avisar a su cuñado de que al día siguiente tenían una importante cita en la fábrica. Otto aprovechó y se marchó con ellos. No quería abusar de sus largas visitas y decidió dejar a solas a la familia, lo que Ana agradeció. Solo necesitó una mirada para que Rainer comprendiera que esperaba una explicación. Y no se demoró en ofrecérsela.

—Mañana vienen los de la Kumico para ver las instalaciones. Por lo de los motores diésel, ya sabes. Ya te conté la idea de Klaus de ampliar la producción... —Rainer hablaba con la inseguridad que también él tenía.

—¿Aún sigues con esa idea en la cabeza? —le reprochó Ana.

20. «¡Vamos!»

No se fiaba de su cuñado, nunca le pareció una persona honrada y mucho menos clara—. A ver si te das cuenta de una vez que no es trigo limpio, seguro que guarda algún interés oculto...

En ese punto la paciencia de Rainer rozó el límite e interrumpió las quejas de su esposa.

—Ana, sabes que no me gusta que discutamos, pero ¿has pensado que quizá lo único que pretende Klaus sea salvar la fábrica? El hecho de que a ti no te caiga bien no significa que todo lo haga con segundas intenciones. Ha propuesto una posibilidad para salir adelante y simplemente quiero escucharla. ¿Qué tiene eso de malo? —Evitó mencionar los posibles despidos si seguía bajando la producción. No quería que pareciese una imposición, un chantaje emocional.

Ana bajó la mirada ligeramente avergonzada. Quizá en el fondo tenía razón y se estaba obsesionando con Klaus. Su repulsión hacia él no la dejaba ver que quizá aquello fuese algo positivo, aunque la idea viniese de alguien a quien ella consideraba el mismo diablo. Rainer se le acercó y besó a la pequeña Kristina, que aún estaba en brazos de su madre. En un intento por hacer sonreír a su esposa se dirigió a la niña con voz infantil.

—Mami se ha enfadado mucho. Ven, que yo te rescato de la bruja —le dijo mientras cogía a su hija en brazos y la llevaba a su cuna.

Ana no pudo evitar que una carcajada saliese atropellada de su garganta. La ternura de su marido la desmontaba por completo. Momentos como aquel eran los que valía la pena vivir y recordar. El resto le pareció irrelevante.

Aun así, aquella noche le costó dormir y dio por concluida su baja por maternidad. Al día siguiente se incorporaría de nuevo a su puesto en la fábrica.

60

La visita de la delegación japonesa se convirtió en un importante acontecimiento. El rumor había corrido y todos los trabajadores estaban ya enterados de la llegada de tan insignes invitados. Pere y Sofía habían recibido instrucciones para que todo estuviera en orden, la planta limpia e incluso las trabajadores con batas nuevas. La fábrica nunca había estado tan impoluta. Klaus se mostraba visiblemente nervioso, al contrario de Rainer, que permanecía en su despacho revisando los bocetos de su eterno proyecto de motor revolucionario y ecológico. Para él no era más que una simple visita de unos extranjeros. Habría que ver si al final llegaban a un acuerdo. Sabía que esos procesos eran largos y no sería algo inminente.

Cuando Klaus pasó al lado del cubículo de Ana se sorprendió al ver la luz encendida y la puerta abierta. Llevaba meses sin ser utilizado por nadie, desde que ella decidió coger la baja de maternidad, un par de meses antes de que naciera Kristina. Ella quiso aprovechar todo el tiempo posible, pero la insistencia de su marido hizo que se retirase antes de lo que ella deseaba. Se asomó al interior y vio a su cuñada poniendo orden en su mesa y repasando cartas y documentos. Esta levantó la vista y le vio plantado en la puerta. Ni siquiera se dirigieron la palabra. Ninguno de los dos disimulaba su antipatía mutua, y menos cuando estaban a solas. Él se retiró con una mueca de fastidio. Sabía que Ana volvería a su puesto tarde o temprano, pero no imaginó que fuese tan pronto. Como si no tuviera ya suficiente presión encima.

Ana quiso estar presente durante la visita de la Kumico Motors. Quería conocer en primera persona cuáles eran los planes de su cuñado. Por mucho que su marido asegurase que tenía buenas intenciones, ella prefería estar alerta... por si acaso.

A media mañana, dos imponentes vehículos negros aparcaron frente a la AK Schulz. De ellos salieron seis japoneses ataviados con largos abrigos. Rainer y su cuñado salieron a recibirlos. Ana prefirió quedarse en su oficina, a pesar de la insistencia de su marido. Klaus se acercó al más bajito de todos, que a su vez era el de más edad y, tras una reverencia que a Rainer le pareció extravagante y excesiva, le estrechó la mano de forma afectuosa. Se hicieron las presentaciones y entraron en la fábrica, más por protegerse del frío que por premura en conocer las instalaciones.

Recorrieron todos y cada uno de los puestos de trabajo, en las diferentes secciones observaban el proceso de producción y el trabajo de los empleados. De vez en cuando hacían comentarios entre ellos y tomaban notas en sus libretas. Tras inspeccionar toda la planta, subieron para conocer el departamento de Ingeniería. Los delineantes mostraban sus diseños y Klaus se deshacía en explicaciones. La última parada fue el despacho de Rainer. La idea era intercambiar pareceres sobre la posibilidad de instalarse en la AK para producir sus nuevos motores. Uno de los visitantes, que estaba cerca de la mesa de Rainer, se percató de los bocetos de su motor, que aún permanecían abiertos y desperdigados. Lo miró con curiosidad y se dirigió a uno de sus compañeros al que hizo un comentario que, evidentemente, solo ellos entendieron. El resto se acercó a la mesa y observó los planos. Klaus no entendía qué podían tener de especial aquellos dibujos con los que su cuñado estaba obsesionado. Rainer, al ver el interés por su trabajo, se apresuró a ofrecer alguna vaga exposición sobre el proyecto, aunque ni él mismo sabía de lo que estaba hablando. Les explicó que estaba trabajando en un motor que no contaminase y que pudiera reducir el carburante. Les habló de que quizá con electricidad, acumuladores, baterías... Todas divagaciones difusas pero que captaron la atención de los nipones.

La visita finalizó un par de horas más tarde, tras los planteamientos de unos y otros sobre las condiciones en caso de llegar a un acuerdo. Klaus estaba confundido por el episodio de los planos de su cuñado. Rainer, sin embargo, se sentía satisfecho, más que nada porque al fin alguien se interesaba por su idea.

61

La respuesta desde el Imperio del Sol Naciente se hizo esperar. Pasaron seis meses hasta que los japoneses dieron señales de vida. Durante ese tiempo la producción fue bajando de forma notable. No hubo despidos, pero cuando un trabajador se jubilaba o se volvía a su país de origen, no se contrataba a uno nuevo. Aquello era indicativo de que, si las cosas seguían así, tendrían que tomar medidas. Fue a finales de agosto cuando Klaus entró exultante en el despacho de su cuñado.

—Han dicho que sí, quieren fabricar —dijo mientras lanzaba un documento a la mesa de Rainer. Este le miraba sin entender, hasta que se fijó en la carta y vio el logotipo de la Kumico Motors en el encabezado—. Están dispuestos a empezar a principios de año, en cuanto les digamos dónde pueden ubicar sus instalaciones.

Aquel era un tema en el que Rainer no había pensado. Ellos seguirían fabricando para sus clientes habituales; no podían dejar de hacerlo, pues querían mantener una fidelidad hacia ellos, aparte de que también suponía un seguro en caso de que el asunto de los japoneses no funcionara. No tenían sitio dentro del recinto de la AK y no podían reubicar sus instalaciones. Miró a Klaus y su expresión le dio a entender que él ya lo tenía todo pensado. Aun así preguntó:

—¿Y dónde van a poner su planta de producción?

Klaus sonrió y miró por la ventana hacia los barracones de las residencias. Rainer entendió de inmediato. Aquello no se lo esperaba. Y menos su esposa, que entraría en cólera cuando se enterase. Suspiró resignado y se hundió en su sillón. Se avecinaba una gran tormenta tras la que no sabía cuándo llegaría la calma.

62

—¡Te lo dije! ¡Te dije que ese cabrón malnacido ocultaba algo! —El enfado de Ana era considerable a tenor de su vocabulario, pues ella nunca decía tacos, lo cual sorprendió a su marido—. ¡¿Y ahora qué, eh?! ¡A la puta calle todos! ¡A buscarse la vida, ¿no?! ¡¿Sabes cuántas personas viven en las residencias, lo sabes?! —Ni siquiera esperó la respuesta de Rainer—. No, claro que no lo sabes. Pues yo te lo diré; ciento noventa. Ciento noventa trabajadores que se van a ver obligados a buscarse la vida, a malvivir hacinados en pisos y pagando un alquiler que no se pueden permitir.

Rainer dejó que su mujer se desahogase. Era vano intentar interrumpirla en aquel estado. Había intentado por todos los medios disuadir a su cuñado de su idea de instalar la nueva planta en el espacio de las residencias. Incluso había utilizado los mismos argumentos a los que recurría ahora Ana. Pero la realidad se impuso. Era la única opción si querían ampliar la producción y no acabar en la quiebra. Pasó noches sin dormir intentando buscar otras soluciones, pero todas eran inapropiadas y hasta descabelladas. Incluso pensó en la posibilidad de comprar algunos terrenos para tal fin, pero la inversión sería brutal y la AK no se lo podía permitir. Necesitó una velada con Hanno y más de tres cervezas para armarse del valor necesario y darle la noticia. Y su reacción fue exactamente la que esperaba. Cuando esta se calmó intentó razonar con ella, o al menos exponer cuáles serían los términos en los que se llevaría a cabo el «traslado».

—Ana, por favor, deja que te explique. Nadie los va a abandonar a su suerte. Se los compensará... —Su mujer le miró con rencor, incluso casi con odio—. Se calcularán indemnizaciones para que puedan instalarse en otra parte. No quiero que pienses que no hemos pensado en ello.

—La mayoría de esas personas son la única fuente de ingresos para un montón de familias en España —le reprochó ella—. Si tienen que utilizar parte de su sueldo en pagar un alquiler y el transporte para ir a trabajar, ¿qué les queda? El único consuelo que tienen es saber que sus seres queridos viven un poco mejor gracias a su trabajo. A veces se te olvida que yo soy una de ellos, Rainer. Que yo también trabajé de sol a sol para que mi familia tuviera lo que a muchos les falta. Que mi padre pudo recibir un tratamiento gracias al dinero que yo les mandaba, y que fueron muchos los faros que tuve que empaquetar para que mi hermana pequeña pudiera ser médico.

—Lo sé, cariño, y nada de eso va a cambiar —aseguró él en un tono más cariñoso al ver que su esposa se había desprendido de toda su ira—. Haremos que todo sea satisfactorio para ambas partes. No hace falta que me recuerdes cuáles son tus orígenes, lo sé de sobra. —A Rainer le molestaba sobremanera que le recordase que ella era de un nivel social inferior, sobre todo cuando lo utilizaba para chantajearle emocionalmente.

Pero Ana mantenía la suspicacia hacia las palabras de Rainer. No por él ni su buena voluntad, sino por su cuñado, que haría cualquier cosa para ponérselo lo más difícil posible.

—Tienes que apoyarme en esto, Rainer —dijo en un tono casi desesperado.

Él se le acercó y la abrazó con suavidad.

—Sabes que yo te apoyo siempre, que estoy a tu lado, pero no me pidas que ignore la posibilidad de salvar la fábrica. No puedo dejar pasar una oportunidad como esta. No puedo darte lo que me pides así como así, sin valorar las consecuencias.

Ana se zafó de su abrazo resentida. Se sentó en el sofá y sacó de una caja que había sobre la mesa una cajetilla de tabaco. Cogió un cigarrillo y lo encendió. No había vuelto a fumar desde que se quedó embarazada. Rainer la miró con gesto de disgusto, resignado. Tras unos minutos de silencio, aplastó el cigarrillo a medio consumir en el cenicero y se levantó decidida.

—Está bien —sentenció mientras se dirigía a él—. Tú eres el jefe y yo la representante sindical y mi deber es defender los derechos de los trabajadores, por mucho que tú seas mi marido. Haré lo que haga falta para que esa residencia se quede donde está o para que se les proporcione otra alternativa que sea satisfactoria para los afectados.

El tono protocolario y corporativo de Ana le dio a entender que estaba dispuesta a pelear hasta el final por lo que ella considerase justo. Aunque supuestamente aquello supusiera un escollo en el proceso de expansión de la AK, Rainer sintió un inmenso orgullo. Sabía que Ana conseguiría llegar a un acuerdo más que satisfactorio y Klaus no podría hacer nada en contra de los derechos que muchos trabajadores habían tardado décadas en conseguir. Aunque también había un componente egoísta en todo aquello: él no tendría que tomar partido por su esposa y, en el caso de que ella consiguiera sus propósitos, no se vería obligado a rendir cuentas a su cuñado. Al fin y al cabo, sería una lucha justa y no sería necesario que hiciera de árbitro.

Antes de acostarse se asomó a la habitación de su hija. La pequeña Kristina dormía ajena a los problemas de sus padres. Rainer se sentó en el borde de la cama y ajustó la sábana hasta su cuello. Permaneció allí unos minutos observando el sueño inocente de aquella criatura que, sin saberlo, representaba la unión de dos mundos tan distintos que el amor había atado pero que ella debería encargarse de sujetar. No le sería fácil, ni siquiera lo era para ellos dos, como habían podido comprobar un rato antes. «Tienes un duro cometido por delante», pensó su padre. La besó en la frente y salió hacia su dormitorio.

Ana estaba ya en la cama de espaldas a la puerta. Él se metió entre las sábanas despacio, intentando no perturbarla más de lo necesario. Se abrazó a su espalda y le susurró al oído:

—Todo irá bien, mi amor, ya lo verás. —Sabía que su esposa aún estaba despierta pero ella no dijo nada—. Además, ya casi he encontrado la clave para mi motor, solo es cuestión de combinar ambos sistemas...

Ana sonrió en silencio. Le resultaba cómico que, en una situación como aquella, tan íntima y privada, su marido decidiese explicarle cuáles eran las características de un motor que ella ni entendía ni hacía ningún esfuerzo por comprender. Aun así intentó escucharle hasta que se quedó dormida entre conceptos como motor térmico, acumulador de energía, velocidad de crucero, batería de litio, arranque desde parado, sistema híbrido...

63

El asunto del traslado de la residencia no tardó en extenderse por toda la fábrica. En pocos días todos los trabajadores estaban enterados del tema; y, sobre todo, el sindicato. Ana fue la encargada de transmitir la noticia a sus compañeros por decisión propia. No quería esconderse y esperar a que la directiva enviase el comunicado que aún tardaría un mes en llegar.

En la asamblea que se convocó tras la noticia hubo división de opiniones. Algunos le reprochaban a Ana que no hiciera uso de su condición de esposa del jefe para conseguir un buen trato. Otros estaban con ella y consideraban que era mejor una negociación limpia y honesta sin recurrir a favores personales ni caciquismo. En cualquier caso, no lo iba a tener fácil. Los necesitaba a todos para poder hacer presión y conseguir un acuerdo justo. Su primer cometido era mantener unidos a los representantes de los trabajadores. Y sabía que no iba a ser un camino de rosas.

De momento, la única noticia que tenían era que el encargado de llevar a cabo la negociación por parte de la patronal sería Klaus. A ninguno le gustó la idea, pues era evidente la mala fama y el despotismo que había sembrado en la AK en los últimos tiempos. Y, aunque a Ana tampoco le hizo mucha gracia, casi lo prefirió: no quería tener que enfrentarse en público a su marido.

Siempre había oído decir que no se deben mezclar trabajo y vida privada, pero a veces los corazones se mezclan sin pedir permiso, y controlar eso le resultaba tremendamente complicado.

La primera reunión con la directiva fue un auténtico caos. El encuentro se convirtió en un fuego cruzado de preguntas y reproches sin sentido que herían, o al menos ofendían, a todo el que intentaba atravesarlo. Ana observaba resignada cómo los propios compañeros, españoles en su mayoría, se insultaban unos a otros, recriminaban las diferencias de opinión y recurrían a la españolidad profunda que ninguno de ellos, al parecer, había conseguido eliminar de su ser más hondo. Se avergonzó de no haber sido capaz de controlar a todos aquellos compañeros convertidos ahora en seres primarios cuya humanidad aún estaba por madurar.

Klaus, sin embargo, parecía disfrutar del espectáculo. Su sonrisa cáustica evidenciaba una victoria prematura. Estaba convencido de que aquello iba a ser mucho más fácil de lo que él había previsto. Además, los españoles le parecían un pueblo orgulloso y arraigado a su esencia pero con una gran facilidad para cambiar de parecer, sobre todo si había dinero de por medio. Para una primera negociación, propuso indemnizar a cada uno de los trabajadores con cinco mil marcos. Era una buena suma aunque sabía que su cuñada no la aceptaría. Ya habría tiempo de negociar, si es que llegaban a ello, visto cómo había transcurrido la tarde.

Poco a poco los asistentes abandonaron la sala cargando con ellos su rencor y su enfado. Ana se acercó a su cuñado con desgana, que le extendía el sobre con las condiciones del acuerdo al que estaban dispuestos a llegar.

—Será mejor que aceptes, es más de lo que han visto en su vida —dijo él con aquella sonrisa que a Ana sacaba de quicio.

Ella se limitó a coger el documento sin dirigirle la palabra. Klaus la observó alejarse con las manos en los bolsillos de su pantalón y el ego desbordando por todos los poros de su piel. Aún no había ganado la guerra pero salir vencedor de la primera batalla siempre daba algo de ventaja.

64

Los días siguientes a la nefasta reunión, Ana intentó calmar al menos los ánimos entre los trabajadores. Las diferencias se habían extendido entre toda la plantilla, no solo entre los miembros del sindicato, y temía que se crease entre ellos una escisión que al final beneficiase a su cuñado y todos ellos saliesen perjudicados. Pere y Sofía habían hecho valer su autoridad para mantenerlos a raya, pero sabían que era una calma momentánea. Tarde o temprano los ánimos volverían a alborotarse y entonces ellos ya no podrían hacer nada.

Sentada en el reducido escritorio de su cubículo, Ana leía una y otra vez aquel documento que le había entregado Klaus. No le faltaron ganas de coger el mechero y pegarle fuego. Cinco mil marcos era una miseria. Poco más del sueldo de un mes de cualquiera de los trabajadores. Muchos se lo pulirían en un santiamén.

Si no ellos, las ventanillas de Correos. Entonces se verían de nuevo sin dinero y sin un sitio donde vivir. Pero algo no le encajaba. ¿Por qué había decidido ofrecer dinero a los trabajadores? La generosidad no era un rasgo que caracterizase a Klaus. Quizá sí a Rainer, de eso no tenía dudas, pero aquello le chirriaba demasiado. Sabía que tenía que haber algo de donde tirar pero sus escasos conocimientos sobre leyes le impedían encontrar ese cabo y aferrarse a él. Todo se le empezaba a escurrir de las manos. Algunos de los trabajadores estaban ya dispuestos a aceptar el dinero que su cuñado les ofrecía. Necesitaba a alguien con los conocimientos necesarios para poder llegar allí donde no alcanzaba. Una señal divina.

Tres golpes en la puerta, que permanecía abierta, sobresaltaron su particular plegaria. Allí estaba, la señal que había pedido enviada especial y directamente por el Altísimo: el padre Calleja la observaba desde el quicio de la puerta. Al verlo, derramó una enorme sonrisa por su cara y se levantó para abrazarle sin remilgos. Hacía varios años que no se veían y Ana se alegró sinceramente de encontrarse con él de nuevo. Cuando se apartó, le observó con detenimiento. Tenía un aspecto muy diferente a cuando estaba en Colonia y ayudaba a los recién llegados. Ahora vestía a la moda, con tejanos y una cazadora de cuero y llevaba el pelo ligeramente más largo. Y ni rastro del alzacuellos.

Durante dos décadas, muchos de los sacerdotes enviados por el gobierno español a Alemania o Suiza habían desarrollado una manifiesta simpatía por las reivindicaciones de algunos trabajadores que se habían decantado por ideologías de izquierdas. Aunque, en aquellos años, cualquier ideología que fuese en contra del régimen se consideraba de izquierdas. Estos capellanes de misiones más rebeldes no tenían reparo en mostrarse afines a ideologías progresistas, lo que a algunos les acarreó graves problemas con la Santa Sede. Y el padre Calleja era uno de ellos.

—Tengo que decirte que no te perdono no haber bautizado a tu hija —le recriminó con cariño mientras se acercaban a la mesa y Ana le invitaba a sentarse.

—Me hubiese gustado pero usted ya no estaba en Colonia —le recordó ella devolviéndole el reproche. Por mucho que él se había empeñado en el pasado, nunca consiguió que Ana le tutease, a pesar de que apenas era unos cuantos años mayor que ella—. Pero dígame, ¿qué le trae por Colonia? ¿Ha venido a quedarse?

—No, no voy a quedarme —dijo complacido por la alegría

de su paisana—. Quería ver cómo iban las cosas por aquí. Según tengo entendido, estás pasando por un momento un poco... complicado. Vengo a echarte una mano.

Con aquella frase, Ana supo que el padre Calleja no estaba allí por casualidad. El asunto de la residencia de la AK se había extendido a otras fábricas de Colonia, de Bonn y alrededores. Incluso había recibido cartas de apoyo de comités y otros sindicatos, pero ninguno de ellos le ofrecía la ayuda que necesitaba. Tuvo el presentimiento de que la presencia del sacerdote cambiaría las cosas, aunque no sabía si para bien o para mal. Vistos los acontecimientos de las últimas semanas, ya no se fiaba de nadie.

—¿A echarme una mano? —repitió, sin saber muy bien hacia dónde iba el cura.

Este no respondió y simplemente sonrió mientras sacaba algo del bolsillo interior de su cazadora.

Ana tomó la tarjeta que él le entregó y le miró sin entender nada. A continuación leyó el nombre impreso:

Utta Schmetterling
Rechtsanwalt

—¿Una abogada? —inquirió Ana sin soltar la tarjeta.

—Es una amiga mía —aseguró el sacerdote—. Una activista defensora de cualquier cosa que vaya en contra del poder establecido. Nos conocemos desde hace años.

Ana le respondió con una mirada entre burlona e incrédula. Incluso se atrevió a coquetear con un posible romance entre el cura y la tal Utta. Decidió no preguntar más.

—Ella está al tanto de todo y espera tu llamada —dijo el cura señalando la tarjeta que aún seguía entre sus dedos—. Ahora tengo que marcharme: me esperan en Bonn y quiero llegar antes de que anochezca.

—¿Tan pronto? ¿Por qué no se queda esta noche en casa?

A Rainer le encantará verle y así puede conocer a Kristina y al menos darle su bendición.

Con un gesto de cariño sincero cogió la cara de ella y apartó un mechón que caía sobre su mejilla.

—Tu hija no necesita mi bendición, Ana. Está bendecida con unos padres como vosotros. No dejéis que eso se pierda. —Y le dio un afectuoso beso en la frente—. Estaré al corriente de tus avances a través de Utta. Quiero verte salir triunfante de este embrollo.

Se despidieron con un abrazo que Ana alargó más de la cuenta. Deseaba que se quedase un poco más con ella para recordar un tiempo más dulce, recuperar al menos un fragmento de una época en que la amistad era uno de los pilares básicos de su vida.

65

Utta Schmetterling se reunió con Ana apenas tres días después. Era una mujer que solo con verla imponía respeto. Algo corpulenta pero con una elegancia innata que le otorgaba poder y personalidad sin tan siquiera abrir la boca. Cuando se vieron en su oficina de la AK se dirigió a ella en alemán, pero para su sorpresa esta hablaba un español casi perfecto, solo agrietado con ese énfasis en las erres característico del pueblo teutón. Ese rasgo imponía aún más autoridad, lo que agradó a Ana. Iba a necesitar toda la ayuda posible.

La segunda sorpresa vino cuando Utta le detalló los pormenores del caso, como ella decía. Aunque no conocía todos los detalles, como la cantidad ofrecida por Klaus, sabía en qué condiciones se estaba llevando a cabo. Al parecer, el caso de la AK no era el primero de esas características que se le presentaba, pero sí el de mayor envergadura. La abogada parecía entusiasmada con el proyecto y así se lo manifestó a Ana cuando le confesó que estaba deseando empezar. Pasaron el resto de la mañana poniéndose al día sobre el asunto. La mujer necesitaba todos los detalles, hasta el más insignificante. Hizo preguntas que a Ana incluso le parecieron infantiles pero la letrada sabía muy bien lo que hacía. Entendía a los directivos y sabía que aprovecharían cualquier descuido, cualquier grieta, para atacar y dejarlos, como dijo en perfecto español, con el culo al aire. Aquella naturalidad relajó a Ana y le dio la confianza que necesitaba para seguir adelante con aquel caso que, unos pocos días antes, había estado a punto de abandonar. Utta era la energía, el empujón que necesitaba para llevar a cabo su empresa. Ya se había convertido en algo personal. Lo único que preocupaba a Ana eran los honorarios de la abogada. En el sindicato no tenían suficiente dinero para pagarle y los trabajadores no iban a estar dispuestos a colaborar con los costes. Así se lo hizo saber algo compungida.

—Utta, eres lo que estábamos necesitando pero, sinceramente, no creo que podamos pagarte. No tenemos dinero y la solidaridad brilla por su ausencia —se lamentó indecisa.

La alemana sonrió y rozó su mano.

—No te preocupes, no busco dinero. Es más, quiero que todos, sobre todo los jefes, sepan que trabajo gratis, que no voy a cobraros nada —recalcó—. Un caso así, que ten por seguro que ganaremos —reiteró—, me reportará buenos clientes. Ellos pagarán por vosotros porque pienso cobrarles verdaderas fortunas por mis servicios.

Un guiño cómplice hizo que Ana entendiera que aquel inconveniente acababa de quedar resuelto y que no debía volver a preocuparse por el tema. Se citaron para el martes de la semana siguiente, cuando se celebraría la segunda reunión con la directiva. Acordaron que solo asistirían ellas dos y Pere. No querían formar otro alboroto del que Klaus pudiera beneficiarse. Después ya informarían al resto del sindicato y a la plantilla en una reunión. Ana debía mantener el orden entre los trabajadores durante esos días. Sobre todo debía evitar que alguno de ellos aceptara el dinero ladino de Klaus bajo cuerda.

Al abandonar la oficina de Ana, Utta se topó con Pilar, que fingía barrer el suelo tras la puerta. La manía de Ana de no cerrarla nunca provocó que aquella conversación llegase a oídos de la guapa aragonesa, que no tardó en trasladar la información a su amante.

66

—¿Y de qué más hablaron? —preguntó Klaus haciendo un esfuerzo por mantener la mirada en los ojos de Pilar. Aquello era lo más parecido a la ternura que podía manifestar con nadie, y menos con aquella putilla *Gastarbeiter*.

—No sé, cosas que no entendí —confesó la joven, que permanecía desnuda sobre la cama e intentaba atraerle hacia ella con el imán de sus ojos—. Solo eso, que la abogada trabaja gratis y que nadie aceptase el dinero.

—¿Y no sabes quién es esa tal Schmetterling? ¡En algún sitio tiene que haberla conocido...!

Pilar se encogió de hombros y parpadeó, asustada al ver cómo Klaus elevaba la voz. Él se resignó. Sin duda era una valiosa información pero no suficiente. Tener a una compatriota defendiendo a los trabajadores no le gustaba, pero no le quedaba más remedio. Lo que sí le hizo reaccionar fue el hecho de que quisiera evitar a toda costa que los trabajadores aceptasen el dinero. Aquello le abrió posibilidades en las que no había caído. Divide y vencerás. Solo era cuestión de sobornarlos uno a uno. Pero él no podía hacerlo directamente, se asustarían. Necesitaba un chivo expiatorio entre ellos. Pilar no le servía. Era demasiado joven y emotiva. Tenía que ser uno más fuerte, con algún sentimiento que le provocase odio, rencor o ira. Alguien con motivos para atizar el avispero. Reflexionó un instante mientras daba una calada a su cigarrillo. Expulsó el humo y su labio superior se elevó casi imperceptiblemente en una mueca que no llegó a sonrisa. Sabía exactamente a quién podía recurrir.

El café Venecia era un pequeño bar que había montado un joven matrimonio de Siena con los exiguos ahorros que habían logrado reunir. A falta de un sitio en donde los compatriotas se sintieran como en casa, decidieron que podrían ganarse la vida ofreciendo un sucedáneo de hogar a sus paisanos. A ellos se les sumó poco a poco un buen número de españoles. Allí podían tomar café en condiciones, comida casera y de vez en cuando un buen vino. El local se había convertido en punto de reunión de ambas patrias, que compartían añoranza, pasión y gritos. Este último rasgo, muy común entre ellos. Pasaban por allí tras la jornada de trabajo o los fines de semana, siempre y cuando no hubiese partido de fútbol en el que se enfrentasen equipos de ambos países. Entonces evitaban los encuentros. Experiencias pasadas les habían enseñado que, en lo relativo al deporte rey, era mejor no juntar las pasiones.

Cosme era una de los habituales del local. Allí solía verse con otros españoles con los que intentaba entablar conversación o iniciar una amistad. No le resultaba fácil. Los rumores sobre el hecho de que fuese uno de los chivatos del régimen franquista habían provocado que, cuando un español estaba a su lado, enmudeciera como una tumba. Cuando rondaba a Ana solía tener una relación más cordial, pero fue a raíz del noviazgo de esta con Rainer cuando empezó a hacer más preguntas de la cuenta y a inmiscuirse en asuntos que, aparentemente, no le incumbían. Eso fue lo que despertó las sospechas de algunos sindicalistas, pero nadie había podido demostrar nada.

Eran casi las diez de la noche y Rafaella empezó a recoger y limpiar con esmero. Era el mensaje para que los rezagados fuesen terminando sus consumiciones y volvieran a sus madrigueras. Cosme era uno de los últimos. Apuró el resto de cerveza que le quedaba con la vista puesta en la pantalla del televisor y se marchó con un escueto «Buenas noches».

La noche era fría, como todas las noches y los días en Alemania. Se ajustó el cuello del abrigo y con las manos en los bolsillos emprendió el camino sin salirse de la acera. Desde la esquina, Klaus observaba la cafetería desde hacía más de media hora. Empezaba a desesperarse cuando le vio salir. Arrancó su coche y avanzó lentamente hasta que se puso a su altura y le siguió a su misma velocidad. Cosme tardó unos segundos en percatarse de que aquel lujoso vehículo, de los que no solían verse por aquellos barrios, le estaba siguiendo. Miró intentando adivinar quién iba dentro pero la noche le impedía distinguir al conductor. Hasta que este bajó la ventanilla. La última persona que esperaba encontrarse allí era a su jefe, el temido Klaus al que nadie se hubiera atrevido ni siquiera a dirigir la palabra.

—¡Sube, hace frío! —le invitó en un renqueante español, haciendo un gesto con la mano.

Cosme miró a ambos lados intentando adivinar si se trataba de una broma. Pero a aquellas horas ya no quedaba ni un alma por la calle. Pensó que no tenía nada que perder, así que aceptó la invitación. El calor del coche le reconfortó. Klaus le ofreció un cigarrillo que él recibió de buena gana.

—Es muy tarde para estar fuera de casa —aseguró el jefe rompiendo el hielo—. ¿Dónde vives?

—En la residencia, es un paseo —respondió el joven tras unos segundos de pausa.

—No son horas para pasear. Yo te llevo —se ofreció Klaus.

Cosme sabía que aquel encuentro no era casual. Si ese hombre le había buscado era por algo, y algo gordo. Esperó a que él hablase. No tenía otra opción, dadas las circunstancias. Y tampoco se atrevía a preguntar.

—Te he visto en la fábrica —continuó diciendo—. Arreglas las máquinas, ¿verdad? ¿Eres mecánico? —Cosme afirmó con la cabeza como única respuesta—. ¿Cuánto tiempo llevas trabajando en la AK?

—Doce años —respondió él de forma sucinta, casi con miedo.

Klaus emitió un silbido de fingido asombro.

—Eso es mucho tiempo. ¿Y siempre has ocupado el mismo puesto? —Un nuevo gesto de afirmación fue la respuesta—. Eso no puede ser. Yo puedo ayudarte, si tú quieres. Puedo ofrecerte un trabajo extra, como mi... —lo pensó unos instantes— secretario personal. ¿Qué te parece?

Cosme sintió cómo una oleada de satisfacción le subía desde el estómago. Que el mismísimo jefe le ofreciera trabajar para él directamente era algo que no esperaba. Pero tras ese fugaz momento de alegría una duda le cruzó por la mente: si quería ofrecerle un ascenso aquel no eran ni el lugar ni la hora para hacerlo. Aun así dejó que continuara hablando. Su silencio hizo que Klaus mostrase la segunda carta que tenía en su mano.

—Sé que colaboras con tu gobierno proporcionando información sobre tus compatriotas y sus actividades aquí. —Cosme le miró sorprendido. Nadie sabía de su vinculación con dicho organismo. Tanto unos como otros lo mantenían en secreto. O al menos es lo que él se pensaba. Al ver su cara de asombro, Klaus sonrió—. No te preocupes, no diré nada. Además, es bueno que colabores con los tuyos. Me refiero a los que están en el poder. Es un servicio a la patria, ¿no crees?

—Solo lo hago por dinero —afirmó de tal forma que sorprendió a Klaus. Este esbozó una mueca de satisfacción.

—¡Bien! Ahora sí hablamos el mismo idioma. Eres la persona que necesito; discreto y de confianza. Puedo pagarte bien. Solo necesito que hagas lo mismo pero para la fábrica. Que me des información sobre lo que hacen los sindicalistas. Que vigiles a Ana. Tuvo que ser duro cuando te dejó por mi cuñado, ¿no? Después de todo lo que hiciste por ella cuando murió su amiga o algo así...

El joven se sorprendió al comprobar la cantidad de información que su jefe tenía sobre él. Sin duda se había documentado bien para saber cómo tantearle y encontrar su punto más sensible. Pero Cosme intentó mantener la compostura y aclarar ese tema.

—Solo éramos amigos. Nunca fuimos novios ni nada de eso.

—Pero a ti te hubiera gustado, ¿verdad? —Klaus siguió hurgando en la llaga—. Ahora ya te doy la oportunidad de vengarte, un poquito solo.

La mirada de Cosme acabó de convencerle de que le había seducido con su propuesta. Continuó dando detalles del «acuerdo». Debían ser discretos. Nadie podía sospechar nada de lo que se traían entre manos y la información se la daría directamente a él, sin intermediarios. El chico no abrió la boca durante toda la explicación de su patrón. Se limitó a escuchar sus condiciones hasta que este calló. Fue entonces cuando él preguntó:

—¿De cuánto dinero estamos hablando?

67

Utta Schmetterling llegó a primera hora para ultimar con Ana los detalles de la reunión. Había revisado absolutamente todos y cada uno de los contratos de los trabajadores de la AK. Todos eran prácticamente idénticos y con salarios similares. Aseguró que había encontrado un hilo del que tirar para presionar a la directiva y que conseguirían un acuerdo más que satisfactorio. Ana estaba encantada con la incorporación de la alemana a su «equipo», como ella decía. Su determinación y carácter le daban la seguridad que a ella le faltaba. Se sentía protegida, por su resolución y sobre todo porque era alemana. Aunque no lo pareciese, aún seguía habiendo diferencias entre unas clases y otras, sobre todo si se trataba de *Gastarbeiters.*

Cuando llegaron a la sala de juntas solo con Pere comprobaron, para su sorpresa, que en el otro bando habían tomado la misma decisión de ser pocos: a la reunión acudieron solamente Klaus, Rainer y Hanno por parte de la directiva. Ana estaba segura de que su marido había mediado para que el encuentro fuese lo más tranquilo y civilizado posible. Al entrar, Utta saludó a todos con un fuerte apretón de manos. Klaus se sorprendió de lo resuelta y confiada que se mostraba aquella mujer. Por otro lado, su preocupación se centraba en el hecho de que ofreciera sus servicios de forma gratuita. Aquello era peligroso, pues anulaba la posibilidad de un soborno o de ofrecerle más dinero si se pasaba a la competencia.

Se sentaron, cada bando a un lado de la larga mesa, y Utta comenzó con la exposición:

—Según mi cliente, ustedes quieren eliminar la residencia para ampliar la planta de producción y ubicarla en ese espacio —dijo sin preámbulos.

Rainer miró a Hanno y a su cuñado y este tomó la palabra.

—Bueno... se les indemnizará debidamente. En la anterior reunión ya se habló de una primera suma...

—Ese tema ya lo discutiremos más tarde —le interrumpió la abogada—. Ahora me interesa comentar los detalles de los contratos de los trabajadores.

—¿A qué viene eso? —se quejó Klaus con insolencia—. Estamos hablando de la residencia, no de sus contratos.

—Bueno, he tenido oportunidad de revisarlos uno a uno y en todos ellos se especifica que, con el puesto de trabajo, se les ofrece un alojamiento. Pueden leerlo ustedes mismos —afirmó mientes les mostraba la consabida cláusula.

Aquella información cogió a Klaus por sorpresa, o no tanto. Era conocedor de aquel punto y por eso les ofreció dinero a los trabajadores por el traslado. Utta era lista y se había agarrado a aquel recurso. No iba a ser una rival fácil. Klaus no contaba con ello y supo que el desembolso sería mucho mayor. Ahora era cuestión de negociar y encontrar un término medio que no perjudicase en demasía sus planes. Sobre todo temía que aquel proceso se alargase y los japoneses empezasen a impacientarse.

—Estamos dispuestos a negociar —aseguró Rainer en tono conciliador. No quería que aquello se convirtiese en una lucha encarnizada, y menos con él y su mujer de por medio. Quería una negociación limpia y satisfactoria para todos.

Utta aprovechó la predisposición de Rainer y dio paso al tema de la indemnización. Cogió el documento y lo elevó mientras se ajustaba las gafas para leer:

—Ustedes ofrecen la cantidad de... cinco mil marcos a cada trabajador por abandonar la residencia. Sin más, sin darles otra alternativa.

—Con ese dinero pueden alquilar una casa o un apartamento e incluso vivir más tranquilos, con sus familias. Los matrimonios podrían reunirse —arguyó Rainer, sabedor de que algunas parejas vivían separadas desde hacía años.

—Con cinco mil marcos apenas les alcanzará para unos meses de alquiler —replicó—. Y a eso hay que sumarle el gasto en transporte para venir a trabajar. Por no hablar de las dificultades que tendrán a la hora de encontrar una vivienda digna...

La abogada volvió a dejar el documento en la carpeta y la cerró. Aquel gesto le hizo comprender a Klaus que el argumento de su cuñado no había producido el efecto deseado. Él ya daba aquella reunión por concluida y se dedicó a maquinar cuál sería su siguiente paso. Era el momento de utilizar otros recursos.

—Estas son nuestras condiciones —concluyó Utta—: una nueva residencia a no más de diez minutos caminando desde la fábrica y veinticinco mil marcos de indemnización por cada trabajador.

Klaus sonrió de forma incrédula, Rainer se pasó la mano por el pelo en un intento por disimular su preocupación. Por su parte, Ana y Pere permanecían callados, alucinados por la propuesta de la abogada. Aquello sí que no se lo esperaban. Utta les había sorprendido desde el momento en que empezó a hablar. Pero aquella propuesta... Les pareció descabellada incluso a ellos. Salieron de la sala de juntas con las preguntas empujando sus labios. Al llegar al cubículo de Ana, acosaron a Utta con sus dudas y su fascinación. Estaban tan excitados que eran incapaces de articular una frase completa.

La abogada intentó que se calmasen y pidió silencio poniendo el dedo delante de su nariz. Era tal el alboroto que algunos de los trabajadores se asomaron a la puerta cuando les oyeron. La mujer detuvo su mirada en la figura de Cosme, que permanecía postrado en el quicio con aire amistoso. Ana se sorprendió al verlo. Hacía tiempo que su paisano se había desvinculado de prácticamente todo lo que tenía que ver con ella. Apenas se veían en la fábrica y su relación se había enfriado por completo. Pero la tierra tira, como se suele decir, y le recibió con una sonrisa.

—Solo quería saber cómo había ido la reunión —dijo casi sin darle importancia.

Ana se disponía a darle detalles, llevada por la emoción, pero Pere la interrumpió.

—Aún no hay nada definitivo. Frau Schmetterling se está encargando de la negociación. En unos días convocaremos una reunión y podrá asistir todo el que quiera. —Pere se mostró tajante ante el interés de Cosme, lo que sorprendió a Ana.

Este se marchó decepcionado pero por muy diferentes motivos.

¿Por qué has sido tan seco con él? —quiso saber Ana confusa.

—No me fío de nadie, y menos de él. Corren rumores, ya lo sabes... —apuntó suspicaz.

Ana no quería creer lo que se decía de su paisano en toda la fábrica. Quiso pensar que eran simples habladurías porque él era un poco tímido y apenas tenía amigos. Quería confiar, tener fe en los suyos, los que habían sufrido como ella desde el momento en que subieron a aquel tren sin memoria doce años atrás.

Utta se levantó y recogió sus documentos dispuesta a marcharse.

—Aún nos queda mucho trabajo por delante. Será duro pero creo que hemos empezado con buen pie —declaró convencida.

—¿Hacia dónde vas? —le preguntó Ana—. Si quieres puedo llevarte al centro.

—Pues no te diré que no, así me ahorro tener que coger el tranvía —bromeó.

Salieron al aparcamiento que había delante de la fábrica y subieron al Volkswagen escarabajo de Ana. En el trayecto esta le confesó que se había quedado pasmada cuando dijo lo de los contratos. Le confesó que ni siquiera ella había prestado atención a esa cláusula. Incluso algunos de sus compañeros ni siquiera sabían leer cuando llegaron a Alemania. Utta hizo un gesto de fastidio.

—A tu país le queda un largo camino por recorrer —manifestó melancólica.

Ana afirmó de forma imperceptible. Lo que no sabía Utta era que apenas habían dado el pistoletazo de salida y que ese camino sería mucho más largo de lo que todos creían.

68

Cuando Ana les comunicó a los trabajadores cuáles eran los requerimientos que la abogada había hecho a la directiva, a todos se les iluminaron los ojos, sobre todo al oír la cantidad de dinero que solicitaba. Aunque pocos fueron los que siguieron escuchando cuando intentó hacerles entender que aquella era una propuesta inicial, para presionar. Pero la mayoría de ellos ya estaban pensando en qué gastarlo antes de dejar que terminase su explicación. Lo que ninguno tuvo en cuenta era que para que todo aquello se llevase a cabo hacían falta tiempo y paciencia, y a muchos esta se les empezaba a agotar. Ya se rumoreaba entre algunos grupos que mejor coger el dinero que les ofrecía la empresa, no fuera a ser que al final se quedasen sin nada. La labor de Cosme empezaba a dar sus frutos y él se sentía satisfecho, aunque Klaus no lo estaba tanto.

Presionaba a Rainer y este le respondía que él había preferido no involucrarse, que las negociaciones eran cosa suya. Pero lo cierto era que empezaba a no tener argumentos ni herramientas para negociar con los trabajadores y con aquella dichosa abogada altruista. Entre ella y su cuñada le empezaban a hacer la vida imposible. No soportaba ni siquiera su presencia y cada vez que las veía juntas se le revolvía la sangre. Sabía que si cortaba la cabeza pensante su problema se acabaría. Los trabajadores eran débiles y egoístas y no le costaría convencerlos. Pensó de nuevo en el soborno pero volvió a descartarlo: ni la abogada ni su cuñada se dejarían comprar por dinero.

El vaso de su paciencia se acabó de desbordar cuando recibió un mensaje de los japoneses: empezaban a exasperarse. Habían pasado ya varios meses y la nueva planta ni siquiera estaba empezada. Le daban un plazo de tres meses para comenzar a fabricar o anularían el contrato por incumplimiento del mismo.

Rompió en pedazos aquella carta con el membrete de la Kumico Motors y salió visiblemente enojado. Cruzó la planta y al llegar a la altura de la oficina de Ana se topó con ella. Su estado de enojo era tal que no lo pensó; la agarró por los hombros y la empujó al interior. Cuando la tuvo empotrada contra la pared sus amenazas fueron más que evidentes.

—¡No te vas a salir con la tuya, perra! Como me jodas la vida acabaré contigo, ¿has entendido? Así que no me enfurezcas más de lo que ya estoy.

Al darse cuenta de la situación y que en cualquier momento podía entrar alguien, la soltó y salió a toda prisa.

Ana ni siquiera pudo reaccionar. Fue una vez que se hubo marchado cuando se le metió el miedo en el cuerpo. Le temblaban las piernas y tuvo que sentarse para no caer al suelo. El corazón empezó a bombear advirtiéndola del peligro. Aquello no era una broma. Las cosas empezaban a ir más lejos de lo que ella imaginaba. Y no quería saber el alcance de la ira de su cuñado.

69

Ya en el aparcamiento de la fábrica, Cosme esperaba a que Klaus saliera mientras inspeccionaba el motor de su coche, que tenía abierto. Un simple gesto del alemán le sirvió a su empleado para cerrar el capó a toda velocidad, y los dos subieron al coche. En aquel momento, Klaus estaba dispuesto a cualquier cosa con tal de acabar con su cuñada. Aquello se había convertido en un combate sangriento y sin cuartel y, como se suele decir, en el amor y en la guerra todo vale. Y no era amor lo que precisamente sentía por Ana.

—Haz lo que haga falta pero la quiero fuera; al menos, por un tiempo —le dijo a Cosme sin mirarle.

Este asintió obediente con un leve gesto de la cabeza. Había desarrollado un fuerte instinto de lealtad y haría lo que le pidiese. Se mostraba fiel y sumiso, servicial, cualidades que Klaus valoraba y tenía en cuenta. Le venía bien un hombre así que le hiciese el trabajo desagradable. Pero entre las virtudes de Cosme no se encontraba la sutileza.

70

La pequeña Kristina se había convertido en el capricho no solo de la familia sino también de buena parte de los trabajadores. No eran pocas las compañeras de Ana que se ofrecían para cuidar de ella en su tiempo libre. Incluso Pilar la miraba con una ternura inusual, dada la envidia que sentía hacia Ana. Otto acostumbraba a llevarla de vez en cuando a la fábrica, como había hecho con sus hijos cuando eran pequeños. Decía que debía acostumbrarse a lo que formaba parte de lo que eran los Schulz, que lo llevaba en la sangre. Cada vez que abuelo y nieta aparecían por la AK, el ambiente se revolucionaba y todos se volcaban con la niña. Esta, que ya empezaba a dar sus primeros pasos, caminaba despabilada y torpe por los pasillos de la factoría sin querer que nadie la cogiese de la mano, lo que obligaba a casi todos a estar pendientes de que la pequeña no se metiese en algún sitio peligroso.

Aquel día, Otto debía marcharse a visitar a Helga. Rainer le dijo que se fuese tranquilo. Cuando apareció con la niña en brazos en la oficina de su madre, esta se sorprendió. A Ana no le hacía mucha gracia aquella costumbre de pasearla por entre las máquinas y las enormes cajas. Era un sitio inseguro, bien lo sabía ella. Se enfurecía con su suegro y su marido cada vez que su hija correteaba por los pasillos pero ellos hacían caso omiso de sus quejas.

—¿Dónde está tu padre? —preguntó a Rainer mientras le arrancaba a la pequeña de los brazos y le besaba la cabecita.

—Tiene que ir a ver a Helga para no sé qué. Le he dicho que nos la llevamos nosotros. ¿Te queda mucho? —quiso saber él, deseoso de llegar a casa y disfrutar de su familia con tranquilidad.

Ana hizo un gesto de fastidio. No le había dicho que ese día precisamente tenían una reunión con parte del sindicato para discutir la nueva propuesta de la directiva. Habían quedado cuando acabasen el turno y temía que se alargaría durante un par de horas.

—Lo siento, cariño. Olvidé decírtelo —se lamentó ella.

—Vaya, bueno, no pasa nada. Pero mi padre se ha llevado mi coche... —recordó entonces Rainer.

—Llévate el mío. Utta puede llevarme después.

—¿Estás segura? —preguntó él preocupado—. Vale, pero no tardes mucho.

Se despidieron con un fugaz beso. Padre e hija salieron mientras Rainer le cantaba el estribillo de aquella serie de dibujos animados, que emitía recientemente la televisión alemana, sobre una curiosa abejita que tenía encandilados a todos los niños.

Ana les miró divertida mientras se alejaban hacia la entrada de la fábrica donde estaba aparcado su coche.

En un extremo del aparcamiento, Pilar esperaba nerviosa. Hacía semanas que no se encontraba con Klaus y decidió abordarle a la salida. Necesitaba hablar con él, y con urgencia. Encendió un cigarrillo pero enseguida lo tiró al suelo y lo apagó. No estaba segura de que él quisiera escucharla pero debía intentarlo. Había salido un poco antes para poder encontrárselo antes de que empezasen a salir todos los trabajadores. Mientras esperaba, oyó un ruido unos metros más allá. Le llamó la atención y se acercó un poco. El cuerpo de un hombre asomaba por debajo del Volkswagen de Ana. Cuando se agachó algo más pudo distinguir a Cosme, que salía con las manos sucias de grasa. Él se sorprendió al verla y se quedó sin saber qué decir. Cuando le preguntó qué hacía allí debajo, se limitó a decir que estaba arreglando el coche y se marchó todo lo deprisa que pudo disimulando su nerviosismo.

Pilar pensó que, si Cosme estaba por allí, Klaus no tardaría en aparecer. No tenía la cabeza para más elucubraciones. Esperó durante una hora pero su jefe no apareció.

71

Empezaba a anochecer y la tormenta primaveral aceleraba el ocaso. Kristina tardó apenas unos minutos en quedarse dormida en el asiento trasero. La hipnótica melodía de una cajita de música, regalo de su abuelo, contribuyó a su letargo. Era la única forma que tenían sus padres de que se durmiera por las noches. Así, el *Claro de luna* de Debussy se había convertido en la banda sonora del insomnio en el hogar de Ana y Rainer.

La leve lluvia le obligó a poner en marcha el limpiaparabrisas. El trayecto hasta su casa no era largo pero, con aquella climatología, Rainer prefería ser prudente. Se dirigió hacia el sur para cruzar el Rin por el Rodenkirchenerbrücke hasta llegar al elegante barrio de Hahnwald, donde vivían en una bonita casa, regalo de Otto.

A Rainer se le agolpaban las palabras hostiles y las cavilaciones. Intentó despejarlas de su cabeza con la imagen más luminosa que llenaba su vida. No estaba lejos. Solo tuvo que elevar la vista por el retrovisor. La pequeña Kristina era la única que conseguía mantener el equilibrio. Un regalo de los dioses, el tesoro más preciado de su tiempo en la Tierra, que Ana y él custodiaban con celo y amor. Su sonrisa pícara y su voz chillona suponían el mejor escudo ante las batallas diarias en la fábrica y el refugio más seguro contra las tormentas que pudiesen separarlos. Rainer pensaba en todo esto y a sus labios asomó una sonrisa tan pura como la de su hija.

Cuando llegó al puente ya era casi noche cerrada. El aguacero arreció y, aunque conocía el recorrido, prestó especial atención a las indicaciones. Disminuyó la velocidad para girar a la altura del jardín botánico. Pero cuando intentó realizar la maniobra, el volante desobedeció, como si se hubiese desconectado del resto del mecanismo. Su corazón rebotó hasta su garganta y su cuerpo quedó agarrotado. Toda la movilidad se concentró en sus manos, que volteaban como golondrinas atrapadas en una pajarera.

El vehículo siguió rodando y, por una décima de segundo, dirigió la vista a la calle de acceso a su casa. Esta pasó de largo como el metraje de una película terrorífica. Una chispa de lucidez conectó su cerebro con el pie y consiguió detener el coche en seco. Su cuerpo se precipitó sobre el salpicadero. La frenada recolocó el corazón de nuevo en su pecho y permitió que el aire entrase en sus pulmones. El coche se estancó en mitad del cruce sur. El motor se había apagado. No sabía en qué momento dejó de funcionar. El chisporroteo de la lluvia sobre la chapa del capó le permitió exhalar un hondo suspiro. Afortunadamente, en ese momento no cruzaba ningún automóvil por la vía.

Se volvió para comprobar si su hija se encontraba bien. Kristina seguía dormida, ajena al percance. Inconscientemente, se llevó la mano al pecho. Los latidos se esforzaban por restablecer el flujo sanguíneo, paralizado en aquellos segundos.

Al girarse para intentar arrancar de nuevo el motor, la llave de contacto se negó a ponerlo en marcha. Hizo un nuevo intento, sin éxito. Un sudor frío empezaba a perlar su frente. Se encontraba en mitad de la calzada, en plena noche y sin apenas visibilidad. Probó de nuevo, a la vez que su pie derecho presionaba el pedal del embrague. El miedo volvió a campar por sus arterias mientras trastabillaba con el engranaje.

Un ciclópeo resplandor surgió por su izquierda. El grito aberrante de aquel camión MAN presagiaba la fatalidad. No tuvo tiempo de reaccionar y el monstruoso vehículo los embistió.

El choque fue brutal. El Volkswagen se desplazó más de cien metros seguido de tres vueltas de campana hasta que se detuvo en uno de los carriles contiguos.

El cuerpo de Rainer quedó atrapado entre el amasijo de hierros. La pequeña Kristina salió despedida por alguna de las ventanillas. El conductor aún tardó un par de minutos en bajar del camión, abrumado por el choque. Descendió y atravesó la carretera corriendo bajo la lluvia. Se aproximó al automóvil, volcado panza arriba como un escarabajo moribundo. Se asomó a una de las ventanillas retorcidas. El rostro sanguinolento de Rainer miraba al vacío, inerte, deshabitado. Se llevó las manos a la cabeza intentando contener la culpa que bombeaba su cerebro. Dio vueltas como un león enjaulado hasta que la cordura le dictó que debía pedir ayuda por radio.

En ese momento, un sonido extraño, una melodía tenue, llegó a sus oídos desde aquel cruce del destino en el que la dama negra, con su ciego e irracional silencio, había hecho acto de presencia. Siguió a su instinto y caminó unos metros hacia la música melancólica. La estampa le dio un vuelco al corazón: el cuerpo menudo de un bebé yacía dormido.

La fuerte lluvia repicaba en el asfalto, acompañada por las notas de la cajita de música que arrullaban a la pequeña hacia su sueño eterno. Ya nadie podría darle cuerda a un claro de luna.

72

La tensión se convirtió, sin quererlo, en la protagonista de la tarde. Como siempre, La Tarongeta se fue quedando vacía hasta que Cora, Lorenzo y Ana se volvían centinelas del fuego que crepitaba en la chimenea como único reducto del momento. El corazón de Cora estaba tan encogido que ni siquiera pudo romper las lágrimas que el relato de Ana le había provocado. Lorenzo miraba las llamas impasible, ausente y triste. Ana permanecía recostada en el sillón con los ojos cerrados, no sabían si en el ahora o en el vacío de su memoria.

—Creo que ni siquiera el malnacido de Klaus se esperaba un desenlace así —dijo la anciana de pronto. Ellos agradecieron que rompiera el silencio—. Él solo pretendía apartarme, que no siguiera tocándole las narices. Pero todo se precipitó: el sabotaje, la confusión...

—Cosme manipuló el coche para que tuvieras un accidente... —Las preguntas se amontonaban en la cabeza y la boca de Cora que se vio incapaz de seguir.

—Era buen mecánico y sabía lo que hacía —apuntó Ana—. Apenas se investigó el caso. Un accidente, sin más. Pero a veces la justicia aparece por donde uno menos lo espera. Mi paisano estaba en el punto de mira de muchos; entre ellos, Peppino. Este le tenía echado el ojo desde hacía tiempo. Después supe que mi querido italiano y sus amigos le esperaron un día a la salida del Venecia. En una visita posterior, Peppino me contó algo sobre la tuerca del buje de la dirección o yo qué sé. La verdad es que nunca pregunté. Quizá fue un error por mi parte. Uno de tantos... Unos meses más tarde me enteré de que, a las pocas semanas, Cosme apareció por la AK con la cara como un mapa. Pidió la cuenta y se volvió a Cardeñosa.

Cora estaba ansiosa por saber más, por conocer el destino de todos ellos, de Peppino, de Pilar, de cómo la propia Ana había acabado en Calarossa. Pero la Alemana, con evidentes signos de cansancio, se había vuelto a quedar dormida en el sillón, así que prefirió no molestarla. Buscó a Lorenzo con la mirada y le encontró tras la barra, pegado, como siempre, a la cafetera. Era evidente que aquella historia a él le había afectado mucho más de lo que quería admitir. Quizá por el vínculo emocional que los unía a ambos después de tantos años viviendo en el mismo lugar. O es posible que el hecho de descubrir el pasado de alguien a quien solo se conoce por fuera nos sorprenda y reaccionemos de forma inesperada. En cualquier caso, Cora prefirió no alterar a ninguno de los dos. Permaneció en silencio mirando por el ventanal, dándole vueltas a toda aquella historia durante un buen rato.

Ana se despertó sobresaltada. Miró alrededor como si no supiera dónde se encontraba. La joven se incorporó y cogió su mano, pero la mujer seguía desorientada. Cuando localizó su bastón se agarró a él e hizo un amago de levantarse.

—Es tarde, mañana tengo turno a primera hora y Maricarmen se enfada si me retraso —exclamó azorada la mujer. Su cuerpo había decidido volver al presente pero su mente decidió quedarse un rato más en el pasado, donde parecía que cada vez se encontraba más cómoda.

Cora intentó ayudarla mientras buscaba a Lorenzo, pero había desaparecido. Entonces apareció Eulalia. Sujetó a la mujer, le puso el abrigo y envolvió su cuello con la bufanda. Le hizo un gesto a Cora para indicarle que ya se ocupaba ella de acompañarla a casa. Cuando se quiso dar cuenta, Cora se encontró sola en el comedor del hostal.

Quizá fuese el hecho de conocer el destino trágico de la familia de Ana o a lo mejor la acumulación de emociones, el caso era que todos se sentían conmovidos por aquella historia que, de un modo u otro, ya sentían como propia.

73

La tristeza y los ánimos se vieron afectados de forma evidente y absoluta en todos los trabajadores de la AK. Rainer siempre fue querido por ellos, a pesar de su condición de jefe. Era alguien a quien resultaba fácil apreciar. Pero, sobre todo, la pérdida de la pequeña Kristina. Una muñequita de poco más de un año de vida... Era algo que tocaba el corazón de cualquiera, y más el de ellos, que la habían visto jugar y corretear tantas veces por la fábrica. Pere y Sofía se empeñaban en que todo siguiera su curso pero ni siquiera ellos estaban a salvo de la tristeza. El esfuerzo por mantenerse enteros y pasar la jornada les resultaba titánico. Sin Rainer ni Ana ni Otto, la única autoridad que quedó fue Klaus, que esos días intentaba pasar desapercibido aunque su sempiterno desdén lo delataba.

Antes de subir a su despacho, Pere le salió al paso. Le molestó la interrupción. No tenía ganas de hablar con nadie, y menos con un encargado de tres al cuarto. Pero hizo de tripas corazón y se detuvo a escucharle.

—Tiene una visita en su despacho, señor Lerman —le anunció el catalán visiblemente compungido.

Klaus no pudo evitar un gesto de fastidio. No estaba para visitas de nadie, y menos si se trataba de algún conocido de la familia que venía a darle el pésame. Para eso ya estaba su esposa, que se había volcado en despedir como se merecían a su hermano y a su sobrina. Aun así, asintió y subió sin responder.

Ichiro Omura observaba la planta desde el gran ventanal del despacho de Klaus. Aun estando de espaldas, Klaus le reconoció de inmediato. Sabía que recibiría aquella visita tarde o temprano. Todavía no tenía claro cómo iba a gestionar las cosas a partir de ese momento. Sin Rainer ni Ana, las cosas serían mucho más fáciles pero tendría que tratar con Utta Schmetterling. No tenía ni idea de si ella seguiría con las negociaciones o a partir de ese momento gozaría de vía libre para hacer y deshacer a su antojo. De momento tendría que salir airoso de aquella visita sorpresa y algo le decía que no iba a ser fácil.

—Herr Omura, qué sorpresa verle aquí —exclamó con fingida alegría.

—Tiene buenas vistas —añadió el japonés sin girarse.

Klaus se acercó a él y le invitó a sentarse. No le apetecía hablar del paisaje laboral que tenía delante pero agradeció que dilatase la conversación. Eso le daría tiempo para pensar qué decirle.

—Sí, es una situación un tanto jerárquica pero ya estaba así cuando yo llegué —afirmó en un intento de hacer una broma que no le salió bien.

—Me llegó la noticia del trágico accidente de su cuñado y su sobrina. Lamento mucho lo sucedido. Es una gran pérdida —manifestó haciendo gala del protocolo y las buenas formas características del pueblo nipón.

—Muchas gracias. Estamos todos consternados, sobre todo mi suegro y mi esposa. —Evitó nombrar a Ana de forma consciente. Era su particular venganza contra ella—. Como comprenderá, las cosas se han paralizado y nos costará un poco volver a ponernos en marcha. Siento mucho que tengan ustedes que sufrir todos estos inconvenientes, pero estoy seguro de que llegaremos a un acuerdo en cuanto...

—No será necesario, Herr Lerman —le interrumpió el japonés—. Ya hemos tomado una decisión al respecto. Ustedes han tardado demasiado en darnos una respuesta. Deberíamos llevar meses produciendo nuestros nuevos motores y ni siquiera tienen un lugar en el que instalarnos.

—Pero como ya le digo el problema se solucionará en breve —replicó Klaus, que empezaba a perder la calma—. Ahora será mucho más fácil solucionar el tema de la ubicación de la nueva planta.

—Para cuando lo tenga resuelto, si es que lo consigue, habrán pasado meses —insistió Omura—. Hemos decidido ampliar nuestra planta de México. Hace años que trabajamos bien allí y queremos establecer un laboratorio de pruebas de gases contaminantes. Es la mejor opción, dadas las circunstancias.

Klaus no daba crédito a lo que estaba oyendo. Maldijo a su cuñada, a Rainer y a todos los trabajadores que le estaban arruinando la vida. Meses de negociaciones, de tragar sapos y culebras, de aguantarse las ganas de imponer su voluntad, de respetar unos derechos laborales que lo único que hacían era complicarle la vida. Todo el esfuerzo para que ahora volviera al punto de partida. El mundo se le vino encima y se derrumbó en su sillón. El japonés no quiso alargar su pesadumbre y decidió ofrecerle el caramelo que tenía para él como compensación.

—Las cuestiones medioambientales empiezan a ser importantes en la opinión pública. El petróleo se acaba y debemos buscar alternativas —declaró convencido. Klaus le oía sin escuchar. Poco le importaba si la selva amazónica estaba en peligro o si se secaba el limonero de su jardín—. Por eso, además del control de contaminantes del que le he hablado, queremos investigar otras opciones, otras fuentes de energía que sean... más limpias, por decirlo de alguna manera. Su cuñado lo sabía y creemos que había encontrado una vía que quizá se podría explotar.

Aquellas fueron las palabras que captaron la atención de Klaus. El japonés le miró y sonrió, sabedor de que le había entendido perfectamente.

—El motor híbrido... —dijo más para sí mismo que para su interlocutor.

—Estamos dispuestos a pagar una generosa suma por esos diseños, los planos y las notas del señor Schulz —manifestó, dándole una importancia excesiva a su tono de voz—. Supongo que deberá usted consultarlo con su viuda. He de viajar a Berlín pero estaré de vuelta la próxima semana. Espero que podamos llegar a un acuerdo.

Ichiro Omura se levantó y le ofreció su mano a modo de despedida. Sus miradas se cruzaron y pudo observar cómo la del japonés iba cargada de sarcasmo.

Una vez a solas en el despacho, ni siquiera reflexionó: no tenía intención alguna de consultar con Ana la venta del proyecto de Rainer. Confiaba en que esos bocetos estuvieran en la fábrica y no en su casa, donde solía trabajar a menudo.

Después de todo, él obtendría su victoria que, aunque pírrica, le aseguraría el futuro. No pensaba vender aquella mercancía a precio de saldo.

74

A aquellas horas de la noche, la nave al completo permanecía en un silencio inquietante. Las máquinas dormían e incluso algunas de ellas parecían soltar algún que otro ronquido. Las criaturas mecánicas, que durante su actividad diurna solo se movían empujadas por la voluntad humana, de noche parecían tener vida propia. Como si cualquier sobresalto pudiera alterar su reparador sueño, su paz autómata.

Fue el momento que eligió Klaus para entrar en el despacho de Rainer. Era un hombre listo y, a pesar de las circunstancias y el giro inesperado de los acontecimientos, recondujo su estrategia para poder llegar al fin de sus propósitos. Incluso consideró, desde su personalidad fría y carente de emociones, que quizá saldría ganando con la oferta de Omura.

Encendió la luz del escritorio. Aunque sabía que no había nadie en la planta, cualquier precaución le parecía poca. Nadie le llamaría la atención por estar en el despacho de su cuñado, pero no quería levantar la más mínima suspicacia.

Empezó a buscar; abrió cajones, revolvió estanterías, escritorios... Los documentos, o planos que buscaba, tenían un tamaño considerable, así que no podían estar muy escondidos. Quizá en los armarios. Abrió el que tenía tras de sí. De pie, sujetándose unos a otros para no caerse, varios planos enrollados. Empezó a abrirlos uno a uno. Ni siquiera terminaba de desplegarlos si comprobaba que no era lo que buscaba. Hasta que lo encontró. Allí estaba, el esbozo del generador, las baterías, el motor térmico... No era un diseño muy desarrollado pero suficiente para contentar a los japoneses.

Los extendió sobre la mesa para contemplar su gesta como el general que observa su victoria sobre el mapa del campo de batalla.

Tras unos minutos embelesado, levantó la vista. En la puerta del despacho, como una aparición, la figura de Pilar se dibujaba temblorosa, temerosa de estar en el momento y lugar que no le correspondían. Pero sus motivos la empujaron a atreverse a traspasar el umbral jerárquico y subir hasta la primera planta, donde nunca se hubiese atrevido a entrar.

Klaus la escrutó entre molesto y sorprendido. Su mirada evitó la consabida pregunta.

—Tengo que hablar contigo —balbuceó la joven amedrentada.

Él se irguió y, en un intento por no perder los nervios, se dirigió a ella con la poca calma que pudo reunir.

—Ahora no es un buen momento. —Y volvió la mirada hacia los documentos que tenía esparcidos por el escritorio.

—Es importante —bramó el miedo que pugnaba por salir del pecho de la chica.

Entre molesto y excitado por la provocación, Klaus rodeó la mesa con un gesto rijoso dibujado en su pétreo rostro y se acercó a ella.

—¿Tan importante es? —preguntó con la poca paciencia que en aquel momento era capaz de reunir.

Pilar bajó la mirada y él siguió el recorrido hasta llegar a las manos de la joven que se detuvieron temblorosas en su vientre. Él levantó la vista y la muchacha se encontró con unos ojos llenos de ira.

—Estás loca si piensas que... —Y sin acabar la frase se giró para continuar con su cometido.

Ella le siguió hasta la mesa entre súplicas y gemidos. Cuando le agarró del brazo para conseguir un poco de atención, él se dio la vuelta de forma brusca.

Un fogonazo y un impacto frío en su ojo izquierdo le impidieron continuar. Una bofetada que provocó que su menudo cuerpo se tambalease hasta casi caer al suelo.

—Es tuyo —insistió mientras se sujetaba la mejilla con la mano.

Klaus se acercó despacio, con la frialdad que le caracterizaba, y la cogió del mentón apretando sus mejillas con los dedos pulgar y corazón.

—¿Crees que puedes venir aquí y acusarme de algo semejante? Estás loca si piensas que voy a creerte. No eres más que una pequeña ramera.

Pilar intentaba hablar, pero los dedos de Klaus se lo impedían. Cuando él por fin aflojó su mano, ella continuó con su débil alegato.

—Es tu hijo, no puedes desentenderte —insistió.

Un profundo suspiro agotó la paciencia de él que, cansado ya de la escena, decidió acabar con aquello cuanto antes. La joven continuaba parloteando y moviendo las manos, que se acercaban a su rostro como avispas encabritadas. En un intento de ella por abofetearle, él logró detener su mano. Aquello superó su límite, que ya estaba al borde de su paciencia.

En una décima de segundo, agarró su largo pelo negro y la empujó hacia la mesa hasta que la mitad de su cuerpo quedó tendido boca abajo. Con su enorme mano sujetó su brazo en la espalda y la inmovilizó por completo. Se inclinó hacia ella. Los ojos de la joven solo acertaron a ver una leve mancha roja que manaba de su boca y empapaba el papel que tenía bajo su mejilla. Los labios de Klaus se acercaron a su oído y pudo sentir cómo su aliento amenazante envolvía todo su rostro.

—Si sigues por ese camino te destrozaré la vida, ¿me entiendes? No me busques problemas, zorra asquerosa. ¿Quieres jugar? Yo te enseñaré a jugar. Seguro que te gusta, ¿eh? —se burlaba, mientras se despojaba del pantalón con la mano que le quedaba libre—. Quizá debería haber empezado por aquí, así ahora no vendrías a intentarme engañar con la mierda esa de tu embarazo.

Levantó su bata azul de trabajo y le arrancó las bragas que llevaba como única prenda. El roce en las ingles le hizo dar un respingo que él aplacó con apenas un movimiento de su mano, que seguía sujetando el brazo de la joven. Una embestida inesperada y un dolor desconocido estremecieron su frágil cuerpo, que ya había abandonado cualquier intento por liberarse. Ni siquiera las lágrimas se atrevieron a brotar por los ojos de la joven que, con la mirada perdida, observaba el retrato que había sobre el escritorio. Una imagen de Ana y la pequeña Kristina sonrientes parecía mofarse de su sufrimiento, mirándola desde el marco de plata que las envolvía. El marco que jamás abrazaría un retrato suyo, y mucho menos del hijo que esperaba. Cerró los ojos y se desdobló del tiempo, centrada únicamente en su dolor para que acabase lo antes posible.

Cuando los abrió de nuevo, Klaus ya estaba en la puerta del despacho arreglándose la ropa y dispuesto a marcharse. Antes de salir la miró de soslayo; como quien observa a un pordiosero. Aún tumbada sobre el escritorio oyó sus pasos bajando por la escalera metálica que conducía hasta la planta de producción.

Pilar permaneció en un rincón del despacho a oscuras, encogida en el suelo y con la cabeza escondida entre las piernas. Fue incapaz de saber cuánto tiempo permaneció en aquella posición, temerosa de encontrarse con la realidad de lo sucedido.

Cuando al fin logró moverse, lo primero que observó fueron las manchas de su sangre y sus lágrimas esparcidas sobre parte de los planos. Se llevó la mano a la boca y pudo comprobar que ya no sangraba. Apenas podía mantenerse en pie. Se dispuso a salir inmediatamente, que el aire de la noche la despejase y secase el veneno que se había instalado en su cuerpo y en su alma. Pero un instinto irracional, o vengativo, se escabulló por alguna grieta que dejó su reciente dolor y subió hasta su cabeza como el chorro de un géiser. Volvió a observar aquellos bocetos que habían sido testigos de su tortura. Klaus estaba allí por aquello, seguro. Sobre todo, por el hecho de que se hubiese colado en la fábrica a aquellas horas. Se fijó un poco más y comprobó que el nombre de Rainer figuraba en una de las esquinas del documento.

Sin pensarlo más, los envolvió de forma torpe y salió de allí con ellos bajo el brazo, el dolor en su corazón y un sentimiento de venganza en su cabeza.

75

Ana se encerró en su casa tras el funeral de su familia. Pese a las ofertas de algunas compañeras y de la propia Utta, prefirió pasar el duelo ella sola. Pero fue incapaz de derramar una sola lágrima. Cerró la puerta del cuarto de su hija y se instaló en el comedor. Allí dormía, lo poco que podía, y pasaba las horas ausente.

Pere y Sofía se turnaban para asegurarse de que comiera, pues era capaz de pasar días enteros sin probar bocado. Fantaseaba con la idea de dejarse morir para así asesinar también su dolor. Helga se había volcado en el cuidado de su padre que, tras lo sucedido, se había convertido prácticamente en un vegetal. Dejó de hablar y necesitaba ayuda para casi todo. Su cuñada aún no la había visitado, más por temor a su marido que por falta de aprecio. No los había visto, ni a Otto ni a ella, desde el funeral. Mejor así. Prefería no compartir su pena, quedársela para sí. Verse aliviada la haría sentir culpable de estar viva, mientras sus dos seres más amados habían muerto de forma tan atroz. Quería sufrir y así conservarlos a su lado.

Sofía, durante su visita aquella tarde, consiguió que se diese un baño y tomase un poco de caldo que ella misma había preparado. Pero lo cierto era que incluso a la encargada le costaba no derrumbarse al verla en aquel estado. Se quedó un rato a su lado haciéndole compañía. Apenas hablaron. Cualquier tema que comentasen acarrearía consigo recuerdos que Ana no podría soportar, por lo que la mejor opción era el silencio y su presencia. Ver a Ana sentada en el sofá con la mirada perdida se había convertido en una imagen fija que se repetía cada vez que acudían a visitarla.

Poco antes del anochecer, Sofía se despidió de ella con un cariñoso y triste beso en la frente. Le rompía el corazón dejarla allí sola con sus fantasmas, pero no tenía más remedio.

Ana escuchaba los sonidos del abandono por toda la casa. El tictac del reloj, el viento tras la puerta... Música macabra que se instaló en lo que fue su hogar y sustituyó las risas y balbuceos de su hija, la voz de su marido y el canto de su felicidad.

El ruido de la puerta al abrirse interrumpió aquel tétrico recital. Seguramente Sofía había olvidado algo, o quizá se lo pensó mejor y decidió pasar la noche con ella, como ya había hecho en un par de ocasiones. Oyó unos pasos acercarse por su izquierda. No eran de Sofía. Eran pisadas calmadas, lentas, incluso amenazantes. Miró de reojo y adivinó la identidad de su visita. Pero no fue hasta que lo tuvo delante cuando no le quedó más remedio que fijarse en la imponente y repulsiva figura de su cuñado. Ana se revolvió en el asiento. ¿Cómo era capaz de atreverse a presentarse allí y alterar su pena? Aunque no se sorprendió. Y sabía que no había venido a ofrecerle consuelo espiritual.

Al ver que no le prestaba la atención que él deseaba, se agachó y, en cuclillas delante de ella, permaneció un par de minutos observándola hasta que al fin decidió intervenir.

—Estamos solos, tú y yo, sin apoyo ni ayuda. Un combate cuerpo a cuerpo —sentenció él cargado de seguridad—. Pero yo tengo mejores armas y tú perderás si decides enfrentarte a mí en tu situación, te lo aseguro.

Ana seguía sin mirarle. Bastante tenía con controlar el casi irrefrenable deseo de lanzarse sobre él como una bestia herida y asestarle aunque fuese una dentellada para acabar así con él. Pero sabía que sería inútil. ¡Malditas emociones que cobran vida propia en el momento menos oportuno! Sintió rabia de que aquel miserable siguiese provocando sentimientos en ella, aunque estos fueran de un profundo y sincero odio. Pero consiguió permanecer impertérrita.

—Creo que lo más justo es dejar que te retires..., ¿cómo decirlo?, de forma decente —prosiguió, mientras se levantaba y sacaba un grueso sobre del bolsillo de su chaqueta. Lo dejó sobre la mesa y se acercó de nuevo a ella adoptando la posición anterior—. Treinta mil marcos. Y habrá más si desapareces durante un tiempo prudencial.

En ese punto, Ana volteó su mirada y la clavó en la de Klaus con una frialdad que incluso a él le inquietó. Quiso que todo su odio, todo el veneno y todo el rencor que sentía se clavasen en él, que sus ojos disparasen todo aquel tormento sobre su cabeza Deseó que sus pupilas fuesen afilados aguijones que le trepanasen el cerebro y acabasen con su asquerosa presencia. Pero nada de eso ocurrió. Klaus se incorporó y deshizo sus pasos hasta que salió de la casa y anunció su ausencia con un portazo.

Ana ni siquiera miró el sobre. Se quedó sobre la mesa durante horas, más de un día. Hasta que llegó la siguiente visita. La última que recibiría en aquella casa.

76

El trayecto en tranvía hasta Hanhwald se le hizo eterno. Tenía la sensación de que todo el mundo la miraba, con aquellos enormes papelotes enrollados bajo el brazo y su cara de pánico. Bajó en la parada de Michaelshoven y se adentró en la zona residencial. Era la primera vez que Pilar pisaba aquel barrio, reservado a familias pudientes de la alta sociedad. Ya no deseaba pertenecer a aquel mundo como hasta hacía pocas semanas. Había recibido una buena dosis de lo que aquella realidad escondía tras sus oropeles y sus luces brillantes. Puede que no todos fueran así, pero con la muestra de Klaus había tenido suficiente. Ahora solo deseaba encontrar algo de ayuda y redimirse apoyando a alguien a quien por fin reconocía como buena persona.

No sabía muy bien dónde se encontraba la vivienda de Ana pero había conseguido su dirección en la fábrica. Todo era cuestión de buscar el nombre de la calle, aunque para ella no iba a ser fácil. Además, corría el riesgo de que alguien la viese y la tomase por una ladrona y acabar en alguna comisaría. Debía ser discreta y rápida.

Tras casi una hora deambulando, encontró la casa. Llamó un par de veces pero no recibió respuesta. Hasta que al final decidió empujar la puerta. Para su sorpresa, se abrió sin esfuerzo. Entró y llamó a Ana por su nombre un par de veces mientras avanzaba por el pasillo. Cuando llegó al comedor la vio, como una estatua fúnebre y con cara de asombro. Esperaba la visita de cualquiera menos la de ella. Pilar no supo si pedir perdón por el atrevimiento o simplemente acercarse. Se decidió por la segunda opción. Instintivamente le dio un beso en la mejilla e intentó un amago de abrazo que Ana no rechazó.

Sin mediar palabra le alargó los documentos, que estaban totalmente arrugados, casi tanto como su magullado corazón. Ana los cogió y la miró confusa.

—Creo que esto era de Rainer —dijo sin esperar a que ella le preguntase nada—. Klaus lo estaba buscando la otra noche y creo que es algo importante. Yo no entiendo mucho, pero son para ti.

—¿De dónde los has sacado? —preguntó sorprendida.

—Da igual, son tuyos, ¿no? Mejor que los tengas tú que no ese cabrón de mierda —bramó sin querer recordar lo ocurrido.

Ana entendió que el veneno de Klaus había llegado hasta la joven que ahora tenía delante. La invitó a sentarse en el sofá, era a lo máximo a lo que llegaba su cortesía dadas las circunstancias.

—¿Los has robado?

La joven asintió.

—Klaus se trae algo entre manos con los japoneses y estoy segura de que tiene que ver con esto —afirmó, señalando con el mentón el legajo de documentos que Ana había abandonado sobre el suelo.

—Está bien, yo los guardaré —añadió al fin, en un intento por acabar con aquella escena—. ¿Te vio alguien?

Pilar no pudo más y rompió en un llanto incontrolable. Ana la miró molesta. No tenía el ánimo para consolarla, así que simplemente esperó a que se calmara. Cuando lo consiguió le relató toda la historia. Más por descargarse de su culpa y su soledad que por compasión hacia ella. Le contó su relación con Klaus, algo que Ana ya intuía. Cómo la utilizaba para conseguir información sobre los sindicatos y sus actividades, sobre todo con el asunto de la residencia. También le contó que había contratado a Cosme y que este era un chivato del gobierno español sobre lo que hacían sus compatriotas que estaban en Colonia. Incluso le contó, llena de dolor y con mucho esfuerzo, la violación a la que su cuñado la había sometido. En ese punto, su discurso se detuvo. Ana esperaba que continuase, sabía que había algo más. Simplemente la animó con la mirada a que acabase de soltar todo aquello que llevaba dentro.

—Estoy embarazada. —Y de nuevo estalló en un sonoro llanto.

No se esperaba aquel desenlace aunque, tal y como le había relatado los acontecimientos, era lo más previsible. Sintió pena por aquella criatura desvalida y temblorosa que tenía a su lado. Entendió que aquellos bocetos que le había entregado eran una moneda de cambio para que la ayudase en su aprieto. No sabía si era justo pero intentó obtener un poco más de información.

—Dios mío, Pilar. ¿Qué piensas hacer? —Fue lo único que se le ocurrió preguntar.

—No lo sé, no sé adónde ir. No tengo a nadie. Ana, tienes que ayudarme —le suplicó muerta de miedo.

Ana se sentía tan confundida e impotente como ella. No tenía ni idea de cómo ayudarla. Pero seguro que tenía unos padres, familia en su pueblo. Decidió probar por ese camino.

—Vuelve a Pardos, Pilar. Vete a tu pueblo —aseguró mientras la joven le clavaba una mirada de incredulidad que no tardó en interpretar—. Sí, sé que es una vergüenza que te vean aparecer en el pueblo embarazada y sin marido, pero esas cosas con el tiempo se olvidan, créeme. Tus padres cuidarán de ti.

—No puedo volver, en Pardos ya no queda nadie. No tengo padres. Me crio una tía que me acogió por caridad y que me despachó en cuanto cumplí los dieciocho —murmuró entre sollozos.

Era evidente que Ana no conocía la historia de aquella moza. Su recelo hacia ella y sus formas hicieron que no se interesase lo más mínimo por ella. Ahora lo lamentaba. El panorama se presentaba duro para la chica. Soltera, con un hijo en camino y padre desconocido. No lo iba a tener fácil, ni siquiera en Alemania.

Se levantó y caminó por el salón buscando una solución. Su espíritu luchador y su bondad afortunadamente no habían sido devorados del todo por el odio y la amargura. Y la respuesta llegó. Más bien llevaba allí desde el día anterior. El abultado sobre que su cuñado había dejado sobre la mesa. Se detuvo y lo miró unos instantes. Lo cogió y suspiró mientras cerraba los ojos, como quien se lanza a una piscina sin saber si hay agua.

—Escúchame con atención: voy a ayudarte pero tienes que hacerme caso —le advirtió mientras se volvía a sentar a su lado y cogía sus manos. La joven la miraba con toda la atención que pudo reunir y una brizna de esperanza al ver que alguien por fin le prestaba un poco de ayuda—. Toma esto. —Y le entregó el sobre sin abrir—. Es suficiente para que empieces de nuevo. Vas a tener a tu hijo y, después, hay un sitio al que puedes ir. Un sitio donde cada día verás el mar.

77

Cora volvía de su ya habitual paseo por la cala. Se quedó un rato parada en el mirador contemplando la puesta de sol que empezaba a retrasar su retirada. *«Per santa Llúcia un pas de puça»*, decía siempre su madre. Aquella recién estrenada segunda semana de diciembre confirmaba el refranero. Sonrió con su recuerdo, una sonrisa triste pero calmada que le otorgó una paz desconocida. Sentía una rara desazón, una corazonada, un desasosiego que le decía que no podía alargar más su estancia allí.

Aquella tarde, Ana había estado bastante inquieta y su mente se negaba a obedecer a la realidad. Eulalia se ocupó de ella, como siempre. Ni siquiera la llevó a su casa. La acomodó en una de las habitaciones del hostal y allí la anciana pudo descansar un rato. Cuando Cora entró en el hostal la vio sentada frente al fuego, tan lúcida como el día que la conoció.

Faysal y Eulalia habían preparado una ligera cena que tomaron allí mismo, junto a la chimenea. Hablaron de cosas triviales, del tiempo, de los días que empezaban a ser más largos... Cualquier cosa con tal de no perturbar la mente de Ana. Y aunque Cora y Lorenzo deseaban conocer el desenlace de su historia, decidieron no preguntar más. Pero en un momento en que el tren de su memoria paró en el presente, fue la propia Ana la que continuó con el relato.

—No volví a pisar la AK Schulz —dijo sin que nadie le preguntase—. Según me dijo Utta, a partir de entonces todo empeoró. Klaus no pudo vender a los japoneses el proyecto de mi marido y no tenía ni idea de gestión. —Cora se sorprendió cuando la oyó por primera vez dirigirse a Rainer como su marido—. La producción empezó a ser cada vez de peor calidad y las empresas dejaron de hacer pedidos.

—¿La fábrica cerró? ¿Despidieron a los trabajadores? —se interesó Cora.

—Consiguieron sobrevivir un par de años más. Klaus encontró una especie de inversor pero al final acabó cerrando —explicó la anciana—. Utta gestionó por mí la venta del edificio y los terrenos. Era una gran mujer y amante de España, y de algún que otro español —añadió con sorna—. Al parecer el edificio tenía no sé qué interés histórico y consiguió un buen precio por la venta. A mí, como heredera directa de Rainer, me correspondía la mitad de todos los bienes de la familia. Otto murió pocos meses después.

—¿Y te quedaste mucho tiempo más viviendo en Alemania? —Cora percibió el ánimo de la Alemana y se atrevió a seguir preguntando, ajena a las miradas de advertencia de Lorenzo y Eulalia. Pero necesitaba conocer el desenlace de la historia.

—No, me volví a España, a Villamora, incluso antes de la venta de la fábrica —le aclaró la mujer—. Pasé casi tres años encerrada en casa dejando que los recuerdos y la tristeza me devorasen. No tuve fuerzas ni el valor suficiente para rehacerme y ayudar a los que, de algún modo, me necesitaban. Fui cobarde y es una losa que he llevado encima toda mi vida. Mis compañeros de la fábrica no me lo perdonaron ni yo tampoco me lo perdono.

»Mi hermana Paquita me había escrito para decirme que mi madre estaba enferma. Era la ocasión perfecta para desaparecer. El problema es que, por mucho que huyas, los recuerdos siempre te acompañan —concluyó con melancolía.

—¿Paquita seguía viviendo en Villamora? —preguntó ahora Lorenzo.

—No, ella ya trabajaba en un hospital de Salamanca. Tenía allí un novio policía, el que luego fue su marido. Un buen chico —afirmó orgullosa—. Pensé que volver al pueblo sería una buena opción; un sitio tranquilo y en plena naturaleza. Pero las cosas normalmente no son como las imaginamos. Las habladurías, los rencores y las envidias no tardaron en llegar. En los pueblos pasan esas cosas. Así que, en cuanto mi madre nos dejó, me marché de allí. Aquel ya no era mi sitio. El desarraigo de muchos de nosotros era tal que nos sentíamos extranjeros en cualquier parte.

—Fue entonces cuando te trasladaste aquí, a Calarossa —dijo Cora, buscando la confirmación de Ana.

—Viví unos años en Barcelona. Al marido de Paquita lo trasladaron allí. No conocía a nadie, así que me animó a que comprase un pisito en el Guinardó, el barrio donde ella vivía, así me tendría cerca. La idea me convenció y durante los años que estuve con ella tuve una relativa paz. —El recuerdo de su niña chica, como la seguía llamando, siempre la hacía sonreír—. Pero un nuevo traslado les llevó esta vez a Pamplona. Yo no estaba dispuesta a ir de una ciudad a otra siguiendo a mi hermana y viviendo una vida que no era mía. Entonces sí, decidí venir aquí y reunirme con una vieja amiga.

Cora estaba tan emocionada que apenas podía ocultar su impaciencia y esperaba atenta la continuación del relato. Aunque sabía o intuía quién era esa vieja amiga, quería oírlo de sus labios. Lorenzo, por su parte, permanecía en silencio, como Eulalia, que fingía no prestar atención.

—Pilar pasó el embarazo en el piso de Peppino, el que habíamos alquilado Lucia y yo. Él quiso conservarlo para tener un lugar donde vivir y no estar siempre en pensiones, residencias o pidiendo favores. —Sorprendentemente, las explicaciones de Ana eran cada vez más nimias. Como si todo lo que contaba hubiera sucedido apenas meses antes y la narradora tuviese una mente lúcida y despejada—. Cuando le pedí a mi querido italiano que cuidase de ella aceptó encantado. A él también le sirvió para calmarse un poco y alejarse de algunas actividades que le estaban dando algún que otro problema con la policía. Evidentemente, él fue quien la acompañó al hospital cuando se puso de parto. Incluso todos creyeron que era su marido. Así nadie hizo preguntas.

—Imaginé que había tenido a su hijo en España —confesó Cora de forma inocente.

—Aparecer con una barriga en un país recién salido de casi cuarenta años de represión no era lo mismo que llegar con un niño en los brazos —aseguró la Alemana—. En el segundo caso, siempre se podía inventar una historia de un marido muerto o cualquier otra patraña. Es una sutil diferencia.

»Pilar nunca había visto el mar, y la noche que vino a pedirme ayuda recordé su cara cuando le conté mi viaje de novios aquí, en Calarossa —confesó la mujer emocionada—. Aquel sobre contenía dinero suficiente para instalarse, y pudo comprar un pequeño hostal que llevaba años en venta.

—Entonces Pilar vivió aquí. Supongo que conociste a su hij... —En ese punto, toda la historia, todos los datos, todas las fechas empezaron a encajar en la mente de Cora a una velocidad vertiginosa.

Ana miró a Lorenzo, se inclinó hacia él y le acarició el pelo con su mano sarmentosa.

—Eras el niño más adorable y más guapo que había visto nunca.

78

Desde la cristalera del hostal, Cora observó durante unos minutos a Lorenzo, que permanecía de espaldas mirando a algún punto indefinido de la noche. Ella se sintió impotente ante su silencio. Quería ayudarle pero no sabía si, al acercarse, perturbaría aquel momento que le pertenecía solo a él. Estaba en su derecho de querer estar solo, aunque la joven no sabía si aquella pesadumbre era fruto de una revelación, como había sido para ella, o si por el contrario había revuelto el poso de unos recuerdos que llevaban en el fondo del pozo toda la vida.

Ya no quedaba nadie. Ella misma se encargó de apagar las luces. A lo único que se atrevió fue a coger el abrigo de Lorenzo y llevárselo. La noche era fría y él estaba a la intemperie con solo un jersey. Salió a la calle envuelta en su anorak y se acercó despacio, temerosa, como quien se aproxima a un cervatillo herido por el cepo de los recuerdos.

Cora se limitó a posar su mano sobre el hombro y alargarle su abrigo. Ni siquiera se atrevió a perturbarle con su voz. Se disponía a marcharse cuando su mano la retuvo. Con una mirada la invitó a sentarse a su lado en la barandilla del mirador. El mismo faro de la noche en que ella llegó a Calarossa cronometraba el momento en que el silencio se rompiera. Este tardó en llegar. Un lamento disfrazado de suspiro escapó de la boca de Lorenzo.

—¿Tú lo sabías? —se atrevió a decir Cora casi sin ser consciente de sus palabras.

Él negó con la cabeza. Ella no quiso seguir preguntando. Si quería contarle algo ya encontraría el momento. Siguieron contemplando el rojo parpadeo del faro hasta que él al fin habló.

—Cuando creces sin padre te haces mil preguntas —dijo en tono suave y cálido—. Suena a tópico pero es así. Pero con el paso de los años dejas de preguntarte cosas, sobre todo si tienes una madre como la mía —se lamentó con nostalgia—. Era la mujer con más mala leche que he conocido nunca. Supongo que el hecho de tener que criarme ella sola la obligó a hacerse fuerte. Las broncas que me llevaba de pequeño por casi nada eran tremendas. Incluso Ana, ahí donde la ves, a veces le llamaba la atención por lo dura que era conmigo.

—¿Ella nunca te habló de tu padre? —se decidió a preguntar Cora.

—Bueno, dejas de plantearte cosas a medida que vas atando cabos. Mis ojos azules y mi lugar de nacimiento ya dan alguna pista. Suponía que era hijo de algún alemán pero mi madre era una tumba con ese tema. Nunca se lo contó a nadie. No creo que ni siquiera lo comentase nunca con Ana. Tuvo algún que otro pretendiente, claro. Era tan guapa... Una maña menuda y de belleza exótica, decían en el pueblo. Y mira que era rancia, todos lo decían, pero en el fondo su corazón era tierno y embriagador como la carne del peyote.

—Supongo que ha sido un duro golpe enterarte de quién era tu padre. —Cora recurrió a una frase tan manida en un intento de alargar la conversación.

Lorenzo se encogió de hombros. Saber que era hijo de un cabrón sin escrúpulos que violó a su madre y la dejó prácticamente en la miseria le cabreaba, sí, pero no afloró en él ningún sentimiento de venganza. Quizá con el paso de los días o las semanas... Ella se refugió en su anorak. Estaba muerta de frío pero no quería ser quien rompiera el momento. Él se dio cuenta y la rodeó con su brazo. Se giró y se topó con los ojos azules en los que leyó toda aquella historia que habían descubierto juntos. La historia de la que Ana les había hecho depositarios, preludio de la suya propia.

Aquella noche se amaron desnudos y abiertos en canal. Purgaron sus miedos y volaron por el abismo de la confianza plena. Sus corazones se engancharon palpitantes y se dejaron caer por los acantilados estremecidos de la piel, la saliva y el sudor.

79

Cora cerró la cremallera de su bolsa y quedaron ocultas las escasas prendas que trajo consigo tres semanas antes y alguna más que había adquirido en el mercadillo que se instalaba los viernes en el pueblo. La noche anterior tuvo dudas. Aquel sentimiento de unidad con Lorenzo tiraba de ella para quedarse a su lado. Pero sabía que su decisión era la acertada. Por primera vez fue consciente de que tenía las riendas de su vida y, aunque no fuera una buena amazona, conseguiría manejar aquel corcel aún por domar. No podía refugiarse de nuevo en un hombre, no podía cargar sobre otras espaldas las decisiones que debía tomar ella. No podía defraudar a Ana, se lo debía. Se sintió fuerte aunque la pena no la dejaba casi respirar.

La mañana era plomiza y la tramontana se hacía presente con una brisa acelerada. Cruzó la estrecha carretera hasta llegar a su coche, que había permanecido en el mirador durante tres semanas. Por un momento deseó que el motor fallara y no arrancara, pero resultó ser de una fiabilidad insolente. Aun así se demoró unos minutos en salir a la carretera. Quizá esperando una señal que le indicase que debía quedarse.

El vehículo se incorporó a la carretera principal y giró en la primera curva. Desapareció para hacerse visible de nuevo en la siguiente. Lorenzo observaba la mancha roja serpentear jugando al escondite con la carretera. Quizá aquel punto rojo decidiera pararse y dar la vuelta. Lo deseaba aunque sabía que no iba a ocurrir. Y así debía ser. Hasta que al final el coche y Cora desaparecieron tras la colina.

En la pequeña cala que daba nombre al pueblo, la Alemana contemplaba el Mediterráneo apoyada en una roca. Puede que sus ojos buscasen los recuerdos que su mente ya no lograba retener. O quizá el olvido fuera el único destino. De todos modos, algo le empujó a vaciar su memoria y decantar su historia en Cora y Lorenzo. Es posible que el alma esté más allá de la razón, o que el corazón a veces tenga vida propia. Ana supo en algún momento que su pequeña leyenda no podía morir con ella, desvanecerse como la espuma de aquellas olas que barrían la arena.

Un manotazo de la tramontana arrancó de su cuello la raída bufanda. Aquella prenda que había sido cómplice, testigo de toda su vida y abrigado sus pasiones en tantos momentos. Quiso levantarse ayudada por su bastón para recogerla pero el maldito viento arrastró la bufanda hasta que una ola la engulló. Como aquella historia que Maricarmen le contó sobre los marineros de Barbate. El recuerdo de la gaditana, de Lucia, de Peppino, de Rainer, de la pequeña Kristina y de todos los que habían llenado aquella mente de amor, de golondrinas en maletas de cartón, se evaporó. Cerró los ojos y otra ráfaga alborotó su pelo, llevándose con ella el último recuerdo de un sueño errante.

Seis meses después

Abrir la casa de un muerto es como profanar su sepultura. Así se sentía Lorenzo, como un vulgar ladrón de tumbas victoriano mientras se disponía a revolver entre las cosas de la Alemana.

Ana murió tranquila, acompañada por todos los seres queridos que habían conformado su familia durante sus años en Calarossa. Por expreso deseo de ella, su cuerpo fue incinerado y sus cenizas lanzadas al mar. Apropiado para una mujer que había tardado tantos años en oler la sal. Sus hermanos no se opusieron y Paquita incluso acudió al funeral. Fue ella la que le puso en contacto con aquel cura octogenario que vivía retirado en su Noáin natal. Tras el descubrimiento de sus orígenes, Lorenzo se había negado a averiguar nada sobre su padre biológico. Pero las dudas y la curiosidad pudieron más que él. Así, tras la muerte de Ana, decidió hacer el temido viaje. El padre Calleja tenía ya más de ochenta años pero una mente lúcida como pocas.

Cuando Lorenzo se presentó y le puso en antecedentes de quién era, supo que estaba allí en busca de respuestas. Y él le ofreció todas las que pudo. Descubrió así que Otto murió al poco de cerrar la AK Schulz. Klaus se quedó en la ruina y se marchó a Brasil a probar suerte en la planta de la BMW. En ese punto, le había perdido la pista. Helga no le acompañó y se quedó sola en Colonia. Peppino volvió a Módica años después. Con un poco de dinero ahorrado se compró una casita y se casó con una antigua novia de adolescencia, aunque nunca superó la pérdida de Maricarmen. De Lucia nunca tuvo noticias. El cura se lamentó por no poder ofrecerle más información, pero él también había regresado hacía años y perdió el contacto con casi todos, aunque con Ana seguía intercambiando las obligadas postales de Navidad y alguna que otra carta.

Lorenzo se marchó satisfecho, aunque la información que le dio el sacerdote era poco más de lo que ya le había contado Ana. Ni siquiera se interesó por saber si Klaus seguía vivo. Le dio exactamente igual.

A su vuelta a Calarrossa se encontró con la notificación de un notario que le citaba en Barcelona para la lectura del testamento de Ana. Para su sorpresa, esta le dejaba en herencia la casa que compró en Calarrossa. El resto de propiedades irían para sus hermanos.

Tardó aún unas semanas en abrir la vivienda y perturbar la paz de la anciana. Observó todo sin atreverse a tocar nada. Viejas fotografías colgaban de las paredes, libros en español y alemán, discos viejos que no se atrevió a desenfundar. Entró en el dormitorio. La cama estaba perfectamente hecha. Seguramente Eulalia se pasaba por allí de vez en cuando para mantener en orden la vivienda y el recuerdo de su amiga.

Recorrió la estancia sin buscar nada en concreto. Revolvió algunos cajones y acarició los muebles con las yemas de los dedos. Un gran armario con lunas desgastadas arropaba una de las pareces. Lo abrió casi con desidia. Toda su ropa permanecía perfectamente planchada, impoluta. Elevó la vista hacia el altillo y allí estaba: una vieja maleta, ajada por el paso del tiempo y el abandono, reparada con remaches. La dejó sobre la cama y se sentó dispuesto a abrirla, con cuidado de no dejar escapar más fantasmas. Eran los recuerdos más valiosos de Ana. Legajos de cartas procedentes de Italia y Alemania, ejemplares antiguos de la revista *Harper's Bazaar*... Cogió una al azar y comprobó que algunas de las fotografías estaban firmadas por una tal Lucia Tabani. Lorenzo sonrió.

En una vieja caja metálica había varias fotos. Las pasó una a una. En algunas se apreciaba a tres jóvenes risueñas en un paisaje nevado. En otras, a trabajadoras de una fábrica. Y en las últimas se podía distinguir a una joven Ana el día de su boda, feliz del brazo de un apuesto joven. Solo dos de ellas pertenecían a un bebé de apenas unos meses. A Lorenzo se le encogió el corazón. Le parecía imposible que un ser tan hermoso e inocente hubiera sufrido un accidente tan terrible.

Y, en el fondo, unos rollos de papel aplastado atados con una cinta. Los cogió sabedor de lo que contenían. Sus conocimientos de ingeniería le dieron la certeza: un primitivo proyecto de motor híbrido. Sintió cierto orgullo hacia su madre y casi se echó a llorar.

Aquellos objetos cerraron al fin la historia que había empezado la Alemana meses atrás. No necesitaba saber nada más. A partir de ese momento no se haría más preguntas. Recordaría a Ana como una mujer buena que le cuidó, un miembro de su familia que ahora velaba por él desde el jardín de las Hespérides. La vida en minúsculas de la mujer que le había besado tantas veces estaba allí, en aquella cala, en La Tarongeta. Una vida que le iba arrancando poco a poco a sus seres más queridos. Pensó fugazmente en Cora. Lo había hecho a menudo desde que se fue. Le hubiese gustado que le acompañase a conocer al padre Calleja, o al menos contarle lo que había descubierto tras la muerte de la Alemana. Pero Cora se había marchado y ni siquiera le dejó su número de teléfono. Quién sabe, quizá era mejor así.

Volvió a dejar la maleta en su sitio y salió de la casa. Por aquel día ya era suficiente. De vuelta al hostal, dirigió su mirada a la carretera. Atracado en el mirador, divisó el coche rojo que tan familiar se le hizo durante las tres semanas de diciembre y que había dejado un hueco al marcharse. Apoyada en la barandilla, la figura de Cora observaba el horizonte en el que empezaba a escribir su propia historia.

Nota de la autora

El 29 de marzo de 1960, España firmó con la entonces República Federal Alemana un acuerdo de contratación. A través del Instituto Español de Inmigración, aproximadamente unos seiscientos mil españoles llegaron a tierras germanas de forma legal y con un contrato en la mano en busca de un futuro mejor. Pero más de un treinta por ciento lo hicieron en calidad de turistas o jugándose la vida atravesando fronteras en furgonetas destartaladas, a cuyos propietarios habían entregado los ahorros de toda la familia.

Cada año, millones de personas se ven obligadas a la migración en pos de nuevos horizontes y condiciones de vida que se les niega en sus lugares de origen. Muchos de ellos, a causa de guerras y conflictos sociales y políticos. Los que tienen la suerte de alcanzar la Tierra Prometida deben después librar la batalla de la integración.

Hoy, como ayer, tampoco deja de sorprender que una nueva generación de españoles (la mejor formada académicamente) se vea forzada a salir de España y volver a algunos de los países que recibieron a sus abuelos. También ellos encontrarán un hueco en el mundo, aunque a veces el pesimismo y el desapego les haga sentirse vidas con minúsculas. Ojalá que nunca olviden las lecciones de dignidad y valor de aquellas mujeres de los años sesenta.

Agradecimientos

Esta maleta no hubiese llegado a tu destino, querido lector, sin el apoyo de muchas personas que, de un modo u otro, ya forman parte de esta historia y generosamente me prestaron su ayuda. Para ellos, todo mi afecto y gratitud.

A la Asociación de Familias Españolas en Alemania, por su hospitalidad y atención, y por invitarme a su comité anual en junio de 2016 en Königswinter.

A Maricarmen Salinas y la Fundació Can Gelabert, por su magnífica labor.

A José Gayarre y a Daniel Gil, que me facilitaron toda la información y datos de la vida cotidiana en Colonia.

A Juan Jurado Santos y a su esposa, María Jesús Guerrero; matrimonio incansable y luchador, a pesar de las adversidades. Ellos solos ya merecen su propia novela.

A Carlos Sanz, por su ensayo *Documentos de trabajo*, de la Fundación 1 de Mayo. Una obra que me fue de gran ayuda a la hora de obtener datos concretos.

Al equipo del documental *El tren de la memoria*, cuyos testimonios inspiraron algunos de los personajes de esta novela.

A Mikel Iturralde, el hombre que más sabe de trenes en España y que me facilitó horarios de la época, recorridos, modelos de trenes, nombres de agencias e incluso precios de los billetes.

Al equipo de Kerrigan, agencia literaria; Antonia, Claudia, Hilde, Norma y Tonya. Un gran equipo humano.

A mi editora, Carmen Romero, entusiasta, profesional y gran mujer.

A todos mis compañeros de Gesvalt, testigos mi evolución.

A la familia Huneke, por prestarme algunos de sus nombres para mis personajes.

A Ramón Santiveri, por contarme con todo lujo de detalles el proceso de electrocución de un cuerpo.

A Maribel Gómez Cama, la gaditana más cariñosa, que inspiró el personaje de Maricarmen.

A Víctor Ténez, por el mecenazgo y los Spritz.

A Carlos Bassas, por darme ánimos cada vez que me venía abajo y estaba a punto de tirar la toalla.

A Ismael Villalba, que siempre ve a través del objetivo de su cámara mi mejor perfil.

A Merche Garcinuño, por prestarme su apellido, su origen y su nombre. Y por mucho más...

A Rosa Guiral y sus niños peludos, por los mimos y los lametones.

A Pilar Alonso, por las llamadas de teléfono interminables y por su paciencia.

A Sonia Fresnillo y los *sanviernes*, que me obligaban a desconectar, aunque solo fuese un par de horas.

A Jordi Quijada y Ventura Dalia, por entender y respetar mi ausencia.

A N. Alba por tanto...

Y, por supuesto, a mi familia: mis cuñados, Bernd, que me ayudó con los términos en alemán y las dudas. Y Emilio, el cuñado que cualquiera querría tener. Mis hermanos, Feli, Elena, Claudio y Juanma, que han padecido todo el proceso y me han acompañado durante la escritura de esta historia. Ellos me dieron el ánimo y el cariño necesarios para continuar siempre una página más.

Por último, un recuerdo muy especial para mis padres, Claudio e Hipólita. Ellos también dejaron su pueblo y emigraron al norte en busca de un futuro mejor. Y para mi hermana Ángela. Ellos tres me siguen acompañando.

Y a ti, lector, que has confiado en esta historia. Espero que haya valido la pena.

Índice

OTROS TÍTULOS DE LA COLECCIÓN

El regalo

ELOY MORENO

«Y llegamos a un lugar que, aún a día de hoy, no sabría muy bien cómo definir. Quizá es ese sitio al que te trasladas cuando suena el timbre del recreo, o allí donde vamos al cerrar los ojos justo antes de soplar las velas, o el viento en el que flotamos al recibir uno de esos abrazos que nos sostienen el cuerpo, las dudas y los miedos...

¿Quién sabe? O quizá no era más que la parte trasera del armario en el que se había convertido mi vida: ahí donde se almacenan prendas que jamás volverás a ponerte pero que te da pena tirar.»

Una novela de Eloy Moreno, autor de *El bolígrafo de gel verde.*

El tren de los huérfanos

CHRISTINA BAKER KLINE

Una novela cautivadora inspirada en hechos históricos que nos habla de pérdidas, de segundas oportunidades y de amistad inesperada que ha deslumbrado a más de un millón y medio de lectores en Estados Unidos.

Entre 1854 y 1929, los llamados trenes de huérfanos partieron regularmente de las ciudades de la Costa Este de Estados Unidos hacia las tierras de labranza del Medio Oeste, llevando miles de niños abandonados cuyos destinos quedarían determinados por la fortuna o el azar. ¿Serían adoptados por una familia amable y afectuosa, o se enfrentarían a una adolescencia de trabajo duro y servidumbre?

Vivian Daly fue uno de esos niños. Ahora, muchas décadas más tarde, es una anciana que lleva una vida tranquila y apacible en la costa de Maine. Molly Ayer, una joven de diecisiete años, sabe que cumplir con un servicio a la comunidad ayudando a una anciana viuda a ordenar sus trastos es lo único que puede salvarla de terminar en un centro de menores. Pero a medida que Molly ayuda a Vivian a revisar sus recuerdos y posesiones, descubre que ambas tienen mucho en común.

Enemigos de Esparta

SEBASTIÁN ROA

Prómaco y Veleka se aman. Pero él es un simple mercenario de sangre mestiza, y ella pertenece a la nobleza. No les queda otro remedio que huir en busca de los espartanos, a quienes Prómaco tanto admira.

Cuando un altivo guerrero espartano rapta a Veleka, Prómaco jura rescatarla aunque tenga que buscarla en el corazón de la propia Esparta. Pero enfrentarse a su poderoso ejército es un sueño imposible.

O tal vez no. En Atenas, un puñado de exiliados conspira. Epaminondas, Pelópidas, Agarista, Platón... A cada uno le mueven sus razones, pero todos comparten un objetivo: recuperar la democracia arrebatada por Esparta.

